葉舟小品

水野葉舟 著　佐藤浩美 編

三恵社

目次

佐藤浩美編『葉舟小品』のはじめに　北川太一　5

短歌編

「白浪兄に」……10
「夜雨兄に」……10
「長夜吟」……10
「獅子の児」（鉄幹子のよろこびに）……14
「つぼすみれ」……15
「あやめ草」……18
「野鴿」……19
「みじか夜」……22
「みじか夜（二）」……25
「みじか夜（三）」……30
「君に」……33
「送別」（遠くに移り住みし従妹に送りし）……35
「明暗　上」……37
「詠草」……42

「新派の歌の生まれた時」……44

赤城山編

「ものゝ嫉み」……52
「夏籠」（赤城日記）……57
「再会」……79
「おみよ」（前篇）……103
「おみよ」（後篇）……134
「破れ」……158
「山上より」……169

雑録編

「晩餐」……178
「裏畑」……183
「悪夢」……187
「この心持」……198
「一夜」……199
「三人」……203
「二日」……213
「壁画」……220
「死骸」……261
「跫音」……269

「一九一五年　六月」……272
「三里塚散歩」……276
「第一」……281
「第三」……283
解題　285
出典　291
あとがき　292

『葉舟小品』水野葉舟著　佐藤浩美編

凡例

本書は雑誌、単行本等で発表された水野葉舟の作品の中から選定・収載したものであり、その出典は巻末に一括で掲載した。

一、本書の表記については、仮名遣いは原文に従い、旧漢字は新漢字に改めた。万葉仮名は読みやすさを考え平仮名に改めた。誤記あるいは難読と思われる箇所については必要に応じて括弧書きで注を付し、ルビとも区別をした。また、原文総ルビの作品に関しては、現在の表記に習いルビは必要最小限にとどめた。欠損箇所は□で示し、誤植と思われる場所は本文の鑑賞の妨げにならないよう最低限の注を括弧書きで付した。

一、三点リーダ、括弧、繰り返しを示す記号は不統一な箇所が多く、読みやすさを考慮し、適宜修正を加えてある。

一、解題及び出典においては、原則として書籍は『　』、雑誌及び作品名は「　」で示した。

一、本書に用いた画像以外の資料は、著者が所持しているものを利用した。

※　なお、本書の作品及びそれに付随する解説文の中には、現在から見ると差別的表現と受け取られかねない箇所があるが、作品の文学性や時代背景を鑑み、原文どおりとした。

佐藤浩美編『葉舟小品』のはじめに

北川太一

佐藤浩美さんの最初の著書『光太郎と赤城』(平成十八年四月二日)で、ことに印象的に描き出されたのは、明治三十年代に、赤城山頂の旅館の女主人として縦横に生きた、松葉の俳号を持つ猪谷千代の姿だった。

様々な関係人物からの聞書きをもとにしたその仕事に、求められて寄せた序にあたる文章の始めの部分で、私はこんな意味のことを書いた。

およそ聞き書きの類が成功するためには、対象への用意された正確な知識と共に、人間への優しさ、信頼を腹中に置く、温かい誠実な人柄が要る。

浩美さんのこの著書は、彼女が宿命的に身を置いた大地に根ざす仕事として、実に様々な可能性を示唆する。早くから携わって来たその高村光太郎研究の貴重な成果としてだけではなく、上州の風土文化をさらに深く掘り下げるための、遠く未来に向う、大きな研究の布石となるだろう。

続く成果を想像するだけでも、心ときめく こと。

まさに今度のこの編著は、彼女らしい形で、その「ときめき」を現実にする。

浩美さんが水野葉舟に牽引されたのはひかれるべくして引かれたのだ。文学研究の対象としての関心の形をとりながら、それとは全く違う共鳴の弦が鳴り響く。

葉舟の多彩ないのちは、女性を引きよせ、女性もまた葉舟に引かれる。彼が今もし生きていて、彼女がこんな風に葉舟に傾倒していたら、彼は彼女にどう語り掛け、彼女はどんな瞳で彼を見つめただろう。

葉舟が自著に編み残した断簡零墨まで執拗に追い求め、自らの思いを込めて『葉舟小品』を生み出したのは、彼女の恋文だとさえ思わせる。

そしてそれは、当然、光太郎の葉舟観と大きく通う。

『水野葉舟小品「草と人」』が東京の植竹書院から刊行されたのは、大正四年六月二十三日のことであった。

註記　10.5×15.5糎　角背溝付き　399頁。黒表紙の背に「草と人」の金文字。扉に「草と人1906—1913　水野盈太郎小品選集」と記される。巻頭には1911・3・9　光太郎の描いた椅子に座る葉舟の横向きのデッサン。若草色のカバーには「草と人」水野葉舟氏小品選集の別様の文字が、恐らく葉舟の筆跡で印刷されている。

この最初の『草と人』の編集に大きくかかわったのは同年の無二の友、『明星』時代以来の高村光太郎その人であった。末尾に「一九一五年、高村光太郎」と記される。その懇切、長大な序の初めに近い部分で言う。


「永遠性の無い芸術は真に世界の塵埃である。騒音である。邪魔である。紛擾である。

　永遠性は何処から来るか。

　永遠性は人間の実感から来る。」


そして、その一つのテーマは、こんな風に熱烈に展開する。

人間の実感は、常にたつた一つの源泉から沸き立って、余計なものを積み重ねない。だから実感は自由無礙で節奏がある。容易平明で、平板無義に流れない。いつも直接に響いて、日々に新しくなる。

その実感の根拠となるのは肉体。肉体というのは全人的という意味だ。

感じる事が即ち思う事。見る事が得る事。

此の肉体は絶えず進展し、向上する。そして、感覚は無限に尖鋭になる。

古いかたまりついた明治の文学に、葉舟の最初の著書『あららぎ』が出たのは、一九〇六年代当時の重大な事件でなければならず、また私達にとっては永遠の感謝でなければならない。

この本は、数年前から、つつましく、正しく、そして明らかな数編の小品を包んで世に出た。或者はそれに驚き、或者はそれを無視した。しかしそれが、どんなに意味深いかを見なかった。——これは今でもそうだ——『あららぎ』の小品は、明らかに以後を語り、未来を語る。

少し脱線になるけれど気になるので、「小品」の語の由来について触れて置こう。明治四十四年十月号の『文章世界』に掲載された紹介記事「小品の研究」は書いている。

「数年前から漠然と小品と呼ばれるある種の芸術作品が、いつということなしに、文壇の一大分野を領有するようになつてきた。もはや今日では単に小品とさえ言えば或は小説といい、或は戯曲というと同様に、殆ど何人にも直ちにそれが如何なるものを指しているかが頷かれる。……さて今日の文壇に於いて、小品といふ名を口にする時、もしくは耳にする時、吾等の連想は第一に水野葉舟の名の上に移る。今日の同氏が立派な小説家であることは改めて言う迄もないことであるが、しかもわれらは小品作家としての同氏に対してより多くの親しみを持つている。同氏の小品が同氏の小説よりすぐれているかどうかは今の問題ではない。ただ同氏は最も　早く今日のいわゆる小品を書いた作者の一人であるということと、今一つ同氏の特色が小説よりもむしろ小品の方に一層豊かに発揮されているように思はれるということだ。

吾等をして小品という言葉と共に、直ちに同氏を思い起こさしめる所以である。」

しかし、浩美さんの心の中には、そんな詮索や言葉とかかわりなく、葉舟への光太郎の思いが、どんなに渦巻き共鳴していただろうか。

続く葉舟の「自序」は、それを一層確認する。

「これは私の十年間の跡の主な一部である。私は自分の過古の仕事を一括し、それを訂正し、これを次の自分のステツプの前提とする。この中には『あららぎ』の全部から始まつて、以後の作品の中から或種のものを収めた。

この書は高村光太郎君がほぼ選択してくれたものに、私自身の選んだものを相談して加え、それに更に新しく数編を加えた。

その上高村君がその感想を送られたものを併せ載せる事とした。私はこの友が私を理解してくれる心を深く光栄とし、深甚な感謝の心を抱いている。

私の眼前に立つている自然界は無際限である。これが私に飢餓を起さしめ、はてしなき道を暗示する。

この自然に向つて、私の恃むものは、唯一私の肉体である。

一九一五年四月　　水野盈太郎」

葉舟は、その生涯に十指にあまる小品文集と三冊の小品作法書を持つ。それらも含めて、昭和四十九年十二月、東京の文治堂書店から刊行されたのは、さらに追補した『水野葉舟作品集「草と人」』であった。
葉舟は、昭和二十二年二月二日、後半生を送った千葉県成田市駒井野大水野で六十四歳の生涯を終ったが、その没後、家族の願望もあって、三里塚に近い水野邸に泊り込み、残された膨大な日記を点検、未信書簡を読んで、光太郎や葉舟の隠れた資料を探る、そんな多くの人の、長い努力の上に成立した増補版であった。
註記　Ｂ六版上製麻布装　三九六頁　箱入。編集北川太一、山田清吉、山川澄子。題字水野清。
初版五〇〇部　定価四千円。

葉舟の仕事は、浩美さんが最後の注記にも触れているように甚だ多岐にわたる。例えば翻訳一つを取り上げてみても文学はもとより童話や民俗学や心霊学まで、その全貌の地平は遥か彼方だ。にもかかわらず、若い世代の研究者たちにすら、葉舟の名はすでに遠い。葉舟の輝きは必ず再生されなければならない。

これからもきっと続くに違いないそんな浩美さんの悲願を込めた復活への願いに、三度目の強い「ときめき」を期待しないわけにはいかない。

その時、私は葉舟の世界の方に居るかもしれないけれども。

平成三十年十月四日夜　　九十三老　　北川太一

短歌編

白波兄に
鳴り止ぬ六甲の峰に神集ひ狂黒児の歌きゝますらんか

夜雨兄に
雨はれて夕月かゝるつくはねに君の一節風よ伝へや

長夜吟

花むしろ
長き袂にむつれつゝ、
姉様《ネーサマ》見ませげん〴〵が、
にほひゆかしき前髪の、
風になびくもうつゝかや。

桃のかんざし色こくて、
六尺袖のはら〳〵と、
高く狂へる蝶を追ひ、
「蝶々止れや、菜の花に止まれ。」
黄《キイ》き一羽のまひおりぬ。

「菜の花あいたら」遠がすみ、
端山ににほふ白雲の、
桜の花に飛び行けや。

おくれがちなる三の君、
軽き歩をあせりつゝ、
「まちて」とあとをふりかへり、
あれ〳〵一つまた一つ、
菜の花むしろ日がくもる。

うたかた
海に出でゝ、五年あまり、うちたへておとづれなき恋人をわびて、人のおそるゝ森の古井に、水垢離する少女あり。

髑髏《ホネ》のうらみのたへやらで、
夜な〳〵通ふ燐《ヒ》火の一つ、
こゝの林の葉の繁み、
ちがやおほへる古井あり、

旅の衣手かたじきて、
ねむらむ人もあらざれば、
落葉つむまゝうづもれつ、

知らえぬ世にやあとたへむ。

＊　＊　＊　＊　＊

旅行く君のうれしくも、
手向のぬさを受けましゝ、
夕のくものたへてより、
三年四年よ夢みつゝ。

いらへぬ雁になきし夜半、
たへぬおもひのせまりては、
心細くも神呼びて、
まさきくとこそのりにたれ。

堅きみ船と聞きしかど、
はてしあらなく波わたる、
水面のたびのさちなくて、
玉藻の床に行きまさば。

心かたくもちかひてし、
人のおもはの見えぬ世に、
一人ありともうつゝなの、
夜半のなげきにたまたへむ。

心づからと思ほへど、
よべ見し夢の安からで、

白雲かゝる彦の根を、
ながめくらして物思を。

尾花を吹ける秋風に、
便思へる我兄子の、
帰り来まさむ事をのみ、
音にこそたてね八雲琴。

＊　＊　＊　＊　＊

森の吉井の朽いげた、
星のさゆてふ夜半ふけて、
水垢離しけむ古井筒、
今もしるしのしるしとて。

老いける人の云へりしを、
忘れもやらでありしかば、
うすきあかりに今宵より、
飛来る燐火とぞ相見つも。

風こす山の尾に出でゝ、
ちかやのおくの真清水に、
かすけくやどす月かげを、
漣たてゝくだかばや。

（荒津の海

我幣まつりいはひてむ、
はやかへりませ
おもかはりせず』、（万葉集十二、）

獅子の児（鉄幹子のよろこびに）

大獅子のちごうまれしよ。
椰子の葉しげる下かげ、
勇む声あげて
野にひろむつはものを呼べ、

御空にもゆる雲の、
金色の光、血をふくみ、
海をわたる風、
永劫の夢破る。

雲裂けて先づ行けば、
紅、紫、野を射る。
このちごのうぶ声高く、
稍戦ぎてにほえり。

ひれふせるつはもの頭《かうべ》をあげよ。
この鞭ふりて、
この児この野に立たむ日、
雲もあらず、風前速《かざさきはや》けむ。

つぼすみれ

まどひ

あゝ迷《まど》はしき袂かな
かざしかくせぬ春の光の
人のねがほに華かに
ゆめ誘ふげにわかやぎて

ゆめゑむ唇ほのもれて
ゑみはさだかに楽しさの
それとしひなむ物語
よべ風なぎて尾の雲に
星よろこびの舞やせし

鶯窓にうたあげて
老いたる花にうらむ頃
常盤木色に平和《やはら》ぎて
けさ雲にさへ別れ路の
かなしみ残す春の星

さるを静かにまぼろしの
胸に流るゝ恋やある
春あした野のにこ草の
わかき香や抱きゝて
さて今朝うたの方よびて
高き調をよろこぶか

野路にともなふさゝら川
まさごにひめし珠ありと
聖、夕の経によみし
それやさぐるの眉ぶりよ

あゝ迷はしき袂かな
ゆめやぶらじとかざし見て
戸をもる光華かの
それもねむりの興そへな

こよひのうた
よも野の塵はゆるすまじとも
あらいたましの白き花
流静かに歌なして
守るとよ天のいつくしみ

さばかりのその白き花
蝶ならで
光ならで
世の風のうたを知らむや

たかぶりの鞭のなめげ
なめげなりなどや加ふる
春の野に生れし花の
うらわかきに砕かむとぞすなる

新草の薫ずるがまゝ
もろ花の乱るゝがまゝ
春の野はたゞよろこびの
たゞ平和の国なるをや。

あやめ草

鞭とれる旅の若人なになればかの松の浜ぬかたれてこし

迷ひありてけさ野の草にひれふしぬ霧よわれのうつつ身おほへ

さびをわれ若きに説かむ故しらずひと夜御堂《みだう》に心憂かりし

おほひしは人にゆるさぬ花のそれ清しちひさしさびしかよわし

巌によりて必ず得んの願ひあり袂は濡《ひ》ぢよ痕《（浪）》のままに

まぼろしようつつよ人のおぼつかなゆふべ〳〵に鳥かへる空

おばしまの夕の雨を題にたまへ恋よわが名よ雲ちぎれ〳〵

いひ知らず声知らず人の袖をとりぬわれいひ知らずかにかくの宵

いざと強ひぬこの筆ほそし紙あかし染めよの歌は行く春の題

わがこころそぞろ砕けて流れいでてうす紫や春の野の水

遠鐘のおぼろになりてこもりたる夢は東へ西へみなみへ

かたち皆こゝ皆あらず思きえて流にそへる百合ほの白き
末おぼろ更けし遠鐘かぞへきてうつつに夢の幸を祈りぬ
そこにそよあしたの磯の浪にきかば必ず人の夢ただよはむ
なごりなり峠に春のなごりなりちひさき花よ美《よ》き名おはせむ
月になりぬ野はただ雲に入ると見て羊よぶこゝ我ながら清き
西へ西へ雲のゆくかた山暮れぬ戸は花ちりてまた小雨ふる

野鴿《のばと》

その浜のその松風はわすれやらず
立つとしもなき人のおもかげ。

たゝづみ

その夢はたのしかりしと
このなみにかきて送らむ
みちびきは雲とこそきけ
西の辺へはまをたがへな

沖とほく不断の緒琴
とこしへの和楽うたへり
断続のなぎさのしらべ
ひそやかに不朽さゝやぐ

とほかねの魂ゆるがせて
さぎりこく岸をしつゝむ
胸ふかきふかき思ひの
鏡さへくもり砕けぬ

二年のゆめのさま〴〵
乱れ来て乱れて消えつ
いつの世かかくてをはりの
そのゐみを書きうべきや

ちぎれ〳〵砕けて消えし
春の夜の思ひ出ながら
野の花のうつくしかりし
忍ぶれば昔なりきよ

雨のまゝ胸はすざみぬ《すさみぬ》
風のまゝ思ひくだけぬ
しほれゆく心に堪へず

涙の穂にゆめことづてむ

再は裁たむよしなき
この衣《きぬ》におはむゐにしか
いづこより吾やうまれし
いづこまではてたどる身か

白桃

植ゐませし桃の花かげ
みひつぎの白木のかをり
眠りやすき君をつゝみて
ひくゝまよふ

香の烟ゆくになびきて
おもおそふ名残のさまや
おぼろなるましろなる
白帛の下のみ姿

苔清き行く春の庭
白桃の枝わかき
み手ふれしありし年かそへむ
五年の君の愛児
臨終《をはり》のかざしその一枝

折りてまゐらせしよべに
ゑましげにのたまひしは
『この花の露の命か』

唇のかはきくろかみの乱れ
はかなかりき
秋のうしほにくしけづりしまゝ
桃のつぼみにつちつけしまゝ

さける花に曰ふまじ
ひける潮は追ふまじ
君み胸に何のいたみありて
さはいそがしのみ旅

わだつみに流れゆく舟
わかき子の思
きしによばむか
あらなみのしぶきの
答へさびし

みじか夜

○

あらはに咲かばからたちの
風いたましき花ならむ
若葉のかげにひそみてぞ
咲きにし花のからたちの

雨にもぬれじ風もこそ
吹けどよそなる姿にて
ほのめくさまやからたちの
宿世をとはゞ何ならん

夕さみしくかどの戸に
君まちかねて立ちわびぬ
そらゆく雲も影まよふ
垣根に白きからたちの花（からたち）

○

みだれて咲ける山吹の
なよひ小枝のなびけるを
ひけばわが手に八重の花
もろくもちりてこぼれけり
袖にのこりし一ひらも

君が思ひに似たるより
いかではらはむ立ちつくし
心えましき君を見む

月さす影に相見れば
やさしき君が姿かな
思ふがまゝに手をとりて
月に消えなば思ひなからん（山吹）

○

たけ〳〵《だけ》しき夏草の
みどり交りに生いいでつ
小川の岸に花はさけど
名もなき花の無名草

夢よりさめて朝川に
影こそうつせ行く水の
夢は遠きに誘はれて
思ひなげなる姿かな

黒き胡蝶の狂ひきて
しばしは眠れ花の上
もとより蝶の身にしあれば

めさめて空に帰るかも（なゝし草）

○

廃《あ》れもまさりし夏草や
ありしにも似ぬ古庭の
柳はさみし葉桜に
となるは雄々し桐若葉

夕雲まよふ空の色
雪の心を抱きてか
若葉のかげにおぼめきて
たかき香まよふ桐の花

人に知られぬ枝高き
花にぞ君はおはすらめ
心高きをしたひても
空のみこふる君にして（桐の花）

みじか夜（二）

露おく野草野の小花

路もうもるゝ露の路
袂もぬれむすそもこそ
君はわかれてかへりゆく

月しる影に相見ては
月いるまゝにわかれけり
かくていく夜のつゆのみち
君にわかれてかへりけむ

あした日かげにかゞやきて
置きもまされる露のみち
なびける草のおのづから
路となりけり君とわれとに　（露のみち）

○

野を尋ね葉かげさぐれば
葉がくれてみのるいちごの
あした置く露にうるほひ
秀でたるさんごの真珠《またま》

紅のこぼるゝばかり
流れては酒ともならむ
たふとしやたれにたまひし

野の苺葉かげのまたま

君はげにまたまなりけり
うゑかはきこひとしよれば
葉がくれてものぞありける
君はげにめぐみなりけり（野苺）

〇

ゆるき水瀬の下り舟
花かつらせし君すえて
流れも春の日のまゝに
ゆくよ下つ瀬棹のうた

岸の若草なつかしき
かをりにもゆるこひなれば
同じおもひや君とわれ
いづこともなき舟のみち

若草もゆるこひなれば
みじかき春をうらむとぞ
ながれもゆかむ末あらば
春しつきせぬ岸につながな（小舟）

〇

春も流るゝ岸づたひ
重きを荷ふ旅にして
如何に旅人君待つは
花うるはしきわが妻か

かつて楽しきゆめのあと
さめてはかなし袖のつゆ
幸《さち》長からぬ、たびなれか
姿もあはれ旅の君

森の梢の若葉ふく
夕の風にさそはれて
いづこともなきものゝ音に
君はかなしくたどり行くらむ（たひゞと《(たびゝと)》）

○

若草の丘の東に
かすみ立かすみこめりけり
風の来て風の消えゆき
夕ぐれの空静けき

さや〱と梢そよぎて
若葉さす森もくれゆく
夕どりのつばさやすめて

雌を呼ふ声のおゝ

やがてまた鳥もいにけむ
雲もまた山にかへりて
夕ぐれや、丘の春花
いと安きゆめ路こふらし（夕）

○

青葉をすぎし雨の間に
はかなくもこそたゝえけれ
浅きも何かうらむべき
青葉ぞうつるにはたづみ

雲もゆきゆく影うけて
風のかすみに波たてぬ
光もおちてかゞやけど
浅きをあはれにいたづみ

君が心にうつりける
雲のゆきゝの一時の
われはさせるに似たりけめ
忘れつとのみ君よいそぐか（にはたづみ）

みじか夜 (三)

○

夕の風のあとたえぬ
こりてし雲の空に浮く
青葉々々のさゝやきに
葉分けの月ぞ上るなる

青葉々々のさゝやきや
巨人かこれ静まりて
森かげくろき丘の上
宵をみ寺の鐘なりぬ

月はうつりて雲に入り
鐘ぞひゞきの尾の長く
誰に夢よりさめ出でゝ
音を恋ひて泣と響くや (葉分の月)

○

君は野に咲く白き花
君は夕の窓の風
花はあしたの露の酔
風は思ひの懐ろに

懐ろにこそひめて待て
君よ又見ん青葉かげ
ものに有ゆるわづらひを
たゞに忘れむ君にすがりて（青葉かげ）

○

「貫川《ぬきがは》の瀬々の小管の」
手枕の夢し思へど
夢はとく消えてはかなし
うつゝ世の曉のかね

夢さめて夢を追ひ
さめやらぬ思ひかな
月おつるあけぼのゝ鐘
昔の人のみぞ恋しや

神のわざは長へも変らじ
万代の天地の姿
人はこそ実にも拙き
移り変りて嘆きする哉（貫川）

君よ淋しき衣手に
秋の夕を何わぶる

父や恋しき母や恋しき
旅に寝て聞く風の声

南の丘の雨を含み
村雨かゝる森の色
さらば今宵の戸の雨を
落葉ときゝてあかしなむ

いづれ旅より旅の身の
枕も重き小夜の夢
かりそめに見て君と泣く
今日も雨まだ明日も雨（村雨）

〇

いそげ吾駒花かげに
春の夢ふめ小草ふめ
風ふく風ふくなよ風に
春の夢ふめ小草ふめ

ゆけば誰が子ぞおどろきて
牝鹿の如き目をすらむ
春を讃ゆる鶯の
歌を野末にさぐる迄（春の日に）

君に

一

かくさすらひし吾途も
静かに君につながれて
故里しらぬ旅人も
君に住むとてこゝに来ぬ

思へば夢はとく消えて
なまめく春は行くやらん
花も矜りて華やぐは
凋れて土にかへるらん

誰運び来てかゝる世の
夏の栄に導くか
吾に静かに成りにける
今日をばたゞに戦き思ふ

二

君は途なり力なり
すぎにし旅の追懐を
心安くもかへり見る
こゝは吾世の故里か

みどりの丘に道つけて
果実《このみ》の畑に通ふごと
危き夢につかれにし
つばさも今は休まるゝ

今は思へば吾夢は
寄宿《やど》れるものゝものならじ
朽ちにし花の名はしれど
君は朽ちざる国に住むかな

三

吾花園の夢消えて
甘きやさしきその歌は
耳に残れど遠く来し
旅のかなたのものとなり

風かなしくも疎ましき
音をたてゝは吹きすさむ
吾行く途ははるかなる
荒野を遠くつゞきつゝ
かなたに関《とき》の声高く
恐ろしき世は近づきぬ

大わだつみの波の音の
胸をゆるがすその声や
吾を抱きて安らけき
思ひしあれと君いへど
あゝ戦や狂ふ波や
波の響に吾はをのゝく

送別
（遠く移り住みし従妹に送りし）

懐かしき都をば
かへり見て思ふ時
君が胸に浮び来る
様々の陰あらん
清かりし交りや
涙しりりし思ひ出や
限りなきものゝ心
君をしもめぐるらん

その中にその心
たゞ一つ抱きては
いと深き紀念《かたみ》を刻む
都より君行くか
如何にその父母《ちゝはゝ》の
築きたる幸も
たゞ一人もの思ふ
その若き憂には
けしがたき淋しさの
君にしもなからずや

喜びも悲しみも
こゝにして思ひなば
懐かしき故里の
一時の夢なるを
新しき古里の
きらびをばつくすとも
思ひ出も紀念もあらぬ
その国の淋しさは
尚ほ君に旅の思ひの
悲しさを教ゆらん

旅なればその心
わびしくもたよりなく
歌しらぬ鳥のごと
魂を忘れ来しごと
君はたゞ一人なげかん

（二）

今ことを去る人よ
その胸に刻まれし
様々の追懐《おもひで》を
くり返し思ひ見て
如何に其遠き旅路に
わりなくも涙ながすや

明暗　上

寂寥《さみしさ》は我を包みてわれを引きて　道なき森に深く入らしむ
（以下五十二首三十七年赤城山に登りて詠める歌）

わが夢は人に踏まれぬ杜の香《かほり》空をこがるる山の姿よ

静かなる青葉の杜に人住みて我れ待ちてある思ひもするかな

こだまの神森の静けさほこる歌か闇にかくれて鳴く時鳥

寂寥は鋭き鑿やさえし腕《て》やわが胸深く歓喜《よろこび》きざむ

われはしも夢にあこがれ都出でゝこの鶯の古里に来し

静けさや大沼に映る夕やけ雲古き芸術《たくみ》の鑿の香のごと

壊《くず》れたる城の砦の追懐《おもひで》に似たるよ君が老いし額《ひたひ》は

君が嘆きわが悲しみはたがひぬればそがひの国に築かれぬれば

滅びゆくその魂の悲しみの半は《(ば)》我も負ひて歩みし

追懐は北の国より吹く風か言葉もしらず胸氷りゆく

我はかの怨みも捨てむかひなきが甦り来る月の光に

嵐も好し興ありて来しこの山の眠れる魂の醒めて叫べや

友よこのあこがれ心清し興二人し伏して祈らば如何に

涼しくもかしこき行の夏籠《げごもり》の輿にもましてわれ静かなる
楊原《やなぎはら》ここは淋しき湖《うみ》の岸君を都の人をなつかしむ
夕雲の陣の大旗うちなびき都へ遠く鳥の飛び行く
人去りてその面影の幻の静かにわれをまた包み来る
華やかに装ひこらせ巧み尽せ都は宵の燈《ともし》かゞやく
厳《いっ》かしき宮の中にも入るごときこの静けさをわれは歩むか
人待てば緑の風のなつかしく涼しく胸の歓喜《よろこび》を吹く
もの凡て烟とざして美しく過ぎにし夢のかへり見らる
誘はれて舞楽の宮に入るごとく藍を堪うる湖なつかしき
母の胸に年久しく築きたる園に入るごと歌なつかしむ
人去りて静かにわれに帰り来つこの淋しさや祈らまほしき
かゝる日よ花ことごとく思ひ出に我や泣かるゝ懐かしき空

夏はげに新しきかな力ある緑の国の遠くもあるかな

華やかにわれを包めるものありと夕日かゞやく湖の岸ゆく

朝を来て鈴ふる鳥の懐かしく都に古りしわが夢さます

都遠く来てはわが立つ花の野の花のかづかづ嬉しき名あれ

厳《おごそ》かにわれにつゞける道ありて我は緑の国に入りしか

我はしも定められたる命のまゝに林の夏を歌うたふ鳥

若草に飼はるゝ牝鹿《しか》のあこがれて野に佇める瞳か君は

歓喜の鐘鳴る堂の朝靄に君と並びて野を遠く見る

髪を洗ひ尊き油身にぬりて緑の道を君歩み来る

長《とこ》しへにかくは咲きぬる花を見よ美《うる》はしき瞳の喜びを見よ

人来り人去り山のまひる時静けさ殊に胸にしみ来る

夕映は古堂の壁を一しきり林くゞりて輝かしむる

時鳥夢を築きてあこがれし幼き人も母となりけり
静かなる夏のま昼の日の下の名もなき涙君に消えずや
大沼《おほの》汝《いまし》夢なごやかに悲しげに都へ帰るわれを送るか
もの皆によき名のありき静かなりき大沼の岸の夏の一月
さらば大沼そのよき夢は永《とこ》しえの泉となりてわれに宿りぬ
森陰に湖の辺《ほとり》に草のみちにわれよ恋しきものにひかるゝ
かへり見れば母に別れし若き子が都に夢の淋しきがごと
道はろ〴〵海にも似たるみどりの野都へ急ぐ車に乗りし
その墓に幸あれやまもられて静けき野辺の手に抱かれて
なつかしく歩めば踏めば花の野の主《あるじ》こひしく面影に来る
古き鐘の夜半おのづから響くごと胸にありける思ひの叫ぶ
かへり見れば山巌かに寂しげにわが行く道をまもり黙《もだ》せり

途すがら鶯われに添ひて鳴きつ鐘楼《しゅろう》淋しき都に入りぬ
恋はそも湛えしづけき湖の朝人なき森の憧憬《あこがれ》ならし

詠草

早や君に逢はれぬ日ぞと淋しさを味ひなれて心つぶやく
泣けば声耳に返りてわれ独り心ふるゆる淋しさ覚ゆ
われ歌へば声荒らさびて末ふるゆ恋する力消えにし今日よ
声高にわがもの言ひし過ぎし日の晴々しさをふと思ひ出《づ》る
泣く人の涙の値ふと思ふいたましわれの朽ちゆく心
言ひ得ざる悲しみせまるふとわが目忘れし人の面影見たり
目は君をひたとまもれど、とゞめ得ず君さかり行くこの悲しさよ
何事もなしと今日しも口に言ひ安らげにして君と笑ひぬ

君が手の柔らかさ目のあでやかさわが前に立ち笑みかたむくる

今日もまた悲しき夢と過き《（ぎ）》し日をおとしめなげき一日くらしぬ

ゑみ割れて栗地に落つる音しきり静かなる日の午のものうさ

何もなし、たゞ君はしいわれは疲れ相向ひては曇りて暮す

ものゝ音、地にしみも入る静けさの秋又来ぬと独つぶやく

君と別る別れの心しみ〴〵と心に沁みて手をはなち得ず

荒き磯の鳥の鳴く音の耳にありて目をば閉づればわれに家なし

あゝ蟬も地に落ちて死ぬ日は来るわれよ空見て命を思ふ

たゞ歌へばこの悲しみは消ゆるやと歌ひし日のみ多かりしかな

ふと壁に耳あてゝ聞く更くる夜を蟋蟀のみは歌を歌へり

新派の歌の生れた時

歌に入る迄

もう大分古いことであるから私の記憶も濁つてゐる。話すうちに時を前後したり、また記憶の誤りのまゝ伝へるかも知れないが、とにかく私自身を中心として明治短歌の勃興時代を回想して見よう。古典復興の現時にあつて新を求め、何ものかを生まうと企てた当時を顧みるのも強ち無意味なことではないやうに思はれる。

　私が新派の歌を見たのは、まだ少年の十七位の時で、今から数へると明治三十二年頃のことであつたと思ふ。私の家はその頃豊前の豊津といふ九州の一隅にあつて、私がまだその土地の中学に入つて四年になつたかならないかの時分のことである。私はその頃別に文学を専門にやらうとしてゐたのではないが、趣味として文学が好きで、今の文学好きの少年と同じやうな経路のもとに毎月東京からいろ／＼な文芸雑誌を取つてゐた。新葉の歌はその雑誌の一つの『文芸新聞』に載つてゐたので、何でも与謝野鉄幹氏か金子薫円氏かの作であつたと覚えてゐる。その頃の文芸雑誌は余り沢山の種類はなかつた。主として『文庫』『新声』、それから大阪で出た河井酔茗氏等の『よしあし草』とこの『文芸新聞』位のものであつた。この中『文庫』や『新声』は梢々高級なものであつたから読むには読んでも本当の興味を感するところまで行かなかつた。唯私に面白いと思はれたのは佐藤橘香《きつかう》氏時代の新声社から発行されたところの、その『文芸新聞』であつた。

　私は歌を初めて見た時、面白いものだと思つたが、自分が作るまでの昂奮は覚えなかつたのである。けれどもそれが持つてゐる芸術の味ひはある程度まで私を酔はせた。殊に歌に対する知識は微かなものではあつたが、学校の先生から注入されてゐたので、その理解も比較的早かつたのである。これはまことに不思議な機縁と言はなければならない。実際私が今日芸術にたづさはるやうになつたのもそれが第一歩となつてゐると思ふからである。

その学校の先生といふのは、何でも國学院大学を出た人で、豊津近くに或る神社の神主であつたさうだが、非常に国文に熱心な人で私達は三年から四五年とかけていぢめられ通しにいぢめられた。一般の思潮が思潮であつたから、英詩とか何とかハイカラを好んで国文を卑んでゐたのに、その先生が来てからは落第する者が出来る。で私達はそれが厭さに自然と勉強するやうになつた。『枕草紙《(草子)》』や『徒然草』や『源氏』などを持つて来て、その講義をきいたり、歌の解釈を頼んだりしたのはその頃のことである。これが少くとも私の歌に対する眼を明けて呉れた一つの力で、曲りなりにも歌といふものに対する観念さへ持つやうになつたのである。

　その観念といふのはかういふのである。歌といふものは優美でなければならない。優美を備へてゐないものは歌としての条件に欠けてゐる。これは甚だ無理解な哀れな解釈ではあつたが、『枕の双紙《(草子)》』や『徒然草』の思想に影響されたその当時の私の持つた考としては当然のもの〻やうに思はれた。そしてその意味で『文芸新聞』を見ながら、私は与謝野氏のものよりも金子氏の作の方にそれを多く持つてゐると思つて、金子氏の作を喜んだものである。尤も両氏の作を並べて見ると、与謝野氏の壮士的なのに反して金子氏のは趣味に陥つたものではあつたが所謂優美を備へてゐた。そして分り易い。これが苦もなく私を捉へたのであらう。今から思へば氏の作は落合さんの模倣に過ぎなくて決して独創のものではなかつたやうである。

作り出した動機

　かうして歌を見てゐたが、然し私はまだ自分から作らうとは志ざさなかつた。所が不意に私の心を刺戟して歌作させるやうにしたものがある。それは日本派、即ち現今の根岸短歌会の前身の歌である。

　私の家が門司にあつた頃、学校ではマコレーの『クレライブ伝』を教へてゐた。これはなか〳〵六かしいもので、少年にはかなりの大物であつたから私はどうか下調べをして呉れる人はないかと思つて探した揚句、叔父の友人で英語の達者な人があるときいて、毎日そこへ習ひに行くことになつた。

これは確か中学五年位の時分で、私の卒業近い頃でもあつたから一生懸命に一日も怠けずに通つたのである。ところがその家で日本新聞を取つてゐたが、当時のそれには一週一度新聞よりは少し小形な文芸附録があつて、子規やその他の俳句や短歌が載つてゐた。もとより日本派の歌であるから万葉調に近いものである。けれども一体に平淡に過ぎて中には俳句を歌にしたやうなものもあつた。私は今でもその時の第一印象を覚えてゐるが、或る一首などはどうしても歌とは思へないものがあつた。これが歌か、こんなものが歌とは言はれない。私はかう思つて自分の考へてゐた優美の感情に適ふやうな作をしようと思つた。これが私の作歌の動機である。日本派の歌に反抗して作歌したといふのは、自分ながら妙な因縁だと私はその当時を回想する毎に思つてゐる。

さてその歌は記憶にないが、かなりの数であつたやうである。寄宿舎にゐる間といふものは飽かずに作つたので、自分も或る程度までは作歌に自信を持つやうになつた。然しまだ投書する所までには行かなかつた。この中学校では校友会雑誌を出すやうになつて、生徒の作品を集めることになつた。私にも求められたので、その歌を送らうかと思つたこともあるが、ふと思ひ返して新体詩を作つて出すことになつた。これが自分の作品が活字になるそもそもの初めであつたらしい。

ところが雑誌に出たものを見ると、私の作つた原形は無くて大変直されてゐる。然もそれが羽衣や雨江式になつてゐるので、私は非常な不満を感じた。一体これは誰がした！と聞くと先生だといふことである。けれども私は詩に対する一つの考があつたので、たとへ先生にしろ直すのは誤つてゐる、さういふ考なら先生の考が正しいが、また私自身が正しいか公平な人に見て貰ふことにしよう、とかう思つてそれを『文庫』に投書することにした。これが自分の作物を雑誌に投書した初めであつた。

結果はどうであらうか、私はその後かなりの気がゝりで翌月を待つてゐたが、詩は載らなかつた。翌々月を待つた。そこにも載らなかつた。で深く失望してしまつて、自信を裏切られ、さうしてそのまゝそのことは忘れてしまつた。やがて卒業する時が来た。私は学校を出ると休養の為に別府の温泉に行くのを例としてゐたので、その時も直ぐ一人でそこへ行つて、暢気に遊び暮らしてゐた。或る日のことである。退屈まぎれに大分の町へ行つて雑誌屋の前に立つて見ると、先月あたりの『文庫』が店に並んでゐる。何の気なしに手に取ると、思ひもよらぬ私の詩が出てゐるではないか。それが原作通りのまゝで載つてゐるではないか。私は思はず本を摑んで心をとゞろかした。私が勝つた！　私の考が正しい、私は嬉しさの余り本屋にあつただけの『文庫』を買つて、わざ〳〵豊津にゐる友人に一々送つてやつたことをまだ明瞭と覚えてゐる。

『文庫』に詩を送るやうになつたのはそれからである。詩よりも歌を先に作つてゐたが、さういふ機会が私に詩を発表させるやうになつた。殊にその時の雑誌で『新詩社』の広告を見て、直ちに入社し、与謝野氏と相知るやうになつた因縁を思ふと、私は益々考へざるを得ないやうな気がする。

入社すると同時に私はそれまでに作り溜めて置いた歌の中から二十首ばかりを選んで与謝野氏に送つた。『明星』にその中から一首や二首は載るだらうと思つたのだが、歌はそのまゝ送り返された。もとより無経験な一少年の作歌であるから、それが当然のことではあるが失望せずにゐられない。然しその代りに与謝野氏から極めて懇切な評を受けたことは忘れ難い印象で、その折はそれに依つて慰められ、これからは専心歌を作つて見ようと思つたのである。

今だから言へるが、与謝野氏程当時の青年の心を収攬《しふらん》したものは恐らくあるまい。手紙などは感激に富んだもので、読む者を思はず奮起させたものである。私なぞも氏の手紙を見る毎に昂奮を感じて、いつも東京の方に深い憧憬の念を馳せたのであつた。

新詩社時代

私が東京へ出て来たのは明治三十四年かと思つてゐる。五高の入学試験に失敗したのと一家が挙げて上京するやうな都合になつたので私も出て来たのである。そして早稲田に入る様になり、与謝野氏にも会ふ様になつた。『明星』の広告で新派短歌の一団体に『いかづち会』といふのがあるのを知つたのもその頃であつたらう。この会の同人は久保猪之吉、服部躬治、吉丸一晶、尾上柴舟の諸氏で、私はこゝにも入会して一回詠草を送つたことがある。然し『新詩社』ほどの力を感じなかつたと見えて、その後いつの間にか退会してしまつた。この会の人たちは学力もあり、割合にしつかりした人の集りで相応に権威は認められながら青年を引きつける力には乏しかつたやうである。機関雑誌のないのも理由の一つではあるが、一面当時の思潮の本流に乗り入らなかつたといふことが大きな原因ではなかつたかと思はれるのである。

これが先づ新派の短歌の勃興しやうとした初期であつたらしい。私のは無論側面観察ではあるが、取つた径路をたづねて行くとそこに当時の青年の心持が観取されるだらうと思ふ。落合さんから流れ出した流は、時勢と共に激しい勢を以て流れ出したのである。人に依ると落合さんが弟子を動かしてこの流を作つたといふ人もあるが、『浅香社』の事業や『明星』の発生や、『雷会』『叙景詩派』の運動を見て来るとそこはどうかと思ふ。落合さんは流に藁を浮かして、その方向を示した人ではあるが、大勢を決しさしたのは『新詩社』を起した与謝野氏その他の人ではないかと私は考へてゐる。さういふ意味で落合さんは後には弟子の人々に動かされて行つたやうな形がある。

『明星』は初め新聞紙体半分位のもので十六頁あつた。紙も印刷も悪くて、誌上には漢詩、国文、英詩評釈などがあり、終りの方に中学生の欄といふものがあつた。投書の歌はすべてこの欄に収められたのである。それが三号になると、大分美しくなつた。五号か六号かは挿絵の裸体画が崇つて発売禁止になり、七号目からあの綺麗な四六倍版の立派な雑誌となつて現はれたので、当時私等は驚愕の眼を見張つたものである。その頃誌上で有名だつた人々は男の方では窪田空穂君（これは社友より御客分といふ形）中山梟庵君、女の方では鳳晶子、中浜糸子、山川とみ子の三女史で、その外『よしあし草』の幹部であつた河井酔茗氏、内海月杖氏などの人達も作品を発表して、文芸雑誌としては盛んなものであつた。けれども私達は容易には一人前になることは許されなかつた。例の『大我小我』といふ中に皆一括されて、漸く月に三首四首位の歌しか発表して貰えなかつた。それでも不思議なことに別に不平いふ者もなくて、我々は一日も早く『大我小我』から一人前に扱はれる日の来るのを待つてゐたのである。

私等が一人前になつたのに、確かその年の暮のことだと思つてゐる。私と高村砕雨、金田一京助君の三人がその時抜き出されて、本欄へ名を連ねることが出来たのである。その時の喜びは実に異常なものでちよつと今からでは想像もつくまい。さうして翌年の八月まで、私は同人の一人として『明星』にゐたのである。

『明星』のした仕事

私が『明星』を脱したのに就て、いろ〳〵事情があるが、然しそれは私事に関したことでここで云ふべきことではない。何れその機会は来ようと思ふから私は他日を期する、要するに『明星』の人を生むのは潮の差引するやうなもので新しい人を作つては次の時代へと移つて行くのである。同人は半ヶ年位で次から次へと新しくなつて行つた。これは特色と言へば一つの大きな特色だつたのである。

『明星』の歌はすべてローマンチックの傾向を帯んでゐた。これは時代がさういふ時代であつたから当然の傾向であつたが、極めて目覚しいものであつた。本能的に美を愛したところ、純感情を重んじて魂を行くところまで行かしめようとしたところ、これは他の会合の到底追従の出来ないもので、『明星』が時代の青年を支配した一つの大いなる力であつた。従つて新派短歌の本流は『明星』であつて他のすべては傍流と見られたのも無理はない。断片的に批評しても、『いかづち会』は感情の枯渇した歌を作つてゐたし、『竹拍会』は古くて活気も色彩もなく、また思想も清新ではない。然も題詠の思想から離れることが出来なかつたのは明らかである、『根岸派』は万葉に即き過ぎて形式論を過重したし、金子薫園氏と尾上柴舟氏の『叙景詩派』は余り《(余りに)》理法を重んじて影の稀薄な、自然に参しながら自然に深い契合《けいがふ》点を持たぬやうな歌を作つてゐた。勢定つて『明星派』が大をなしたのは、もとよりこれは当然のことである。何しろそんな古い時代にあつて『明星』の発行部数が七千の上に出たことを考へると勢のよかつたことが分る。私と高村君とは直接購読者の上封《うはふう》を月の初めに書きに行くのだが、それだけでも優に一日かかつたからこの数は勿論誇張ではない。然し此んな勢力を持つてゐた、『新詩社』も遂に一頓挫して遂に再起することの出来ぬやうになつたことがある。それは与謝野氏の私行を中傷した『文壇照魔鏡』が出たことである。

私はまだこの時のことを覚えてゐるが、実際悽愴の感じさへした。五千からの読者を持つてゐた『明星』の発行部数が、その本が一度世に出て一度に半減した。そして三四ケ月の後には直接購読者十数名になつてしまつたから驚くではないか。それは丁度私の退社する頃で、その後幾分恢復はしたが、然しもう以前青年を支配したやうな力はそこに求められなかつたのである。

私は今翻つて『明星』の歌を最もよく代表した人は誰かと考へて見る。すると男では窪田空穂君、女では晶子女史が浮んで来る。実にこの二人は『新詩社』の生んだ大きな歌人で、その花々しい舞台面を私は忘れることが出来ない。人は与謝野晶子女史の歌を、夫君が刺激したといふが、決してそんなことはないのである。夫君こそ刺激され、影響を受けたが、女史は最初からの女史の本能に依つて歌を作つた。そのセンシアスなバイタリテーを持つてゐるところは、女史一人にのみ許された世界である。今日氏の歌が徹底しないといふのは、美の幻影を追うて当時の思想を余りに重んじた為、破綻を生じたのではないかと思ふ。

窪田君のは晶子女史と全く違つて、生地《きぢ》の人間生活の感情、または自然のそれを表はさうとした所に清新な味ひがあつた、けれども感情はただそれだけにとどまつてゐて、それ以上に通まなかつたところに深さが足りなかつた。イギリス派の詩人、キーツ、ウオーズオス、テニスンなどの影響が微かながらもあつて、その感情が瞑想風に表はれたが、形は甚だ小さなものであつた。

然し両者共に表はれたところは違うが、等しくその根本の感情がローマンチズムであつたことは確かである。けれどもこのローマンチズムは大成しないで、早くも外から破られてしまつた。田山花袋氏等の自然主義に圧されたのがそれである。これを極度まで発達さしたなれば必ず面白いものが表はれたのに、中途で滅びてしまつたのは憎しい。だからこの感情はその後になつて永井荷風君や谷崎潤一郎君の芸術となつて表はれたのである。私はこの二つの関係を意味なくして見ることは出来ないと思つてゐる。

赤城山編

雨の音の、殊に寂しい晩の事であつた。都では真夏の頃も、この山中の一つ家には、初秋の様な思ひがされて、青葉をつたつて落ちる雫の音が、人遠い深山の寂しさを伝へて、胸に沁み入り、様々な思ひが、一つに集まつて来るのを、独り心細くも自分の影をながめながら、吾旅の上を、心からはなさぬ都の人の上を思つてゐた。

かりそめに、旅装《たびよそほひ》をして、互々の胸の中に、旅といふ思ひを置きながら、朝早く、急いで都を出た思ひは、こゝに尽されてゐる。赤城山の頂に近く、峻しい峠を越えて、一歩づゝ、静かな境に入るにつけて、山の気がひしく〳〵と身に迫つて来る。その山寂しい風の音、清く透つてゐる空気、新しい緑、またば、夜更けて聞く雨の音、自分は、たとえ様のない境から、遙かに都の栄をながめ思つてゐる様な思ひが、しきりにせられるのであつた。

夢の様に、この思ひをたどつて、物忘れをした様になつてしまつてゐる時、入口の障子をあけて、廿四五位に見える、こゝの女主人が入つて来た。自分は少しあわてゝ、今の思ひから、心をうつしながらその人の顔を見た。晴やかな顔の色、眸の中には、殊に力をこめて、若々しい光をたゝへてゐる。おちついた色の着物の、筒袖の身軽な姿に、真白な足袋をはいてゐた。

自分はこゝに来てから、この人と親しくなつたのである。この様な山上、人遠い処に、この様な人の居るのを見て、自分は或る不思議を感じたが、それよりも、やがて自分の為めに、この人が、一番心合つた話相手であつたので。

自分はこの人を女主人と書くのは、どうやらわが見たる其人がらにふさはない（ふさはしくない）様に思はれるので、やはり、親しい友達の様に八千代さんと呼びたいと思ふのである。八千代さんは、喜ばしく親しさうに、座を占めながら、昨夜の話の続きでも話す様に、始めから興ありげに話し出した。自分はありのまゝに答へながら、昼寝の夢から醒された様に、たゞ八千代さんをばかりながめてゐた。八千代さんの顔は、その言葉の様に動いてゐる。その眸は、曇のない美しさと、よく物言ふ力とを持つて、急しさうに、その話のあとを追つて行くのである。

話は、山の珍しい事や、いろ／＼の世間の出来事であつた、土地の噂、旅行の話、この様な話しも、同じ様な若い男だ《(た)》ちが集《よ》つてしたのとは、全く異つてゐて、やさしい、美しい、細かい事が多い。たとへば、草の一葉の上に尽くされてゐる、自然の巧妙《たくみ》、小さい花の花弁にあらはれてゐる、栄を説かれる様に、知らぬ国へつれて行かれる様であつた。話の興が、次第に熟して来た時、八千代さんは、にはかに座を立つて。やがて、写真の箱を持つて来た。自分と、八千代さんとは新しい知己であるから、二人とも、自分自分の事を話すのに、それ／＼《(ぞれ)》の事が皆《みんな》新しく聞かれるのである。この面白味のある、不自由は、時々妙に人々を相寄せて、その心を開かせる事がある。八千代さんはその写真箱から。写真を出して見せながら、その友達の人達を説明しはじめた。美しく時めいてゐる人、醜く強さうな人、薄命な人、賢げな人、様々な人々は一人一人、前に置かれた。その男も、女も、たゞ草野の花の様に、ただかすかに自分の胸にふれて行くのであつた。そのうちに八千代さんのハスバンド《(ハズバンド)》のが出て来た。八千代さんは、これは私の夫ですよと云つたが、その顔には、何等微動もなかつた。美《うる》はしい花野の上を、急いで飛んで行つてしまふ鳥の様に、八千代さんは、それをのけて次のを取つた。そのハスバンドは、ひげのある人で、寂寥《さみし》い境に居ても、その中から、静かな悲しい思ひすら感じられない顔をしてゐた。その次も、次も、都少女ので、それはそのまゝ、二言三言品定めをして送られてしまつた。

その次のを取つて、八千代さんは少し口ごもりながら、これは私のなのですよといつた。受取つて見ると、幼い女の児ので、裏には、俊子、四年と書いてある。私は、八千代さんの児をつく／″＼見た。その時、このうら若い母なる人は、自分の手の中の児をさしのぞいてゐた。巣に帰つた鳥が、その翼をやすめる様に、その眸は、美しいなつかしさに、あこがれてゐる。その頬には、底ふかい威厳をつゝんだ無限の愛を漂はして、唇はふるへて居た。

俊子、俊子、自分はその名から愛した。自分がかつて、夢に慕つた幼児の名も俊子であつたから、俊子はいゝ名ですねと心から曰ふと、八千代さんは、急しくその言葉を受け取つて、私も初めは大変好きでしたけれど、この名をつけた児は、大変不運ですつてね、さうかも知れませんよ、この児も、決して幸ではありませんもの、といふその目には、急しい感情の往来が見えた。自分はそれをたゞ何故ですと、鋭く聞くと、八千代さんは少しふしめになつて、その美しい頬の色は、淋しい思ひをとゞめて、うす紅の色が退いて行く様に思はれた。その眸は、にはかに老いた、疲れた色にかはり、その唇はひきしまつて、来し方、行く末の思ひに閉ぢてしまひ、その胸には、この急しいためいきを送る、大波が立つてゐた。

暫くして、八千代さんは、重ねてたゞこれだけ曰つた。俊子といふ名をつけた児は、不運ですよと、その外の万事は、その口の中に葬られてしまつて、たゞ深山の雨の音がいやまして心にひゞくばかり。自分はやがて、かういつた。私も俊子という名が大変すきだつたのですが、その名がそんなに不運なのですかねと、その時、八千代さんは、その胸に動かぬものを持つてゐる様に、エヽと答へた。

話の道はやがて移つて、また華やかな色が、八千代さんの頬に上る様に成つた。この人は実によく、その心を移す術を知つてゐる。その声、その年は、その心とその力を共にして、変化して行く、今その思と言葉とはまたもとにかへつて来た。夜は更けて行く、林の梢を風は遠くならしてすぎる。八千代さんはふと、昔の友達なんぞは、こんなに成つてゐる私を見ましたら、どんなに驚くでせうと、自分で自分を批評する様な口つきで曰ふのであつた。夜は益々更けて行く、八千代さんは、それに気づくとすぐ大変長話をしましたねと、悔いる様にいつて、では、また明朝と、自分の臥床や、茶をあらためて、出て行つた。自分はそれを見送りながら、そのまゝ思ひをつゞけた。

自分は、今夜もまた、この山中で、この様な人と話しする事を物語めかしく思つたが、それよりも、更に、その幼い俊子の話に心を奪はれた。

自分は、今その、薄命な八千代さんの俊子を思つて淋しく思つた、悲しい、母の思ひも思つた。けれど更らに更らに、それよりも大変な事が自分をつゝんで行く様に思はれたのである。今一時を失つたらば、自分が心を尽して、祈り愛してゐるものは失はれて、そのかはりに、醜い、淋しいものが得られる様に、安からぬ思ひがせられて、心せはしく、都の人の上を思つた。私は、真実《まこと》と、空想との境とを失つたものゝ様に、筆を取つて、そのなつかしい人に、あわたゞしくたよりをしたゝめた。嘗て、私は、なつかしいその人と、春の若緑清い庭に向つて、静かに様々な物語をした時、二人はかたみに、俊子といふ名前を愛した。幸はその時、胸から胸にみなぎつて、餓いて水を求める様に、二人の唇には等しく、微笑がふくまれた。俊子は世の幸を負ひ、美しさを受け、清さをつゝんで、静かに花の間を歩む、羽うつくしい小鳥の様に生れて来べき幼児であつた。その魂は、まだ天の故里に夢さめず、母の胸に移り住まぬ前から、心をかたむけ、思ひあこがれて、なつかしみ待たれるのであつた。吾等、俊子に、ゆゝしく、かゞやかしき、黄金の栄と、金剛石の華やかさは、つゆ程もその上に宿れとは祈るのではない。暁の空の色をやどし、しめやかな夢につゝまれて、願はくは一人の人に心をかたむけられる幸と、大海の様な喜びを、その幸の中にきざみ、涙なつかしく、その胸の天をあこがれるものとなれと祈るのであつた。

私達の俊子は、かうして、夢を書く事の巧みな、若い胸の中に、時ふるまゝに、なつかしくあるべきものゝ一つとなり、短夜の夢の中に、幾度か、その美しい魂は現在の形を備へて、寂しさをかこつ人の慰めとなつてゐたのである。

そのころの或る日、かういふ事があつた。自分は、友と話しながら、画はがきを並べた店の前に立つて見た時、ふと、自分の胸に幾度か画かれてゐた俊子のそれに、つゆ異らぬとまで思はれる、幼児の写真をすつたのを見た。その眸は自分があこがれて来た、かの力をつゝみ、その唇は、うつゝに幾度か物語つたものであつた。自分は、この名もしらず、数多くすられて、かりそめに、多くの人の手にわたるものをも、そのすべてを忘れはてゝ、幾年か求めて、得られなかつた、唯一のものゝ様に胸がさわがれるのであつた。その夜、その画の上に心をつくして、「死よ、その針は何処にありや、陰府《よみ》よ、その勝利《かち》は何処にありや」としるして、その人のもとに送つた。

今、私は、くり返し思ふのである。かうして、私達の胸の中に、喜びのしるしとなつてゐる、俊子は、人々に思はれかしづかれながらも、その幸は、泥の中に落ち、悲しみはその胸を魅してゐるとは。と、今の八千代さんの言葉がくり返し思はれた。誠に世の中には、生れながらにして、憂と悲しみと不幸との犠牲《いけにえ》に成るものがある。ものゝ嫉は、恐ろしくも、それら、美しいもの清いものゝ幸を奪ひ去る事がいくらもある。自分は、八千代さんの顔に表はれた、証《あかし》をうたがふことが出来なくつて、夢から醒めて、美しいものを奪はれた様に思はれながら、都の人に、この思ひを書いたのである。それは、俊子といふ名は、悲しく淋しい運命をになふ、習はしであるといふ事、かの画の幼児の幸がこの様に定められてゐる事の寂しさを、くり返し、けれども、かの神のみ言葉は、長へにその魂を守り、その悲しみを幸にかへされんとたのみ、且つは、それに依つて、二人が恐れ危ぶむ不幸の、二人の前に来ぬ事を祈らうといふのであつた。その夜は、そのまゝ夢も消えて、翌朝、里から来た郵便配達夫に托して、この音信を持つて行つて貰つた。

　俊子は、それはたゞ吾等の夢の中に咲いた花である。自分は現実に可愛き俊子を抱くには至らなかつた。けれど、その淋しい運命を負つて生まれて来る、美しいものゝ、名にされるといふ、その俊子といふ名には、必ず一つの深い秘密がこめられて、此世から次の世へまで伝へられるのであらう。友よ、吾等は、今心をつくして、この悲しい美しい名の為めに、「死よ、その針は何処にありや。陰府よ、その勝利は何処にありや」の聖句を念じ様ではないか。

夏籠（赤城日記）

七月十九日

久しく旅行をしなかつたので、七里の山道には非常に疲れた。だが今夜はつとめて日記をつけて置かう。明日になると今夜の感興は何となく古くなつてしまふものだ。

今日は久しぶりで、旅らしい快活な心持がされた。久しく都会に蟄伏して疲れはてゝ居た神経に、新しい活々した力が出て、種々に束縛されて居た感情がにはかに放たれた様な心持がした。朝上野の停車場の改札口を出て、客車の中に入つた時は、覚えず拍手したい気がした。――汽笛が鳴つた時には私も一処に声が立て度かつた。――

今朝は霧が深かつた。上野からは、京都の工科大学の田中と言ふ友達が足尾にエキスカーションに行くのと一所に乗る筈であつたが、私のは六時で田中は六時半であつたので、私は田中を待つ事が出来なかつた。その代りに思ひ掛けぬ、おつれが出来た。――榛名から伊香保に行くといふ人で、昨晩定めて、今朝私が立つから一処に行かうと言つて来たのだとか言つた。――その人は高崎まで、私は前橋まで。

広い野に霧がかゝつて、その中を汽車が突進して行くのは実に心持のいゝものだ。自分の心持も一所になつて、有《あら》ゆる障害を衝き破つて行く様で、得意な心持がする。――私は何となく胸が躍つて坐つて居られない。早く！　早く！　と言ひ度い様だ。赤城山、赤城山と耳のわきで声がする様だ。実を言ふと、この一月半程の間は、始終、赤城山の事を考へて居た。高村君が先月の初めに帰つて来て、赤城山の話をした時には、私は、誰かの名作の梗概をでも聞く様な気がして、種々の想像をした。高村君が、赤城山の自然を説くのを聞いて、私は自分の従来目にした自然の中から、其にあてはまる可きものを悉く思ひ出して、朧気ながら一つの想像画を作つて見た。――更に高村君が其山に居ると言ふ、大さんの話、宿屋の若い細君の話をした時に私は殆んど、自分の好奇心を傾けて、是非行つて見ようと誓つた。――それからは、学校に行つても、家に居ても赤城の事ばかり考へて居た。実際、私はこれ程心を動かした事は無いと言つてもいゝ。――其赤城山に今行くのだもの！、心は遙に飛んで行かうと思ふのは其筈では無いか。

　そんな思ひをして居ながら、私はただ黙つて居た。黙つて、自分の胸の奥で、思ふ存分考へた。其考へるのは何より楽しい事だ。田中に逢へなかつたのが残念と思つたのも、いつの間にか忘れてしまつて居た。私は自然とうつむいて、傍見もしずに居た。――連の人は、袋の中から、何か小説を出して読んで居たが。話し掛け様とも思はなかつた。――私の心に物を言ふ隙があるものか。

　高崎に着いた。連の人は降りた。私は窓から首を出して、

「ゆつくり行つてらつしやい、帰つたらお互に話をしましよう」

と言つたが、それはその人に言ふよりか、自分の心に向つて言ふ様であつた。

　前橋で降りた時には、山が町の後に大きく聳えて見える。すると、そら来た！　来たぞ！　と覚えず独語が出た。――小暮まで車を雇つて、行李を前に積んで乗つた。町はづれから、暑い砂ぼこりの立つ道を、ごとり、ごとりとゆられて行くのはつらい事であつたが、一里半も来たと思ふと、雑木林の中に入つた。愈々赤城山の麓に着いたのだ。

　小暮に着くと、正午になつた。祖母さんがこさいて下さつた、弁当を出して食つた。車はこゝまで。これから先は馬を雇ふのだ。茶店の横手から、栗毛の馬を引いて、五十恰好の痩せた低い男が出て来た。口のとがつた、眼の小さい、猿の様な顔をして居る男であつたが、かぶつて居た笠を取ると、髪の毛がのびて居て、山の怪物かと思はれる様であつた。

　荷物を馬の両側に振り分けて、其上に毛布を敷いて、私に其上に乗れと言ふ。妙な工合だらうと思つたが、其処にあつた大きな石をふみ台にして、乗つて見た。左右の荷物の前の方に両足を出して、腰を落ち着かすと、馬が長い首をたれたので、前にのめりさうになる。

「ぢや気を付けてな！」

と茶店の亭主が後から声をかけた。

「ぢや行つて来ます！」

馬方がしやがれた声で言つたと思つと、手綱をぐいと引く。馬がのそ〳〵歩き出した。それにつれて、背がゆれる。私はふら〳〵して危く思へたが、其儘、ゆつくりと炎天の下を出かけた。

やがて半里も来たと思ふと、大松林《だいしょうりん》にさしかゝつた、涼しい風が奥からすつと吹いて来る。丈の高い松が奥深くたち続いて居る。其間を一里計りも行くと、小松の間に出た。――すると、眼界が開けてゆるい傾斜の平野の様な中に道がついて居る。右手には円い大きな草山が聳えて居ると、其裾を大きく曲つて行くのだ。左には長い丘が連つて居て、その下を川が流れて居るらしく思はれた。

日中の日光が上から直射して来る。私は九州で育つたから、夏でも日傘をさゝぬ習慣がついて居るので、帽子を傾けて、日をよけて行く、喉がかわいて来たが飲むものが無いから、上野で貰つた水蜜桃をかぢり初めた。それでも喉のかわきが止ら無いので、馬方に、

「水は無いかね」

と聞くと、立ち止まつて、私を見上げながら、

「飲むのかね、飲むのなら、少し先にあります」

と言つて、又馬を引き出した。

私は今日初めて馬に乗つたのだから、尻が痛くなつて来た。鞍の木が当つて、ぎしぎしこする。歩くよりは却つて困難だ。しかし、馬の上でゆられながら行くと、自分ながら、何となく気がゆつくりして来て、東京の事なんぞは、すつかり忘れてしまふ。――暫く行くと馬方が道の傍に馬を引き込んだ。草が丈長く繁つて居て、河が有るらしく思はれた。

「こゝに水がありますだ」

と言ふから、馬から降りると、その奥に、地にへばりついた様な、小屋が一軒あつた。

入口に髭だらけの、男があぐらをかいて、藁を打つて居た。其男は馬方と自分とを見ると立ち上がつて、やがて水を汲んでくれた。――この男は山番であると言ふ事であつた。

私は馬から降りて見ると、歩いた方が、遙かに安心で、自由で心持がいゝ。それで、あとは歩く事にした。

間も無く川を渡つた。石の上を流れて行く水が、夏の日光に光つて白く見える。其石の上を飛んで渡ると、河原には常夏の花が咲て居る。――私はこの花を見ると昔の事を思ひ出した。極々小さい頃の記憶の中で、私の心にいつも新しく思ひ出されるのはこれである。九州の或る浜辺に居た時に、夏になると、松林の丘の、茅の中や、草原にこの花が盛んに咲て居た。その丘で、私達は、いろ〳〵な遊びをした。私は其を思ひ出すと、歩きながら何となく笑つて見た。其松林の中に集まつて、色々な事をした事などが、何となく思ひ出される。其時の友達の事なんぞを思ふと、今は如何して居るかなどと、あてもない事が考へ出された――歩きながら、わけも無く考へて行くと、さきの方にあたつて、左の丘の裾から、右手の草山まで長くつゞいた、石垣が見えた。私の道が其中程を突つ切つて居たが、其処には大きな轆轤《ろくろ》の様なものが半ば崩れかゝつてあつた。――広い人気の絶えた、原の中に石を積み上げた、この壁が長く横はつて居るのを見ると、荒涼たる中に一種の深い思があらはされて居る様に思はれる。たとへば、世の中の凡ての人からは忘れられてしまつて居るが、如何なる人でも、その前に立つて見ると、切実に、其中にこもつて居る意味を感じずには居られないと言つた様な、――耶蘇の怒りに触れて枯れた無花果の樹を目のあたりに見る様な感じがされるのであつた。私は決して誇張してこう言ふのではないので、日々転々して行くと都会の中にあつて決して感じる事の出来ない景情である。――私は急いで、其石垣の処まで行つた。其中ば倒れかゝつて居る、轆轤の間を通りぬけると、石垣の中も、やはり外とかはらぬ草野である。馬方に

「此は何の為めにこさいたんだらう」

と聞くと、

「上に居る馬がこれから下に行かない様にと言つて……」

と答へた。――人離れのしたこの草野の中に横たはつて居る、一條《ひとすじ》の石垣は実に深くも不思議な感じを心に刻みかけた。――其処から一町許りも行つて小高い処に来た。すると、道の右側に、馬頭観音と刻んだ石が立つて居た。私は、其前に立つと、何とも言はれない恐れを感じた。この原を歩いて来ると、人の声の絶えて響かぬ中に、誰れとも知れず、生きて縦横にこの野を我者として居るものゝあ

る事が感じられるのであつたが、丁度この石を見ると、この石が、声を発して、我はこの野の主と言ふかと思はれた。――人の刻んだ文字が、偶像か。

それから三ノ輪と言ふ山腹の小村に着くまでは、川に添ふた道であつた。三ノ輪の入口まで来て、僅か許りの畑を見たり、人の話声が、畑の間から聞えた時には私は強く懐しさを感じた。

三ノ輪は淋しい村だ。三ノ輪村をぬけると、茂林の中に道が入つて行く。急に険しく、土が湿つて居る。林には今栗の花が真盛りで、にはかに涼しさを感じた。林の下草の中は、種々の花が咲き乱れて居る。奥の方では、鶯が鳴いて居る。私は今までの広々とした、何もない原から、この林の中に入つたので、急に種々の思が集まつて来る。――種々の想像を繰返して考へて見た。

谷川を渡つた。大きな樹の根が道の上に、さしかゝつて居る下を曲ると、上から郵便脚夫が降りて来た。私を見ると笠に手を掛けて挨拶をしたが、立ち止まつて、

「あなたは東京から大洞に出《で》くだね」

と尋ねるから私も立ち止まつて、うなづくと郵便脚夫は、一束の手紙を取り出して、

「この中にあんたの処へ行くのはありませんか」

と言ふから、私はそれを受け取つて見ると、高村君の書いた手紙とはがきが四五通あつたが、私のはなかつた。それで無いと言ふと、

「それなら――」

と言つて、郵便脚夫は分れて行つた。私もその足で急いだが、私は何となく、高村君が待つて居るんだらうと思はれて、今朝の一番初めの心を思ひ起した。

新坂を上つて、湖が初めて見えた時には、私は其青葉の茂つた林の間から幽《かすか》な思ひ深い姿に心を奪はれた。

大洞に着いたのは、日の暮であつた。軒の低い古びた家の奥に、爐に盛んな日がもえて居て、薄暗い室を時々パッと明くする。私は其入口に立つて人を呼んだ。

「高村君は居ますか？」

出て来たのは、年の若い女であつたが、私がこう聞いたらば、

「はい」

といつて其儘二階に上つて行つた。すると高村君が降りて来て、梯子の処から首をつき出して、

「やあ！」

と言ふ。私も同じ様に
「やあ！」

と言つた。

「向にまはり給へ、入口は向ふだよ」

と言うから、裏の方に廻ると、山から降りた正面にガラス戸が立てゝある。こちらは新しく建つたのらしい。

私は其入口を開けて入つた。すると入口の部屋で、二十五、六の女が髪を結はして居た。こちらに横顔を見せたまゝ、黙つて居る。色が透き徹る程白く、夕方の薄暗い中に威厳のある強い顔をして居る、私は正面に立つて居る高村君と顔を見合せて、先づ笑つたが、内心この女の人を圧して迫つて来る力を感じた。

高村君は嬉しさうにこう言つた。

「君が今日来るか今日来るかと思つて待つて居たよ。今日は余程はがきでも出して催促し様かと思つたのさ。」

「あゝさうかい、其郵便屋には途中であつたよ。」

こんな話をして居ると、後から、はつきりした、高い強い声で、

「誰か――お洗足を早くしないか！」

と、髪を結はして居る女が叫んだ。私は覚えず振り返つた、女はもとの通りに黙つて、心を動かした様にも見えない。私は高村君と顔を見合はして、息を止めた。

足を洗いながら、その女を見ると、ちやんと坐つて、口をきつと結んで、輪廓の整つた顔を正面に

向けて居る。何処となく人に迫つて来る様な、或る力を表はして居ると思はれた。私は二階に上りながら、高村君に、

「あの人？」

ときくと高村君はたゞうなづいて見せた。

二階の室は、粗雑だが清らかであつた。二人で相対して坐つて居ると、やがて晩餐が運ばれた。――食事がすむと、東京の話、今日の途中の話で持ちきつた。其処へ、障子がすつと開いて、前の女が艶々しい髪をしながら、極く自然な静かな笑を含んで入つて来た。前とはまるで変つた人の様だ。軽るい楽しい表情をして居る。私とは向ひ合つて。何となく人好きのするやさしさも見える。――つゝましやかに高村君のわきに坐つた。

私はこの女について始め想像して居て、逢つて初めて感じた感じがまるではづれてしまつた。たゞこうして見ると、静かな女らしい人だ。――しかし、その瞳の奥にも、頬の色にも、唇にも、私達の思ひよりは、更らに深い何物かがある様にも感じられた。美しく光る様な膚《きめ》の細かい皮膚が、青味を帯びて居て、華やかな処女の色が遠く消え去つて居る中に、実に計り難い生涯の物語がこめられて居る様だ。私はまだ経験にとぼしい者だから、一見して其人の生涯を想像することが出来ないが、この女の顔を見ると、この山の静かな自然の力も其奥にひそまつて居る様に思はれた。

「高村さんも、これからはお淋しくはありませんのね」

女は私の顔を見ながらこう言つた。

「えゝ賑かになりました」

と高村君が言ふ。

「ほんとに、高村さんはお淋しうございましたわね。あなたも（と私を見ながら）こゝはお淋しうございますよ、何にも有りませんからね。御辛抱が出来まして？」

「でも、こゝに来るのが目的で家を出懸けたのですから、僕は一月位は居様《やう》と思つて居ます」

話をして行くと、その声は澄んで、力がこもつて居る。それから種々私の来なかつた間の高村君の

話が出た。夜が更けたので女は室を出て行つた。疲れて居るが目が冴えて眠れない。私は高村君の話を聞いて想像して居た女の様に、鋭い沈んだ寂しい感じをしなかつた。まだ世の中に背を向けてしまつた人とは思はれ無い。そして何処となくカームネスな処もある。……床の中で今日の事を考へて来ると、一日が非常に長く種種の事が非常に多くあつた様に感じられた。――それで更らに起き上つて、行李の中からこのノートを取り出したのだ。

七月廿日、晴れ。

今朝は朝寝をした。目がさめると身体の疲れが出て堪えられない。

今日は小沼に行つて、大さんに逢はふと言ふので、こゝの家の重い下駄を引きづつて出かけた。この家の玄関を真直に上ると、雑木林に出た。それをぬけると櫟の林、その林を出て熊笹の中を行くと山と山との間の高い処に上つた。こゝから見ると、地蔵の裏は全体大方草野《さうや》で、その窪みにポツリと林が一群あるが、其処に小さい池が光つて居る。其は血の池と言ふのださうである。そこから少しはなれて、小沼は見える。露はな、淋しい、冷やかな感じの起る湖だ。裸体《はだか》の死骸が横はつて居る様だ。其岸に降りて見ると、彼方に五、六十の牛の群が、群がつて水を飲んで居る。私達の姿が見えると、一済にこちらを向いた。艶のいゝ毛を、日光に晒らして居るのは、美しい心持のいゝものであつた。私達は東の方に向つて、大さんの小屋を宛てに、石の上を歩いて行つた。艶の無い石の色、小さい山梨の憐れな姿、其間を行くと、まるで焼跡を歩いて居る様な思ひがされた。少し行くと右側の藪の中に、小さい墓があつた。すると、高村君がこんな話をした。

この小沼には主が居る。其主と言ふのは、昔、この山の麓に居た少女で、十六になるのが在つたが、何か恋の恨みに堪へられなくなつて家を脱け出して、この山に来てこの湖に身を投げたが、其儘この湖の主になつた。――こう言う話は至る処にあるものだと思ひながら、聞いて居ると、藪陰から鶏の鳴く声が聞こゑた。大さんの小屋は其藪陰に有るのだ。小さな路がついて居て、藪を廻ると、倒れかゝつた垣根があつて、其処に鶏が遊んで居る。小屋と言つても、私などが嘗《かつ》て見た事の無い程のあばら屋だ。一方土を切り下げ其を壁の代りにして、小屋が建てられてある柱には皮のまゝの木が使つてあつて、其に一つもそろつて居ない板が乱雑に打ち付けてある。そして入口には筵《むしろ》が下げてあつた。高村君は、

「大さん！」

と言ひながら、其筵をあけて中をのぞき込んだ。中には爐が一つあつて其に火がもえて居る。そして正面に、色の青い、痩せた爺が一人坐つて居た。

「大さんは笹熊が地蔵に出たつて行きました——まあお入んなせい。」

と言つた。高村君は一寸ためらつた様であつたが、私を振り返つて、

「一寸休んで行かう」

と言つた。私も入つた。爐には大きな鍋が掛つて居た。小屋の中は二つに仕切つてある。一つは物置らしく、まつくらだ。一つの方は、僅かに、床があつて、其上に板がならべてある。其板の上には筵が敷いてあつた。寝道具が一隅に、其他色々な道具を入れる棚の様なものが有る。——大さんの坐たらしい爐のふちには、山犬の皮が二三枚敷いてあつた。窓と言つては一つもない。中はいつも薄暗く、たゞ入口の筵の間からと、壁の板の隙からと、日がさし入つて来るが、穴の中の様な心持ちがした。

留守をして居る爺《おやじ》は里なれた媚びる様な物の言ひ方をしながら茶を汲んでくれた。高村君は黙つて其を一口飲んだが、

「では、大さんが帰つたら又来るつて言つておくれ」

と立ち上つた。

二人とも其処を出た。

道々高村君は大さんの身の上話をした。もとは上州でも有名な博徒であつたが、女房が変な奴だとかで、大さんは多少ある財産を持つて、わづらはしい生活をするのを嫌つて、突然其を女房と息子にくれてやつて、この山上の氷小屋の番人になつたのだ。——顔なども剛な処があつて、それでひどく

無邪気だ。笑ふ時などはまるで子供の様だ。高村君がこう話したので、

「幾歳《いくつ》位だい？」

と聞くと、

「五十四、五だらうね」

こう言つて歩いて行く時、池の岸で一声牛か《(が)》鳴いた。山を響かして鳴いた。すると群が乱れて、両岸に散つて、彼方《むこう》からも此方からも鳴く、荒い、心を漲らした声が、湖の面を響ひて、山に反響する。死んだ様な自然が奮ひ《のがひ》立つて其声に答える様だ。


私達は実はこの野飼の大きな獣が、この様に、声を立てゝ叫ぶのを聞くと共に、其恐る可き野性に向つて恐れを感じた。――しかしこれは何でも無く、其牛の群は私達の傍を通りながら、たゞ大きい眼をして見返つて行く許であつた。

もとの道まで来て見返ると、牛は湖を廻つて、鳴いて居る。何物か彼等の群に鞭を加へて其心を乱したものゝある様に、彼等は首を長くして、駈けながら小沼の廻《まは》り右からも、左からも鳴いて行くのであつた。

私達は、家に帰ると、二人とも吾々以外の動物が時に、自然の中に向つて、人間の五感の感じ得ない何物か見、何物かを聞く事が有るのではあるまいかと言ふ事を話し合つた。


日が暮れるとやがて、千代さん（昨晩の女、この家の娘だ）がやつて来た。今夜は写真の箱をわきにかゝえながら、やはりにこ〳〵して来た。

「今日は小沼に往らしつたのですつてね」

「エゝ、大さんの処に」

「居ましたか？」

「居ませんでした……」

高村君は一体に無口な人だから、今夜あたりから話は大抵私がする様になつて居る。


千代さんは写真の中から、二三枚女の写真を出して見せたが、やがて小さな女の児のを一枚出して、

「これは私の娘です」

と言つた。淋しい顔をした児だと思つたが、

「おいくつです」

「六つになりました。俊つて申しますの」

「俊子」と言ふ名は、私は前から非常に好きな名であつた。それで
「俊ちやんつてい〻名ですね」

と言ふと、千代さんは急に私の言葉をさへぎつて、

「でも俊子つて名のついた女は不幸だつて言ひますよ。私もさうかと思ふのです。この児もさうです し。私の友達にもさう言ふ人がありますから」

「そんな事があるんですかね。……（私は何故となく胸を打つもの〻ある様に感じられた。）……何故でしよう？」

「何故か存じませんけれど、この名の人は余程不幸だ《(て)》さうですよ。その外にも、あんまりおめでたい名はつけるものではありませんつてね。八千代なんと言ふ名もいけないさうです」

「さうですかね……」――私はこの言葉を不意と心に深く感じて、私自身にも、何か其様な事と相連らなつて居るもの〻ある様に思つた。人と言ふものが実に力なく弱く感じられた。

千代さんは此度は、フロックコートを着た男のを出して、

「これは私の親でございます。」

と言つたが、別に何の心を動かすもの〻有る様にも見えなかつた。私も一寸手に取つて、

「ハア――」

と軽く言つて、下に置いた。――其男は眼の小さい、口の馬鹿に大きい、鬚をはやした、極く卑しい物質的な顔をした男であつた。

話が別の方に飛んだ。この山に冬籠りの話、氷り切りの話、沼の上の氷り滑りの話などが出た。別して、満山雪に埋れて居て、風が絶え間無しに吹く中に、この一軒家で暮す間の寂寥の感じは特別で

あると言ふ事を聞いた。――其時窓の前で青葉にそゝぎかゝる雨の音がした。遠くから忍びやかに来ては、消え去るものがある様な思ひがされた。静寂の極だ。何か心まで遠くに持つて行かれる様だ。――障子を開けて見ると、闇はすぐ眼の前から幾何の深さがあるか計る事の出来ない様である。しかし空は晴れて、星が輝いて居る。

「今のは何の音です。」

「私雨と言ひまして、低い雲が通ると、其処だけ降るのです」

「私雨つて言ふのですか？」

今夜もをそくまで、話をして居た。

廿一日、晴。

今日は朝から大沼のわきに出て、草原に寝ころんで、話にふけつた。この腹は常番小屋と言ふ。昔赤城神社の常番小屋があつた処だとか、湖畔に沿つては山梨、楓など疎らな木立があつて、其隙間隙間から湖がちら〳〵、透いて見える。湖に向つて坐つて居ると、左手の方には小さな流れがあつて、其両側にはポプラが繁つて居る。右手には黒檜山が高く、真黒に繁つた木立で包まれて、聳え、左には大きな森が地蔵の裾を取りまはして居る。前面は、湖を隔てゝ五輪峠から波を打つた低い外輪山の茂林が見える。荒山は鋭いとがつた頂を其後から表はして居る。――原には、処々に山梨の樹が、心細さうに生へて居る。草の中には、翁草、きぼし、かりがね草などの花が、丈高くならず咲いて居る。

――二人は、湖辺に山梨の陰にころがつて、色々の話をした。

高村君の話を聞くとまるで長い一篇の小説を聞く様であつた。私は高村君の話に自由な想像を加えて、私達の今宿して居る家の歴史、千代さん、千代さんの両親《ふたおや》の上を考へて見た。さうするとこの静かな自然の中に、この様な出来事が籠つて居るかと不思議に思はれた。一体この山の頂上には、三軒の家がある。一軒は新坂の下の処、地獄谷に、一軒は沼尻《のじり》と言つて大沼の水の落ち口に、一軒は神社の側で、今私達の居る大洞の猪谷である。今は大洞が一番繁昌して居るので、地獄谷はたゞ憐れな、温泉宿だ。（山腹の一軒である）沼尻の家は更にひどいので、其娘が、博奕打の妾になつて居るのだとか、高村君の話によると、凄い冷やかな顔をして居る廿五、六の女であつたそうだ。大洞は昔は大した家ではなかつたのだが、三四代前から急によくなつて、それからはする事が皆当つて行く、それで今の様になつたのだ。

一体この家の人は代々山気があつて、投機的の事が上手だとか、――それで、この地獄谷の家と、大洞の猪谷とは今でもあまり仲がよくない。両方ともこれと言ふきは（際）だつた事もないが、お互に同情などはちつとも無いさうだ。処が其原因が非常に面白いと思つた。この争は三代前の人達の間に起つた事で、大洞の家の娘を、地獄谷にやる約束があつたが、其を大洞の人が破つて、他家にやつたとか言う事ださうだ。其事からして地獄谷の家では世間の狭い山間で育つて、里との交通も繁々としないから、純朴ではあるが偏狭で、嫉妬深いと高村君が言つた。大洞の方では、山気がある丈けに、進取的で、且つ前橋にも家があり、当世風なやり方をして居る。処で千代さんの様な人が生れた。――この様な話を聞くと、私は静かなこの赤城の自然の中に包まれて居る、人々の生涯、運命が深い神秘のものである様に感ぜずには居られなかつた。――黒檜、地獄、荒山の間に生まれて、黙して幾千年を一瞬と見て居る、山々の気の満ちたこの野に育つて居る人の運命、――それを聞いて深い感情を動かさずには居られないではないか。

高村君はこの話をして居たが、急に立ち上つた。そして、二歩三歩行つて私を振り返つて、

「歩いて見よう」

と言つた。私も起き上つて、大沼の岸に出た。涼しい山上ではあるが、しかし夏は夏だ。日光が烈しい色をして、茂林の青葉を照らし、静かな湖をてらして居る。岸に立つて見ると、湖は四方、山の裾の茂林で囲《かこ》まれて居る。広い水は、新碧藍《しんぺきあい》を湛えた様で、岸の林の陰が黒く映つて居る。――其上に夏の光が照らして、其に向ふと、華やかな、歓ばしい懐しい思ひに引きよせられる様である。

私達は岸に立つて見て居たが、黙つてしまふより外はなかつた。何と明かに言ふ事は出来ないが、

私はこの静かな自然が、決して死んで居るものとは思はれない。湖の面からも、茂林の中からも、何物かが声を出して、相互ひに談《はな》し合つて居る様な感じがされる。吾々の制限された五感ではそれを何と言ふ事は出来ないが、しかし、吾々の全身はその中にあつて、其情に触れる事が出来るのであらう。――人間以外の世界、肉体の無い霊魂、永世、――この世の空想ならざる神の愛――私はこれ等の感じが心を躍らして、感ぜしめられたのであつた。心の底で感ずる、幸福の情が胸に漲るのを覚えた。

一時間許りも二人は無言で居たらう。ふつと気が付いて相かへり見た時には、二人とも大きいため息をした。そして互に微笑した。

「黒檜の方に行つて見ようか」

高村君がこう言つた。其声はしかし自分の心中の考へに囚れて居る声であつた。

「行かう」

私もたゞこう答へただけで、二人とも又無言のまゝ、岸を歩いて行つた。すると、行く手の山梨の間から、大きな牝馬が一疋踊り出した。続いて四、五疋、子馬も交つたのが馳《か》けて出たが、ざぶ〳〵と湖に入つて、水を飲まうとした。其処に私達が立つて居るのを見ると、一済に顔をこちらに向けて、臆病らしい眼付をした。子馬は親馬と親馬との間に入つてしまつた。可愛い様な、気の毒な様な、心持がした。其儘歩いて行くと、私達の歩くにつれて、其馬の群は方向をかへる。――私達はやがて林の中に入つてしまつた。

林の中には、大きな一枚葉の草が地を覆つて居る。池に沿つた細い道を歩いて行くのであつたが、私は自分の思ひを思ふまゝに広げて、其の木立をすかして見ては、其奥にある、草や木にまで、なつかしい思ひをよせられるのであつた。ここに来て見ると、人間と草木との間に何等の差異も無い様に感じられる。草木にも霊魂があつて、相感じ、相物語る。吾々の耳が受ける声、眼に映る色、光、それ等は宇宙の現象の或る一部分に過ぎぬ様に思はれる。――私は高村君にこう言つた。

「こんなに静かな処に来ると、自然の方が却つて人間よりも活動して居る様だね」

高村君は、

「僕もさう思ふ」

高村君はこう言つたが、何となく沈んで居た。――林を脱けると、又汀に出られた。ここから小島が島には浅い水で続いて居る。

小島が島、いゝ名では無いか、小さい島だ。前に書きおとしたが、遠くから見ると、島は茂つた林の一団の様に見える。――この島のわきに、二つ、更らに小さい、岩が出て居ると言つてもいゝ位な小島がある。其周囲は水が黒ずんで、凄い色をして居る。――こゝが大沼の一番深い処ださうな。

帰つて来て、室にころがつたが、明日は郵便が来る日だと言ふので、午後は外に出ずに手紙を書いた。ここは郵便は小暮から配達するのだ。私が一昨日通つて来た道を、通つて持つて来るのだ。それで三日に一度づゝ来る事になつて居るさうだ。それも夏だけ、冬などは月に一度位だと言つた。

私はあした誰からどんな手紙が来るかと思ふと待たれる様な気もする。――高村君も何か書いて居たが、急に私の顔を見て、

「ね君、何だか東京が恋しい様だね」

「何故？」

「何故つて事も無いがね。……僕は昔の事を思ひ出しちやつた。」

「どんな事をさ、」

「どんな事つて、死んだ姉さんの事を、」

「ほう、君に姉さんが有つたのか」

「僕より二つ上の姉さんが居たよ。この硯も姉さんのだつたんだ。もうずつと前に死んだ。その姉さんは僕をひどく可愛がつて呉《くれ》てね――。」

いつも無口の男が今日に限つて、独りで話し出した。カバンを開けて何かを取り出したが、其を机の上に置いて、

「これは姉さんの書いといた日記だよ。これを読むとね、僕等の少さい時分の事がすつかり分る。僕がいたづらして姉さんを困らした事なんかも書いてある。」

「君の家は昔から今の処にあつたのか」

「いゝえ、先は谷中に居たさ。そらあの某院つて寺があるだらう、あのわきに居たんだ。姉さんはね、それに書を習つて居たが、ずい分勉強家だつたと見えて、今でも家にたく山残つて居る。」

　こんな事を言つて居たが、高村君は淋しくつてたまらないと言つた様な顔をして居る。それからは二人とも、手紙はおつぽり出して、話に気を取られてしまつた。高村君は色々と祖父《おぢい》さんの事、祖父さんの弟の事などを話した。其話が移つて、此度は高村君は父さんの彫刻家に成つた初めの事を話した。ふいとした機会がよく人を急転せしめて、全く図る可からざる道に立たせる事がある。運命の不可知、不可測な力――高村君の父さんもそんな一例である。それから父さんの作の話、奈良の博物館にある、巨猿の像を刻む時の事、高村君の追想の話を聞いて居る中に、夕方に成つた。――例の鈴を振る様な、赤ばらが鳴く、其声が林に響きわたる。私は秋の初めの様な心がして、何とも言へぬ淋しい感がせまつて来る様だ。高村君も自分の話で情が迫つて来て、涙ぐんで黙つて鳥の声を聞いて居た。

「何だか、東京が恋しいね」

今度は私が言つた。

「東京よりか昔が恋しい」

高村君がこう言つた。

　其中日《うち》が暮れた。燈が付けられた。晩餐が運ばれた。それがすむとやがて、梯子の処で千代さんのはしやいだ声が聞こえる。

「何？　山中《さんちう》は山なかだ。また言つてるよ」

其声がして、足音が聞こえると、高村君はいやな顔をした。――そこに、障子が聞いて千代さんは入つて来たが、

「高村さん又山中が例のやつてるんですよ」

と言ふと、高村君は
「ハア？」言つたきりだ。それで千代さんは不思議さうな顔をしたが、

「どうかなすつて？　高村さん」と聞くと、高村君は急に立ち上がつて、

「君、大沼に行かないか」

私は、そこで千代さんも誘つて大沼に行つた。夢の様な薄月がさして居る。湖畔は昼にもまして静かだ。岸に来ると、千代さんはいきなり石を取つて、水の中《うち》に投げた。湖の中では何か答へる様にドボンと音がした。高村君は其を見返りもせずに、ずんく昼間行つた林の方に行つてしまふ。私はしやがんでじつと考へた。

　暫くすると千代さんが、

「今夜はどんなお話？」

と聞くからどんなつて事もないと言ふと、

「でも高村さんはどうかなさつたのでしよう」

と言つて私のすぐそばにしやがむ。白い顔が月の光で浮き出した様に見える。私は、漠然とその顔をながめて居た。

「あなたは、こんな処がすきですか」

と聞くと、

「えゝ、私なんぞに好きも嫌ひもあるもんですか。」

と言つてかすかに笑つた。――冷笑《あざわらい》！

千代さんは不意と自身を冷笑《れいしよう》した。すると急に立ち上つて、水ぎはに行つたが、

「水野さん！　こゝに来て、この水に手をつけてごらんなさい。」

と言つた、何となく偶意の有る嫌な感じがして、行つて見ると、暗い黒い水だ、私は慄然とした。

「もう帰らうじやありませんか」

と私は帰へる事を言ひ出した。すると千代さんは、

「高村さーん」

と呼んだ。――暫くして林の中から高村君が出て来た。三人は無言のまゝ帰つて来た。高村君は目が

光つて居た。顔が何となく青く見えて、唇が堅く結ばれて居る。千代さんは賑やかな処がすつかり消えて居た。——急に衰へた嫌な顔をして居た。

廿二日、曇——雨ふり初む。

郵便が来た。私には△△から長い手紙が来た。こちらからは母上と△△と、外二、三のはがきを託けた。

　隣室に井上と言ふ医科大学の人が居る。剛健な鋭い顔付をした人だ。はき〳〵した物の言ひ方をする。

　午後になつて高村君が、一週間計り他に行くと言つて、出て行つた。私は急に淋しく思つたが、東京を出る時に考へて居た。黙示録《レヴェレーション》を読まうと思つて取り出した。この二、三日は、物珍しく近所を歩き廻つたり、話をしたりして、独で考へて見る隙が少しも無かつた。それで今日は、何となくしんみりして、聖書を開く事の出来るのが嬉しい、——一章から読み初めたのだが、私が嘗て感ずる事の出来なかつた、激烈な信仰の言葉が、慄ひ動かす様にして胸に響いて来る。火の様な、罪悪を焼いて行く事が火の様な言葉だ。三章まで読んで、じつと考へ込んで居ると、千代さんが入つて来た。窓の障子を開けて、そこに腰を掛けて、

「今日は独りでお淋しうございますか？」

と言ふ。

「いゝえ、」

「さうですか。何かお話しましょうか。」

「えゝどうぞ、山の話をして下さい。」

「山のつて、私そんなには知らないんですよ。……」

と言つて居たと思ふと、急に窓から下を向いて、

「オイ、山中《さんちう》、山中」

と呼んだ。下から、

「あァ」

といふ返事が聞える。

「お前何か用があるのか？」

「う、一寸」

と言ふと、此度は私を振り返つて
「ごらんなさい。あれが山中ですよ」

私ものび上つて見た。下にはこゝの家に居る、あごの無い、跛《びつこ》の男が上を見て立つて居た。私を見ると一寸首をちゞめて、妙な笑ひ声をしながら、小屋の方に行つた。

「山中つて何です」

「山中つて、あの男の事を皆でさう言ふのです。あの男は、家の親類つゞきになるのですがね、あんな片輪でしょう、それで、ほんとに可笑い人間なんですよ、始終、山中は山なか、日中は昼なかつて言つて人を笑はすのです。

「面白い人ですね」

「随分面白いのですよ、それに一体が頓興に出来てるんですもの」

「どんな人なんです」

「どんなつても事も無いんです。やつぱり百姓の息子ですの。子供の時に怪我をしてあんなに成つたんですが、あれで、暢気な事ばかり言つて人を笑はして居ますよ」

林で赤はらが鳴き出した。夕方になるしるしだ。この鳥は朝と夕方と鳴く、朝は涼しいやさしい声がして、目をさますと、満山鈴が鳴つて居る様だ。鳥の声がし出すと、千代さんは口笛を吹き出した。私を見返して、笑つた眼をしながら、つつと立つて室を出て行つた。

夜、二回に蝙蝠が飛び込んで来たのを大騒をして、捕つた。

廿三日、晴

昨夜、高等学校の生徒が一人来て泊つた。今日井上君と、井野というその学生と、私と三人で鈴ヶ峯に昇つた。

鈴ヶ峯は新坂よりも更らに先きにある、険しい山だ。其頂に立つて見ると、眼下には岩が重なつて、截《き》り下げた様に成つて居る。遠くには、広く平地が見え、榛名山は相対して立つて居る。榛名の下からは、一條《ひとすじ》の河が、うねくと流れ出て居る。高崎の停車場に着く時にあつた河であらうと思つて見た。水が白く光つて居るのを見ると、懐かしい思がされる。――燕が何処《いづこ》からか飛んで来た、岩の処で一舞ひ舞ひ返して飛び去つた。――何か、私達は遠い島に追ひやられて居て、陸地から便りでもあつた様な心持がした。岩燕と言つて、岩に巣をかけて居るのださうだ。

夜高村君が妙な装をして帰つて来た。如何したかと聞くと、鉛筆を忘れたとかで、取りに来たといつた。――千代さんが又おそくまで話して居た。今夜は旅の人が日が暮れて道に迷つた時は、遠くから

「オーイ、オーイ」

と呼ぶ、其時には声のする方にラムプを出して、こゝに家の有る事を知らせ、下では必ず食物を用意して其を持つて向ひに行く。時には、男達が行つて背負《しよ》つて来なくつてはならない程疲れて居る事がある。と言つて、種々とそれに関した話をした。それからは、或る年の冬、小沼の雪の中に三十日も倒れて動けなくなつて居た女の話、其女を救けて来た時には、身体に蛆がわいて居たが、不思議に死ななかつたと言ふ話や、ここの家の人が黒檜の頂上に昇つた時に、蝙蝠傘が石に立て掛けてあつて、其わきに白骨があつた。其は男で、衣服のきれと博多の帯とがわづかに残つて居たと言ふ話が、いくつも出た。――其時、室の前で、閑古鳥がすごい声を出して鳴いた。二人は急に顔を見合せた。すると遠くで、長く呼ぶ人の声が聞える。私は千代さんに注意した。

「ほんとに聞えますね」

と言つたが、ラムプを取つて窓から高くさし上げた。そして、

「あなた、呼んで下さい。」

と言ふ、私は面白い様な、物珍らしい様な心になつて、

「オーイ、」

と繰返して呼んだ。すると、むかふでも、

「オーイ」

と答へる。千代さんは耳をかたむけて居たが、暫くすると、

「何だ、あれは何ですよ、家《うち》の留《とめ》ですよ、つい欺されちやつた！」

と言つて、私の顔を見て笑つた。私もあてがちがつた様な気がして笑つた。

　こんや、おそく千代さんのハスバンド《（ハズバンド）》が山に来た。


　廿四日、廿五日――雨。


廿六日小雨、少しく晴る。

朝、山中が遊びに来た。初めてだ。

私の室のランプの掃除をして持つて来ると、其儘話し込んで行つた。丈の小さい、色の白い、眼の大きい、悧怜《りこう》さうな顔だ。言葉に妙なアクセントを付て、何事でも可笑味《おかしみ》のつく調子で物を言ふ。そして少しもひがんだ処の無い男だ。

「山中は、何んて言ふんだい。」

と聞くと、

「エヘ……、そんな事は、どうでもよござんすよ」

と言つて出て行つた。

　午後は井上君が小鳥が島に植物を採集に行くと言ふから一所に行つた。見た事の無い花がいくらも

咲いて居る。岩うちは、ベニイヂ《(チ)》ヤクサウ、など言ふのも有つた。——島の中苔《うちこけ》がなめらかに生へて居て、小さな社がある。島から湖を見た処は又一つ変つた景色だ。

帰つて見ると、家の庭に生れた許りの、未だ臍の緒が着いたままの牛の子が、迷つて来たと見えて、うろうろして居る。それを家の人が皆立て見て居た。暫くするとやつと牛番の若い男が来て、色々工夫をして居たが子牛は乳を欲がつて、しきりと鳴く。若いものは困つて居た。——この親牛はくせが悪くつて、乳をのませる事を嫌ふので、子供を捨てゝ、何処かに行つてしまつたのだと言つた。

夕方にやつと親牛を見付出して、木につないだまゝ乳をのましたと言つて居た。

再会

一

今日も二人は、この湖畔の草原にねそべつて、半日暮してしまつた。私が着くと二三日《ち》は、木村もそはそはして、この大沼の周囲をまはるやら、鈴が峰と言ふ絶壁にのぼつて、上つて来た方を見下すやら、躑躅の多い丘を見せるやら、小沼《この》と言ふ此処から、小さな山を一つ越した先きの湖を見に行くやら、先達《さきだち》になつて方々連れて歩いたが、結局そんな事はほんの附焼刃で、何時となしに、この山梨や楓などの疎林を前に控へて、其間から湖が見える、草原にねそべつて、二人とも話に耽つて日を暮す事に落ちてしまつた。

　この木村と言ふのは画家で、私とは平常《ふだん》一週間と互に顔を見せずに居る事は無いのだが、かう一所に旅をすると言ふ様な事は、これが初めて。だから来て見ると、気が新しくなつて、新しくお互に興が湧く。何か倦んだ様な気が少しも無いので、話す事がいきいきと胸にこたへる。そして、後から後から話が湧いて来る。

　初めは、湖を写生しかけて居るからと言ふので、朝、めしがすむと、木村が画の道具を持ち出すから、それでは僕はその傍《ふち》で本でも読まうと、一所に出懸けたが、成程、木村は、心持のいゝ木の蔭を撰んだものだ。枝が低くさしかゝつて、日のさし加減と言ひ、前には疎林があつて、その間から湖の深碧が見える。

　其処に腰をおろすと、木村は画架をたて、絵具箱からパレットを出し、絵具の色を合せて居る。丈《せい》の馬鹿に高い、肩の広いがつしりした身体をあちら向け《(あちらに)》て、何か一心にやつて居たが、暫くすると、ふつと後を振り向いて、そこにねそべつて居る私と顔を見合わせると、其細いきれの長い目に、子供の様な笑を含ませて、一寸人のよさゝうな思ひ入れをする。私も笑ふ。すると無細工《むさいく》な大きい口をむづむづさせて、何か言ひ出しさうにする。

「まあ、少し話さうよ。」

其を見ると私もつひかう切り出してしまふ。

「うむ。」

木村は煮え切らなく、まだ画の方に心残りをして居る様なふりを見せたが、其儘、無恰好な程大きい身体でぬつと立ち上つて、あらためてぎこち無く、私の鼻の先きにあぐらをかく。そして絵具の臭が沁み込んで居さうな、大きな手を、やり場の無さゝうにして居る。

暫くかうやつて黙つて居る中に、ふと何か話の緒口《をぐち》が付く。するとそれがのびて、木村も画はそつちのけになつてしまふ。こんな事で、一週間ばかりは雨さへ降らなければ、二人ともこゝにころがつて居た。――話のはづんだ証拠には、木村の画が初めの時と少しも変つて居ないのでもわからう。

しかしこんな事は、半分以上この赤城の景色が手伝つてさせるので、誰れでもこゝに来たらば、この景色が気に入つて、私達の様になつてしまは無い人は無からう。


景色と言へば、周囲が一里半もある湖を中心にして、それを広く外輪山が取り囲んで、沈黙して守つて居る。だから湖の周囲は人気の無い厳かな花園の様で、その中に居ると、四辺《あたり》から森然《しつとり》とした山の気が、漲つて人に迫つて来る様だ。しかも其中に懐しみがあり、やさしみがあつて、まるで夢を見て醒めまいとして居る少女の様だ。こゝの林の山毛欅《ぶな》でも、白樺でも、楓でも、あくまで素朴で晴やかで、暖かみがあつて、恐ろしい人をおびやかす様な気は少《うち》しも無い。

この様な処に来て八月の初め頃の東京――もう何処の家に行つても、気のきいた家《とこ》では大抵は避暑に行つた留守で、案外がらんとした感じがする。道を歩るいて見て目に付くものは汗じみた、がつかりした様《さま》の人と、風に吹き立てられて、四辺が濛々となる砂ぼこりで、灰色になつて居る路傍の木の葉位なもの、その上をカッカッと目がまはる様な日の光で、町と言ふ町は、吐息をついて、水気の無い、干涸びた色になつてしまつて居る。その東京の事を思ふと、思つただけでもほつとする。

目の先にはいつも水々しい緑が、濡れて光つて居るし、足下には人の呼吸《いき》のかゝつた事の無い様な色をして花が咲いて居るし、空と地との間には塵らしいものは一片も舞つて居た事が無い。――そればかりか、胸の中までもしみじみと、沁み込んで来る、清浄な、静寂な山の気！……それとも一つは、私達が泊つて居る。宿屋だ。この山にはふさはしい一軒屋、それで、思つたよりも室が綺麗で、食物《くひもの》が甘《うま》くつて、その上に家の娘だと言ふ廿六七の女が居る。それが木村と二人には謎で、恐ろしい力の籠つた眼を持つて居て、人の胸の底の底を、横の方から見て居る様だが、そのくせ半生涯の間一日も同じ調子の静かな心をして、暮した事は無かつたらしい。しかし、面と向ひ合つて見ると実に美しい眼をして、人を魅する様な女で、一寸見た時にすぐ感ずる、額のやつれた衰へが、どこかに隠れてしまふ。――名はおらくさん。

それで、話が少し横にそれたが、今日も、又例の通りで其山梨の陰にねそべつて居たのだ。――処が今日は平常と少し話がちがつて、木村も画はそつちのけ、てんで道具も家《うち》に置きつぱなしにして話の方に身が入つて居るのだ。

話は昨晩《ゆうべ》の続きで、木村は心の底の底から、悲しみに纏《まつわ》られて居る様に、目に暗愁を含ませて、話して居る。常から華々しい軽やかな感情を持つことの出来ない男だが、今日などはとりわけ其顔が哲学者風に見えて、重つくるしい。

昨晩ふとした事から、木村は其家の事を話し出した。祖父になる人が、身分も家柄も捨てゝ、自分で声をあてに芸人になつた。処がその声を仲間のものに嫉まれて、水銀を呑まされてしまつた事。その血をついだ父が又、思はぬ事から画家の処に奉公して、遂に画界の人になつた事。……今日はその父が、一代の大作をした時の話、それが今奈良の某富豪の処にあるが、自分の親だから、贔負(屓)目にみるわけでなく、人に迫つて来る様な威厳がある。……自分は其時は幼かつたが、今でも父が苦心して居た時の様子が目に見える。……かう言ふ話をして居ると、二人は不意に驚かされて、夢から醒めた様な顔をした。

「朝つぱらからどうでしよう?! ……二人とも！」

見ると四五間はなれた処に、おらくさんが立つて居る。私達が振り返ると女は歩みよつて、「何がそんなに面白いんです？ ……今郵便が来ましたよ。」

と二人の鼻先きに、一束の郵便を出した。私はやつと気を移す事が出来たので、それを受取ると、

「まあ、お坐んなさい。」

とその顔を見て言ふと、女は私の足の方に膝をついた。私はぐつと身体を起して、木村と向ひ合つて坐ると、木村の分だけを、ぬいてわたした。木村は感情の移らない、物足りない顔をしてそれを受取つた。

それでとにかく二人とも手紙を読み始めたが、私は広島の方に帰つて居る友達の手紙があつたので、第一に封を切つて読んで居ると、木村が低い声で
「おい」

と言ひながら、その持つて居る手紙を私の前にさしつける。見るとむづがゆい困つたと言ふ様子、口付をさせて居るので、

「誰れからだ？」

と、何気なく聞くと、彼は渋つた調子で、

「う……先生からだ。」

「先生？ ……誰だ、山田か?!」

木村はおつくうらしく諾《うな》づく。その時、私はさつと不快な感じが走つたので、わざと知らぬ顔をして居ると、木村は私の心持をぐつと感じた様な目付をしながら、

「ま読んで見たまい。この廿三日ごろ来るさうだ。」

「こゝへか……何しに来るんだ。君がさう言つてやつたのかい。」

「う、言つてやつた。……君に出した手紙と一所ごろだつたのかね、まさか来ると言やしまいと思つ

た。……そして、非常にこの山がなつかしいと書いてあるぜ。君にもよろしく言つてくれ、出来るならその日まで止めて置いてくれないかと言つて来た。」

「止めて置いて如何するんだらう。……畜生。」古狸め、」

私は腹が立つてたまら無いので、当なしにどなつた。そのけんまくを見ると、木村はぢつと、私の顔を見つめて居たが、急に嫌な顔をしてぷいと立つて湖の方に行つてしまつた。

私と木村の仲だが、この山田の事になると、私は何と無く木村の心が信じられ無い気がする。これまでにも二人の口に山田の噂が出る事は幾度もあつたが、その時には必ずどちらかの感情がそれて居て、互にその言つて居る事に同情をして居ない。それで最後は妙に心持わるくなるので、二人とも成るべく山田の噂をする事をさけて居た。――山田は三四年前までは、私も親しい先輩であつたが、一人の女の事から、二人とも敵になつてしまつた。これで大抵の事は推察がつくだらう。

それで、私も木村にはかまはずに、自分の手紙を読んで居たが、何となく腹が立つので何が書いてあるか、半分は夢中で読みながらも、幾度となく舌打ちした。

すると、黙つて居たらおらくさんが又不意に「誰方か山に居らつしやるんですか?」と言つたので、私は思はず「あ!」と言つて、その顔を見た。女はいぶかしさうな眼をして私を見つめて居る。

「山田寒山つて、そら歌を作る人が来るんですとさ。」と言ふと、

「あの人?!、独りで来るんですか。」

「知りません……」

「…………………」

「…………………」

女はすんだ冷めたい目をして、私の心を読まうとして、私の顔を見て居る。私もその目を見返して居たが、何となしに、山田の事が癪にさはるので、

「チョッ!、畜生、」

と覚えず女の顔を見ながら、口走つた。小声だつたので、女は何とも思はなかつたらしく、やはり冷

たい目をして私の顔を見て居る。

その中《うち》にふと、かう思つた、

「あの位、咀ひ合つた事も、年がたつと忘れるものかしら？」

不思議だ！。山田の奴永い間に昔の事を思ひ返したのかしら、それで或は自分が邪推して居た事がわかつたのかもしれ無い。

と思つて来ると、何と無く心も落ち付くので、急に今迄おらくさんをにらみ付けて、ぶつぶつ言つて居たのが工合がわるくなつた。「木村は何方に行きました？」

まぎらかしを言つて湖の方をすかして見る。「何方でしよう？……さつき湖の方にいらしつたつけ。……」

女も一所にその方を見る。私はふつと立つて「ぢや、捜して来ます。」

と言つて、湖の方に行つた。

木村を捜して歩るいて見たが、見えなかつた。それで家に戻ると、木村もすぐ後から、庭口の山を降りて帰つて来た。それを見ると、「君は何方に行つたんだ。」

と前の事は半分忘れて元気よく聞くと、「僕か、僕は小沼の氷番の爺の処《この》に行つて話して来た。」

「さうか、それで居なかつたんだ。」

こんな風で、私は臆面なくやつて居たが、木村は何となく奥歯にはさまつた様な顔をして居る。——夕めしにもなり、燈火《あかり》もつくと、おらくさんも上つて来て、話をしたが、はしやぐのは私とおらくさんとで、木村は何となくくすんで居た。

二

次の朝、平常《いつも》の様に食事をして居ると、木村はふと、

「昨日小沼の氷番の話に、こゝから日光にぬける道が非常に面白いさうだ。僕はもう二三日《にさんち》したら行つて見ようと思ふ。」

と言ひ出した。

私は一も二も無く反対すると、木村は予期して居た様に、

「僕はいやだ。」

「だから僕一人で行かうと思つて居る。」

と言ふので、それにきまつた。

朝めしがすむと、木村は絵の道具をさげて、私は書を懐にねぢこんで、相変わらず二人連れで、平常の山梨の木の蔭に出懸けたが、するとは別に心に蟠が出来たわけでは無いが、今朝にかぎつて、木村も画に身が入る、私も頻りと書に興が乗つて来て、一心に読み入る。時々木村はほつとした声で、

「おい。」

と言ふので顔を上げると、

「こゝんとこの色が思ふ様に行か無い。」

と刷毛で書きかけの木の枝をさして、そこを二つ三つ筆でなぐる様にする、私は身体を起して、覗き込まうとすると、木村はもう知らん顔をして、一心にかき続けて居る、私も又書の上におつかぶさつて、先きを読む。

それで昼迄はわけも無く過ぎてしまふ。昼になると、家《うち》からおらくさんが、呼びに来る事になつて居る。すると、木村は思ひ切りよく画を片付けて、二人とも家に帰つて来る、昼すぎになつても、二人はもう話す事が無くなつた様な顔をして、互に自分の用をはじめる。一二度は散歩に出掛けたが、二人とも今迄になく、頻りと四辺《あたり》の景色に見とれる。時々は立ち止まつて、夜の様な静かな中に何と無く、林や山が呼吸をして居る様で互に耳をそばだてゝ聞いたり、遠くで鶯の鳴くのに気を止めたりしながら、心の中では、互にひどく淋しい思がされて居た。

「こんな静かな処に立つて居ると、自然の方が人間よりも余程《よつぽど》活動して居るね。」

とこんな事を言ひ合ふ。――今は二人とも一人づゝ別々に居る様な気になつて、この自然に向かつて居るのだ。その代り、木村の画も急に出来上るし、私も思はず書《ほん》を読む事が出来た。

その中に愈々、朝早く木村は小沼の方をさして、出懸けて行つた。その跡、私はぼんやりして、窓から湖を見て見《ゐ》ると、おらくさんが入つて来て、

「何してらつしやるの？」

「ぼんやりしてるんです」

と、少し笑ひかけると、女も笑つて、二言三言話をして居る中に、ふつと
「山田さんてどんな人です？」、何気なく言ひかけた。

「さ」

私が気が乗らぬ返事をすると、女は話を前の方に向けたが、暫くすると、

「急がしいのに、話し込んぢやつた。」

と言つて出て行つた。

独りになると、私は山田の事を思ひ初めた。

この旅の先で、四年ぶりに又山田と顔をつき合わせるのか。……その中にどうも一種言はれない何かが含まれて居る様だ。心の底に何かおそろしく暗いわだかまりが出来た様だ。……

今になつて見ると、ごたくした枝葉《しえう》の事は大方忘れて居るが、其時の事の大体ははつきりと思ひ出せる。……何かなしに浮かんで来るのは、東京を一寸出はづれた処の、新築《しんだて》の白々した縁に、庭の方を向いて坐つて居る山田と、二尺ばかり隔てゝ、その日急に年が三つもふけて見える程、青い、かき乱された顔をして、泣いた目を据ゑて居る、その女の姿を。それに向かひ合つて、縁に腰を掛けて居る痩せた病気上りの私、この三人が呼吸一つするにも、後から暴風雨におつかけられて居る様な気合で、黙つて居る。——その最后の有様だ。

しかし、其時言つた言葉は存外あたりまへのであつたが、恐ろしい心はその言葉の裏に含まれて居て、誰れか一人立ち上りでも仕様ものなら、それですぐその調子が破れて、如何なるかわから無い。……だが、その中で今でも私に一番はつきりと刻み付けられて居るのは、私を見据ゑて居た山田の眼で、血走つた、憤と、嫉妬とで、怪しく光つて居ながら、何処か弱味のある、悪賢い感をさせた……

と思ひ出して来ると、私は其時にまだ自分が、山田のわきに坐つて居た女を自分の味方の様に思つて居た事が浮ぶ。

事件は極く簡短だ。その頃私はまだ年もいかないくせに、向ふ見ずにも、山田が前《せん》の細君を追ひ出すまでにして、わざ〳〵呼び出した、その女をそゝのかしたのだ。勿論、その女は私より年も上だつたし、私が別にどうして居たと言ふわけでも無かつたが、……いや、そゝのかしたと言ふのは、無論誤解であつたが、しかし、今になつて見ると、何の為めに山田とその女との間に立つたらう⁉。……その当坐はたゞ行きがゝりでやつたとばかり思つて居た事も、考へて見ると存外、それ相当の因縁がある。……その年の春ごろから、私は山田を何処と無く面白く思はない様になつて居た。それは極くぼんやりとさう思つて居たので、とりとまつたわけは無かつたが、夏の初めになつて、突然国を飛出してきた其女に、山田の家で逢つてから、私は何故か今迄に無く山田のいやな処ばかりが目に付く。其と反対に、その女とは次第に親しむ機会が出来て、両方から接近して来る。しかも其が山田には大つぴらで、――山田は女との仲はあくまで隠して居たので、私には極くぼんやりと推察が出来る位ではあつたけれど、私と女と親しくするのは、何の不思議も無い様な気がして居た。……其を山田がわきから、やきもきしてぢれるのを見ると、こちらから、さかねぢに卑劣だの、浅ましいのと、ひどく心に悪むで居た。

其時に女はと言ふと、あすこが女の弱い処か、それとも心の迷ひやすいわけか、陰にまはつては、私をつかまへて、たゞ苦しい苦しいで、苦しい事ばかり言つて聞かせる。そして私が、その苦しい心持を底の底から知つて居るものと思つて居るらしく振舞つて居たが、私にとつてはその仕方が、女の心持を押し付けられて居る様に思へてならなかつた。…………言はゞこんなとりとめの無い事だけれど、こんな事をやつて居る中に、小さい感情が重り重りして、山田は心を急がして、其女と結婚すると言ひ出した。それを聞くと、私はわけも無く憤慨して、不意に女の処に逢ひに行つた。女は私のけんまくに驚いて、おどおどして、色々と言いわけがましい事を言つたが、其処へ山田が出て来て、遂々日頃の感情が爆発してしまつた。――その女はそれなりにづる〳〵と引きこまれて、結婚してしまつた。

　その最后の幕をやつてから四年の間に、私は一度……たゞの一度山田とその女とに逢つた。それは山田と争をして、間もなく私は病気が次第に重くなつて、母と伊香保の温泉に出かけて行く途中の事で、品川から乗つて目黒まで来ると、汽車に乗り遅れさうになつて、あはてゝ私達の乗つて居た車に飛び込んで来た二人連があつた。私はプラットホームに反対の窓かは《(がわ)》に居て、外を見て居たので、その音に振り返つて見ると、はつと思つた時にはもう顔を見合せて居た。

「や！」

山田から声をかけた。

「どちらに？」

「少し身体がよくありませんから、温泉に行かうと思つて、」

「それはいけませんね、」

山田の言葉がわざとらしく丁寧であつた。が私は心が弱く感じやすくなつて居たのであらうが、腹がふるへる様に波だつて、言葉尻がふるへて居た。話の間に、ちらと女の顔を見ると、若々しく装つて居て、此間のかき乱された心持は、もう影も見せて居ない。――その中に新宿に着くと、二人は気が急く様に、一寸挨拶をして出て行つてしまつた。――

　その時から四年の間、同じ東京に住んで居ながら、何処を歩るいても、この二人の姿を見かけた事は無かつた。

　この様な事を思ひ出して居ると、ふと山田の心がしみじみ味へる様にも思へる。何か自分の思つて居た事がすつかり誤まつて居た様にも感じられる。……今になつて、自分もその女に恋して居たのでは無からうかと、思ひ付いた。……木村が居なくなつてから、室の中に居ても、外に出ても、つい頭をさげて、色々な考へにふけつて居る、他目《よそめ》には気が重さうで、ぼんやりした目付をして、思ひ屈してでも居る様に見えたかもしれないが、自分ではたゞつい深入りをしてしまふので、さして楽しくも無いが、苦しい事も無い。それを、おらくさんが折々、横合からふいと出て来て、何かはしやいだ調子で破つてしまふ。そして二言三言話して居ると、何の気も無い様な顔をして、

「山田さんてどんな方です？」

と、私の話をつり出さうとする。その度にそらして居ると、知《しら》ん顔をして居ながら、注意深い目で私を見る。………さうして居る中に、私達は次漸《しぜん》と心に親しみが出て来て、何となく面を合わせると、お互に笑を含ませ合ふ。

その中に三日たつと、夜、木村がふらりと帰つて来た。私は待ちこがれて居た様に喜んだ。久しぶりで、室の中が賑やかで若々しくなつた。その晩はおらくさんと三人で心持よく木村の旅の話を聞いて夜を更かした。

次の朝起きると、木村は急に思ひ付いた様に絵具箱をいぢり出して、

「僕は今日昼すぎから前橋におりる。」

と言ふから
「迎ひか、」

と聞くと、

「う、あしたの朝皆が着くから、今日から行つて居様、そして僕は皆と一所に東京に帰らうと思ふ。」

と言ふ、私は一寸心がくもつたが、

「さうか」

と軽《かろ》く聞いて、木村が片付けるのを見て居た。木村は絵具箱をしやんと始末して、行李も括り上げた。

それがすむと、暫く黙つて居たが、何か思ひ付いた様に
「散歩し様」

と言ふ。私は何となく今日ぎりの様な気がして、一所に草履をはいて、家の前の草原をぶらぶらしながら湖畔に出た。その間二人とも、心で涙ぐんで居る様な気がして、一言も口をきゝ合は無い。

湖畔に立つて広い水の面を見て居ると、私は何時の間にか拾つて持つて居た石を、力一杯に中心に

向つて投げ込んだ。遠くでどぼつ言ふ音がする。すると木村も何と思つたか、屈んで足もとの石を拾つて投げた。又どぼつと音がする。二人は思はず顔を見合せて笑つた。――そんな事をして歩いて居ると、二人は何時か例の山梨の樹の処に来たので、其処に腰をおろしてしまつた。

「静かだね。」

私は覚えず口を切つた。木村は「うむ」と口の中で言つたきり、又黙つてしまつた。二人は互に膝を抱いてうつむいて居る、暫くして私は
「山田は前の事を何と思つて居るのだらう？」

と言つた。

「さあ……」

と言つたぎり、木村はぢつと考へ込んで居る。私もそれで黙つて居ると、此度はうつむいたまゝで木村が
「君はどうだ？」

と聞く、私は急にこの幾日かの間考へて居た事を、木村に話し度くなつたので
「僕は逢つて見たくなつた。何だかお互に感じそくなつて居た様だから、会つたら存外わかるかもしれ無いと思ふ。……山田もそんな事を思つたのかしら。」

「さあ……」

二人は又黙つてしまふ。私は妙に言ひそぐれてしまつた。

頭の上で不意にさらさらと、木の葉が鳴る。思はず見上げると、何時の間にか風が出て、湖にも小波が立つて居る。

「おい、風が吹き出したよ。」

と言ふと、木村も重つくるしい眼付をして、それを見る。

「こゝには随分よく坐つたね。……こゝは実に心持のいゝ処だ。一生忘れられ無い処だぜ。」

私は急に心で涙ぐまれる様な気がして、かう言つて笑ひかけると、木村は上まぶたの重さうな目をし

て、ぢつと私を見返りながら、強く、「僕は赤城と言ふ処が忘れられない。」と言ふ。そして頬の肉《ま》がかすかにふるへて居る。

「君の居ない間に、僕はこゝで色々な事を思つたよ、この静かな景色の中に居ると、今まですぎて来た事が、余処《よそ》からあらためて話をされる様にまざ〳〵と思ひ出されるのだもの、……僕は世の中に出て愈々失敗してしまつたらこゝに逃げ込んで来ようと思つたね。」

「僕もさう思つた、君が来ないでも、洋行して帰つて来たら、この草原の処に画室を建ててやらうと思つて、其ばかり空想して居た。」

「さうか……来られたら来年の夏も一所に暮さうぢや無いか。」

「うむ……」

「…………」

「…………」

こんな事を暫くの間名残惜しさうに話し合つて、二人は家に帰つた。もう昼餐《ひるめし》に間が無いので、二階に上つたが、まだ話しが残つて居る様な気がして向ひ合つて居た。めしがすむと、木村は出かける支度をした。それを送つて、湖畔に添つた山毛欅林の中の道を行つた。林を通つて、草花が一杯咲いて居る原を通つて、私達は頼りと輿に乗つて話しながら、外輪山の大たるみの処に来た。こゝは前橋に降りる、降り口で、そこで別れて帰つて来た。

私は独りでその道を歩るいて来ると、白樺の立ち枯れした大木に、斜に日が当つて、銀色をして光つて居るのが、古い墓標《はかじるし》の様だ。林の中に入ると、涼しい風が吹いて来て、青葉がさら〳〵と音をさせる。繁みの奥から鶯がすんだ声をして鳴く。まるで尼寺の中に入つて来た様で、心がしんとすんで来て、その儘其処に坐つて祈祷《いのり》でもしたくなつた。

家に帰ると、おらくさんは待ちかまへて居たと言ふ風で、二階の欄干に腰を掛けて居た。私を見ると笑ひかけて
「何処まで？」

「新坂の上まで」私も笑ひかけた。

女は暫く私の顔を見て居たが、何気なく言ふ風で、

「あしたは愈々山田さんがお出になるんですね。」と言ふ。

「さうですね。」私がついつり込まれると、すかさずに、

「どんな方？」

「さあ、どう言つたらいいだらう。……一寸調子のいゝ人ですね。」

「綺麗な方？」と熱心になる。

「そうは思へないア」

「ぢや……」

と言つたが、そつと私の顔を見て
「私よつぽど思ひちがへをして居たのよ。」

と山田がよく女に関係する噂の事などを話し出した。その中に私はついそれにつり込まれて自分の事もあらまし話すと、すると、女は私の話にひどく胸をおどらして興じて居た。

三

次の朝、目を開けると枕元の窓が開いて居て、其処におらくさんが腰を掛けて居た。——私の目を開けるのを待ちかまへて居た様に、

「今日ですね。」

と言ふ。私は床の中で頭だけもたげて、女の顔を見ながら軽く笑つた。今日になつて見ると、何となしに不安な感じもされるけれど、心持は存外軽るい。窓から空を見ると、空はぬぐつた様に晴れて居る。——急いで飛び起きて、面《かほ》を洗ふとすぐ外に出て見た。大沼がとりわけ静かで、美しい瑠璃色をして居る。かすかな風も吹かない。夏の盛りだけに、日の光は華やかで、ぎらぎらして居るが、涼し

さは十月の初め位。その日を浴びて立つて居ると、やたらに人が懐しく、胸が躍る、思ふさま深い呼吸《いき》をして、自分はたつた一人で安らかな、美しい夢の中をさまよつて居る様な心持がして歩るいて行くと湖の北側の入り江の処に白い花が点々と水に浮いて居る。

私は浮々《うかうか》して、其処を歩き廻はつて帰つて来ると、家の庭に見馴れない男が三四人集《たか》つて、がやがや言つて居る。急いで、後からのぞき込むと、生れたばかりでまだ胞衣《ゑな》が切れて居ない牛の児が居て、乳をさがす様に牛飼の男に鼻をすりつけて居る。

「どうしたの？」

とわきに居る男に聞くと、

「こいつの親は、くせが悪くつて、前《せん》の時も生つぱなして逃げてしまひましたが。……こいつもおいてきぼりを喰はされたので、こゝに迷つて来たのです。」

と言ふ。

「まだ生れた許りぢや無いか、」

「生れた許りとも、昨夜あたりでしよう。」

と言つて、ぢつと手を後に組んだまゝ、乳をさがして急いで居る、牛児《べこ》をながめて居たが、やがて

「可愛さうにな！」

と捨てぜりふして、行つてしまつた。

そんな事をして居る中に、四時が打つたので、私は独りでぽくぽく、昨日木村と歩るいて行つた道を出かけて行つた。

林の中を歩るいて居る時に、

「山田はどんな顔をして私に話をするだらう？……しかし彼方《むかう》は言はゞ勝利者だからな。」と思つたが、何故か、自分はこれから試験でもされに行く様な気がした。そして又色々な事を考へては見たが、腹の中は却て安らかで、人が懐かしい。

丁度林をぬけてしまふと、横道からぬつと、さい前の牛飼が出て来て道連れになつた。道々小沼の

方に放牧をしてある、牛や馬の事を聞いて、新坂の少し前まで来ると別れた。

新坂の上まで来て立つて見ると、目の下に山が幾つも重なつて居て、その間からはるかに麓の河が薄く銀色をして流れて居る。榛名山が聳えて居る。私は路傍《みちばた》に腰をかけて、下を見て居た。もう夕方に近いので、下からさつさつと風が吹き上げて来て、それが顔に荒らくあたる。こゝは右も左も草山で、その処々に山毛欅や、白樺が一群づゝ、小さな林をして居るが、その草も林も上から押しつけられて居る様で、四方が如何にも荒涼とした感じをさせる。――私は淋しくつてたまらなくなつて、思はず
「オーイ」

と呼んで見た。すると山彦が「オーイ」と答へる。……と思ふと、足の下の方で、林の繁みから鶯が胸に沁みわたる様な声で、高鳴きをした。

私は何だかなさけなくなつたので、帰つちまはうと思つて、立ち上つて見たが、も少しと言ふ様な気がして、又腰をおろした。

当も無く坂の中途にある林を見て居ると、林の中からひよつくり人が出て来た。おやと思つて腰を浮かして見ると、馬方が馬を引いて来たのだ。私は突立つたま、其を待つて居て、

「誰か上つて来はしないか？」

と聞くと、馬方は若い男であつたが、立ち止まつて、呑気な顔をして
「東京から見えたお客かね。そりや、今直ぐ其処の下で休んで居りました。四人づれの、洋服を着た人もあつたが、今夜は猪谷《いがや》（宿谷の名）泊《どまり》つて言つとらしやりました。」

と言ふ。私は軽くうなづいて、馬方に、

「その馬も猪谷に行くのかい？」ときく、

「はあ、わしは前橋の店から来ました。」

「それぢや、今夜着くと一寸さう言つとくといゝ。」

と言つて、馬方にわかれた。

馬方が行つてしまふと、私はぢつと林の処を見下して居たが、何となく気が落ち付かぬ。今出て来るか、今出て来るかと思つて居ると、紺絣を着て台湾パナマの帽子をかぶつた男がひよりつくり、坂の途中に見えた。続いて一人それに追ひ付く様に林を馳けて出る。其が見えると、私は半分無意識に、急な坂を馳け下りた。

私は林を少し出た坂の途中、山田の一行に出逢つた、真先の台湾パナマは山田だつた。

「や！」

私はほとばしり出す様に言ふと、

「あ、」

と、それをそらしてしまつて、後を向いて、すぐ後の色の黒い骨太な学生服を着た男に、快活に

「疲れたか？、君弱いぢや無いか。」

と言ふと、その学生は、横目でちらと私を見たが「ナーニ」と笑つて、そのままさつさと上つて行く。その二人から一二間おくれて、小作りな白絣に縮《ちゞみ》のズボン下を穿いて居た男が来る。その次は職人風の男でこれも白地の衣服《きもの》を着て、素足に脚絆もなにもなしで草鞋を穿いて居たが、へとへとに疲れて、片息になつて居る。そのあとから、のつそりと木村が来るので、私は山田にはぐらかされて、棒立ちになつたまゝぼんやりとこの三人の通るのを見て居た。……が、木村の顔を見ると又気をとり直して「や！」と二度目に笑ひかけた。すると木村は例の重つくるしい目付をして、

「や」と気の乗らぬ返事をした。

私はがつかりしてしまつて、木村の後から、黙つて坂を上つた。坂の上に行くと、先の連中もそこで一休みをして居た。路傍の草の上に山田が腰を掛けて居る。前に見馴れた通りのひよろりとした顔だが、それが日に焼けて、頬の骨が高くなつて居る。その山田の周囲を取りまはして、連中は立つて居る。私は其処で又山田と面と向き合ふと、山田はいやにはしやいだ声をして、

「や、お久しう、今日はわざ〳〵どうも、」

と言ふ。私は返事がしきれ無いで、黙つて挨拶をした。山田はまだはしやぎきれ無いと言ふ風に、立

ち上つてそこらを見廻しながら、わきに居る学生に、

「いゝ景色だね、まるで日本的では無いぢや無いか。」と言ふ。すると
「全く日本的で無い。」

と相槌を打つ、私は持つて居た棒で山田をぶんなぐつてやり度くなる程、腹が立つた。

それから又出懸けたが、道々も、同じ調子で、湖の深碧な一部が見えると、さも感じたらしく、この様な処には早く詩人が来て、神話を作つてしまはなければいけないとか、まるで泥だらけの草鞋で踏みにぢつて通る様にして、歩るいて行く。それを見たり聞いたりして居ると、何故か、私はむしやくしやして、覚えず涙が出て来る。

家に着くまで、私は木村にも誰にも一言も口をきかなかつた。家に着いた頃は、四辺がもう薄暗くなつて、露で衣服がしつとりして居たが。がやがや言つて入口の戸をを開けると、おらくさんがあはてゝランプを持つて出て来た。そこへ山田を先にどやどや入りこむ。

「やつと今着きました。」

木村が言ふ。其処へ盥に湯を汲んで持つて来る。私が一番あとから入ると、おらくさんの力の籠つた眼が、ぢつと私の顔にそゝがれた。私はその目をそらして、其処に立つたまま、山田達の足を洗つて居るのを見た。

その中に一人一人、足を洗つて上る。後には盥や、脱ぎ捨の草鞋で、土間が一杯になつて居る。それをふみ超えて上ると、おらくさんはランプを持つたまゝ、づつと私に寄り添つて、二足三足身体をすり付ける様にして歩るいたが、何か言ひさうにしたのを急によして、台所の方に行つてしまつた。

自分でも自分の顔が思ひやられる程、曇つた心持になつて、二階の梯子を上ると、私の室は開け広げてある。山田達は色々なものを其処に脱ぎ散して、湯に入るのと見えて、手拭をさげて出て来た。室の前に来て見ると何時の間にか、机も何処かに持つて行つてしまつて、中は色々なものが散乱して居る。私はむつとした。「何だ!」と口まで出かゝつて、室の中をじろ〳〵見廻はしたが、如何する事も出来ない。……、其処へ、廊下に急がしい足音がしておらくさんが入つて来た。其処につつ立つて

居る私を見ると、入口の処に立つていきなり笑ひかけたが、

「どうなさつて？」

「………」私は目を光らせてにらむ様に女の顔を見る。

「別の室にしましようか？」女は強みのある声で言ふ。

「いゝえ」

女はつつと室の中に入ると、窓を開け放して、其処に腰を掛けた。そしてうるみを持たせた強い眼をして、私を見つめて居る、

「何故そんな顔をしてるんです?!」

「………」

「………」

「………」

私が黙つて居ると女も黙つて居る。其処へ、誰れか大きな足音をさせて、梯子を上つて来る。と思ふと、女は驚く程身軽に立ち上つて、室を飛び出した、入れ違ひに山田が入つて来た。――その顔を見ると、私も不快になつたから、つつと室を出た。山田はいぶかしさうに私を見送つた。

今は昔の事なんぞ、影程も思ひ出してなんぞ居はしない。たゞ山田の顔を見ると、ひどい言葉で罵られる様な気がする。何とか此方からも罵つてやり度くなる。――私は二階を降りて、勝手の方の囲爐裏の所《とこ》に行くと、爐のふちに、此家《このうち》の下男や、牛飼が集まつて居て、今朝の牛の児の話をして居る。その中に割り込んで話を聞いて居ると、後から、

「こゝに居らしつたの？」

とおらくさんの声がした。振り向くと、急がしさうに
「御膳です、お早く！」

と急き立てるので、立つて行くと、女は身体を寄せて
「蛇の様な人ね！」

と言ふ。

私が入つて行くと、賑やかな話が一寸途絶える、水に油を流し込んだ様だ。――食事がすむとそこに円くなつて、座つたが、やがて何と言ふ事も無く話が初まる。

山田は手を腰の処にあてゝ身体を曲げながら、口をすぼめて、

「君は学校では何をおやりです。」

と言ふ。妙にじめじめした、冷めたい表情だ。

「え？」……私は一寸苦笑し様としたがそれを隠して、「経済です。」と言ふ。

「や、それは結構です。………しかし遂々《とうとう》文学の方を遠かつておしまひでしたね。」

「えゝ……」何かも一言、言はうとしたが、その儘黙つてしまつた。傍に居た、白絣を着た地蔵眉の男は、珍らしさうな顔をして、私を見て居る。

木村も今日の様に陰欝な顔をして居た事は無い。――黙つて居ると坐が白けてしまつて欠伸が出る。暫くすると、山田は大きな欠伸をして、

「今日は疲れた……とにかく寝様ぢや無いか、明日は半日皆で競争製作でもして見よう。」と言つて手を拍つた。

私も床に入つたが、前に聞き馴れて居た、山田の言葉訛りや、身体つきのくせを、久しぶりで見せられたので、前の事がまざまざと見える、……火を消した室の中に、疲れたらしい山田の細い呼吸が聞える、幾年振りかで、昔いがみ合つた男と一つ室にねて居るなと思ふと、私は自分の心に
「畜生！」

と言つて、何かなしに飛び起きた。

起きてそつと次の室《へや》の唐紙を開けると、廊下につるしてあるラムプの光で、私の机や書が、この室の隅に積であるのが目に付いた。それを見ると急に気が引き立つて、机を室の真中に出して、廊下のラムプを持ち込んで来た。机の頬杖をついて、何の当ても無く考へる。

「おれも、あの仲間だつたのか！……」先づかう思つた。そしてあの連中の言つて居る様な事はもう

気には掛らなくつて、たゞ目の前に居る山田の顔ばかり思ひ出す。そしてわけも無く、自分でも何故かう思ふのかわから無い程、癇が高ぶつて来て、何時までも、何時までも寝られなかつた。

四

さて次の日は山めぐりだ。昨日《きのふ》の疲れで皆、朝は相当に寝坊をして、起ると誰れの顔にも昨夜の浮かれた調子は無くなつてしまつて、何となく糠《ぬか》を食つた様な、気の乗ら無い顔をして出かけた。

一番には小沼の方に出懸けて行つて、低い草山で取りかこまれて、焼色をした小石のごろ〱転がつて居る、陰も何にも無く、日に晒されて居る工合が、まるで砂の上に投り出されてある死骸の様な荒涼とした景色を見たり、穴の様な家に住んで居る、熊の様な氷番の爺《ぢぢ》に逢つたり、帰りには湖の岸で急に霧にまかれたりして、大恐悦で帰つて来ると、昼からは大沼の周囲を廻ると言ふので出かけた。

岸に沿つて林の中を歩るいて行くと、土が湿つて居て、しと〱柔く歩き心持《ごゝち》がいい。露を含んだ冷々した風が顔にあたる。林の楓や、櫟の古びた幹に、罅目《ひびめ》が出来て居る木が、いゝ工合に枝を広げて居て、それがどの樹も、驚いた顔をして此方を見て居る様だ。すると、私のすぐ前に居た色の黒い男が山田に、

「いゝ処ですね。如何したらこんな景色が、歌へるでしょう？……私は先刻《さつき》からいくら考へてもだめです。」

と言ふ、山田は、振り返つて、親しさうにそれを慰めた。

途中まで行くと引き返したが、例の草原……私達が始終ねそべて居た草原の処《とこ》に来ると、山田は歩きくたびれたと言ふ様に、

「こゝらで暫く休むで少し考へ様ぢや無いか」

と言ふ。すると色の黒い男はそれを引とつて、

「あすこの樹の陰がいゝでしよう、」

と、私達の山梨の樹の左手に白樺の大木が、一本根をはつて居る処を指す。山田は一寸それを見てそ

の樹の処に行く。今迄のおしやべりがぱつたり止んで、皆でその樹にたどりついた。其処に行くと山田は先ず湖の方を向いてその樹によりかゝる。黒い色の男と、地蔵眉の男とはその左の方、木村は右の方に一間ばかり離れて、腰をおろすと、皆、膝をかゝへる。

　私は暫くそれを見て居たが、独りでそこらを歩るき廻つた。――妙な事をするものだ、あの連中は一種の神経を持つて居る様な顔をして居る。おかしな芝居がゝりな事をする。……と思つて冷笑して見たが、急にむらくとなつて来て、

「よせつ!、つまらない。いくら考へたつて、おれと山田とは敵ぢやないか。敵さ。あの女の事が無くつたつて、どうせおれは山田の連中にはなれないよ!」……と言つて、持つて居た杖で草の花を打ちおとし、打ち落しして、腹の底まで癪にさはつてしまつた。

　其処らを一まはりして来ると、連中はまだ「考へて」居る。横から見ると山田は眉に皺を寄せて、ぢつと前の方を見つめて居た。山村と言ふ色の黒い男は、首を膝にのせたまゝ、目をつぶつて居るのが半分見える。そつと後の方に廻ると木村は、つまらなさうな顔をして、私を見上げた。

「どうしたい」

小声で言つて、そばに行くと、樹の根の処に地蔵眉の男がころがつて居る。

「どうしました?」

私は何気なく聞くと、

「しびれが切れたので……」

と一寸その長い眉をひそめる。私はも少しで笑ひ出す処だつた。

　私はふと上の方から、この四人を見下して居る様な気がしたので、不意に、

「如何です、もう帰りましよう。」

と言ふと、山田達は不意を打たれたと言ふ顔をして私を見た。山田は立ち上つたが身体《からだ》をぶるぶるとさせて
「さう、もう帰りましよう。そろそろ寒くなつて来た、」

と言ふ。

山田は寒さうな顔をして先きに立つて、帰りかけたが、林の中に入ると、山田が、

「何か少し頭に入つて来た様だ。」

と言つた。――私は何か一言ひどく罵つてやりたい気がした。が、わざと
「静かでいゝ処でしよう?。」

と言ふと、山田はぼんやりと
「静かでいゝ処ですね……」

「しかし上る道が悪るいので困る。これで道をよくして、それにこの湖に船でも浮かしてあると非常にいゝんだけれど」と言ふと、山田は振り返つて、

「いや、さうでは無いよ、こんな処へはなるべく人の来られない方がいゝさ。折角の処を悪くしてしまふ。」と言ふ。

私は
「僕はさう思ひませんね。こんな処に東京の人なんぞはどしぐ来る様にしなくちや、」

「さうで無いさ……」

「僕もさう思ふね」……後から木村が不意に言葉をはさむ。私は少しかつとなつて、木村に、

「人間の力で自然を壊す事が出来るもんか。そんな考へをするよりか、もつとその俗物をこゝに連れて来た方が、社会教育だ。」

と言ふと、山田は
「それは君と我々との考への違ひさ。」

と言ふ。私はわれ知らず。

「そうさ、僕は商人《マアチヤント》だ!」

と言つて、冷笑した。――しかし、これが腹のわだかまりを言つた様な気がした。

*　*　*

次の朝は雨が降つて来た。それにもかゝはらず、山田達は湯の沢の方に行くと言つて立つて行つた。私は二階の窓からその後ろ姿を見送つて居たが、もう此処に居るのもつまらなくなつたので、匇々《さうさう》こゝを立つ事にきめた。おらくさんはひどく止めたが、私は何かなしに東京に早く帰り度くつてたまらなくなつたのだ。

おみよ

前篇

一

十一月十八日午後八時四十二分――M《エム》――町《なにがしまち》の方から来た汽車は谷中の下を通り過ぎて、長い汽笛を鳴らした。

この列車の三等室に二人連れの女が乗つて居た。一人は様子の如何にももの馴れた、肉のしまつた、眼にはツきりした強味のある、少し長い中高《なかだか》の顔で、眉の薄い、鼻の小さい、口の大きく見える、青いと思はれる程、色の白い女。も一人の方は、それよりは六つ七つ下の、ぽちやく肥つて、色の浅黒い、調子の面白さうな娘。この二人は従姉妹同志である。

二人はM――町から乗つたのだが、汽車が広い平野を何処までも、何処までも走つて行くばかりなので、やがて外の景色にも厭きてしまつた。話も漸次《しだい》と無くなつた。東京に着く一時間も前頃からは、何方《どちら》からも口もきかず、汽車の動いているか、などと言ふ事も思はない程たゞぼんやりして向き合つて居た。

――車の中にも、どれを見ても、田舎の人で、目につく様な面白い事も無かつた。

やがて、窓の外に市街の賑やかな燈火《ともしび》がチラチラ見え出すと、年の若い方はもう着いたと言ふ様に立ち上つて、衣服の前をきちんと合せると、網棚の上から、中位な大きさの信玄袋を降ろした。それを、自分の腰掛けて居た処に置いて、立つた儘、黙つて窓から外を見て居る。と、ガタン、ガタンと車に響いて、線路が変つた。列車は愈々《いよいよ》上野の構内に入つて来た。

紫、赤の信号燈が、処々に見える。そこゝで、機関車の円筒から蒸気を吐く音が聞える。重く、大きな鉄の転がるやうな響がする。俄に四辺から耳の奥にぐわんと言ふ、おし付けるやうな響がして、身体がものゝ湧き上つて居る中に入つたやうだ。

車の中の人達が思ひ付いたやうに、下りる仕度を始めた。若い方はそはそはし出して、窓から離れた。

「姉さん！」と促すやうに言つて、従姉《あね》の傍に置いてあつたカバンをとつて、信玄袋と並べて置いた。年上の方は

「あゝ、着いたね。」

と、欠伸でもするやうな声で言つて、若い方の顔を見たが、急に立ち上がつた。――列車は惰力で滑るやうに、すうツとプラツトホームに入つて行く。外側が俄に明るくなる。やがて、速力が緩くなつてぎゆうツとそこで止まつた。駅夫が、

「上野！　上野！」

と太い声で外を呼びながら、一つ一つ戸を開けて行く。中の人達は手々《てんで》に荷物を提げて急がしさうな下駄の音をさせて外に出る。年の若い方は、両手にカバンと信玄袋をさげると、従姉を促して先きに立たせた。従姉の方は敷いて居た白い毛布と、二人分の蝙蝠傘とを持つて、プラツトホームに降りた。

がらんとした、電燈ばかり明るく光つて居る広いプラツトホームに、今短かい列車から降りた人達が一団《ひとかたまり》になつて歩いて行く。と、わきの方でぐわつと、大きな音がして、又別にプラツトホームに、列車が入つて来た。がらがらと車を引く音が聞える。大勢の人がコンクリートの上を歩く足音がする。青森からの急行列車が続いて入つて来たのだ。

二人は、人のばら〳〵になつた切れ目を歩いて居た。若い方は、黙つて従姉に引き添つて歩いた。荷物を提げた両手は、如何にも健康《じようぶ》らしくよく肥《ふと》つて、若々しく力が入つて見える。やがて両方のプラツトホームに合うふ処に来ると、この一団の人達は、急行の長い列車から降りた大勢の中に、呑まれたやうに、交じり込んでしまつた。改札口は一時に大混雑をした。二人はやツとの事で外に出た。

出口の少し側《わき》によつた薄暗い処に来て、荷物を下して、若い方はほツとして脊を伸すやうにした。従姉の方も、腕に掛けて居た毛布《けつと》を、地につかぬやうに、カバンの上に置いたが、少し気の急けるやうに。

「お玉、早く車を雇つてお出で」と言つた。

「えゝ」と言つたが、お玉は目で何か捜すやうにするので、

「そこだよ。それ車の切符を売る処があるだらう。」

「車の切符？……」

と、行かうとして、振り返つて又従姉の顔を一寸見た。

「あゝ、そら、其処に人が立つてるぢやないか、……竹早町までだよ、小石川区」

お玉はうなづいて、小石川区竹早町と言つて見ながら、人力車切符の売場の前に行つた。

お玉は売場の前に立つて居る人込みの中をかき分ける様にして、行く先きを書いた紙を受け取つた。

すると、傍に立つて居た法被の男が、大きな声をして車を呼んだ。お玉が車と一所にもとの処に来ると従姉が帯の間から、チエツキを出して、車夫に渡し預けてある荷物を取りにやつた。それの来るのを待つて、二人は寒さうにその薄暗い処に立つて居た。

年上の方は、薄ら寒さうにぢツと肩をすぼめて居る。電燈の賑やかな急がしさうな物の響の中に立つて、四辺を見廻はして見ると、「あゝ久々で東京に来た」と、思ふ思ひが胸に滲む様に起る。黙つてぢツと町の方を見て居る。停車場前の広場の地《つち》が、電燈のかげでぼツと目に入る。お玉は話のとツつきが無いので、下駄で地面《ぢべた》をこつこつとやつて居た。やがて車夫が菰包《こもづつみ》の荷物を持つて来た。二人はその荷物を両方に分けて車に乗つた。

「小石川だ、竹早町！」

梶棒をあげると、後の方の車夫が声をかける。すると、前の車の上から従姉の方が、

「三十五番地だよ。」と言ふ。それを
「三十五番地」と下から受けて、元気よく引き出した。

車ががたくゆれる。まだ宵だが、何処か寒さうに人通りが少くなつて居る。池の端の仲町から、切り通しに出て、菊坂を下りた。車の上では二人とも、何だかひどく疲労《くたびれ》た様な気がした。従姉の方――おみよはゆられながら、何かなしにこの夏、おみよの家に遊びに来た、野田の事を思つて居た。手紙で自分の心もほのめかしたし野田の手紙にも相当な事が書いてあつた。……年の若い、怜悧《りこう》さうな、自分に甘へる様な調子の男。……おみよは新しく出来た恋人のやうな気がする。

「着いたらすぐ、野田さんに端書を出さう。」

と思つた。たゞ何かなしに、久々で面白いものに近づいて行くやうな心持がする。……と、車がひどくゆれた。結髪《かみ》が左右に振り廻はされるやうだ。それが疲れた頭にひゞいたので、おみよは眉に皺をよせた。

二

やがて、竹早町の通りに出た。車夫が街通の家で二三度聞いて、三十五番地に来た。古びた長屋作りの町に、薬屋、下駄屋、駄菓子屋などと、狭い、薄暗い、店が並んで居る。

車夫が薬屋の前に止つて、三十五番地を聞くと、血の気の無い、上目蓋の垂れ下つた主婦《かみ》さんが、店の奥に坐つて居て、この近所が一帯にさうだと言つた。そして

「何て方です？」と、車の上を見上げた。暗い中に顔がぼつと見える。

「権藤つて言ふんですが」車の上からおみよが答へた。

「権藤さん……さあ、そんな方はこゝらで聞きませんでした。」と、燻んだ、気の無い声で言つた。

車夫は尚ほ其処らで二三軒で聞いたが、やはり分らない。おみよは車の上で、ひどく心細く思つた。

……が、元来た方に引き返して来て、米屋で聞くと、すぐ裏だと言つて教へてくれた。

裏と言ふのは、暗い露路の奥で、袋地《ふくろぢ》のやうになつた処であつた。つき当りに格子作の家が一軒と、左側に三軒続きの長屋がある。車をそこに引き込んだ。梶棒をおろすと、車夫が提灯を上げて、長屋の方の表札を見に行つたが、一番奥の家の前で。

「此家《ここ》だ、此家だ。」と言つた。それを聞いて、おみよは降りた。お玉も降りた。

同じ長屋の中だが、その家だけは、型ばかりの建仁寺垣《けんにんじがき》で、入口が出来て居た。その門の柱に、「成功社」と書いた小さな木の札が懸かつて居て、その下に、権藤某と言ふ名札が貼り付けてあつた。おみよは、安心したやうに、

「えゝ、此処です。御苦労様。」

と車夫を見返つて言つた。そして垣の中にずツと入つて行つたが、戸が閉つて居た。中もまつ暗で人が居さうにも無い。そこへお玉が車夫に菰包《こもづつみ》を運ばせ自分はカバンと、信玄袋をさげて来た。

「姉さん。」と入口の処で声をかけた。

「留守だよ。」

「留守？……」と言ひながら、つか〳〵と戸の処に寄つて、

「何処か開かないんでせうか。」と玄関の戸をがた〳〵やつた。

「暗くつて……」と、おみよは寒さうに立つて居る。お玉は振り返つて車夫に両方の車に載せて来た荷物を、地におろさせた。そして自分の持つて居たカバンと信玄袋とを菰包の上に載せた。二人は暗《やみ》の中に向ひ合つて立つた。


「それでも東京の方が、よつぽど暖かだね。」

暫くしてから、おみよが思い付いた様に言つた。

「さうですね。斯うやつてゝも、そんなに冷えない。」

お玉も斯う言ひながら、シヨールで顔を包むやうにした。

「黒田の兄さんに、今日着いた事は知れてるんですか。」

「黒田にはこれから手紙を出すんだよ。……私、嫌になつちまふ。」

おみよは舌打ちをする様に言つた。又、夫の黒田が面倒な事を言ひ出すかと思ふと、憎々しいやうな、恐しいやうな心持がされる。そこを又お玉が何か思ひ出したやうに、

「ね、姉さん。」と呼びかけた。おみよが、

「え？」

お玉の方を振り返つた時に入口の方から、ろくに足音も聞えないで、ぬツと大きな男が入つて来た。二人が立つて居るのをすかして見ると、それが愛嬌声《あいきようごえ》をして
「今晩は、大変遅くなりました。」と言ふ。

「今晩は」

おみよが返事をした。

「何ですか、今、留守ですよ。」

「炭屋でございます。炭を持つて参りましたが、お留守ですか。」

「留守ですよ。そこに置いて行つて下さい。」と言ふと、その男は少しぐづついて居たが、肩からドツサリと炭俵をおろして、嫌味らしく、

「では、明朝伺ひますから。お勘定が少しあるものですから。」と言ふて帰つて行つた。後は又しんとなる。

おみよは待ちあぐねたやうに舌打をした。お玉は又何か思ひ付いたらしく
「姉さん」と言ふ。おみよは黙つて居た。

露路口《ろじぐち》の方から、女が後歯の下駄を少し引ずる様に響かして、急ぎ足に入つて来るのが聞えた。二人は耳を立てた。その足音が次第に近づいて、この入口まで来ると止まつた。同時に
「君ちやん!」と、おみよが待ち構へて居るやうに呼びかけた。入つて来た女は立つた儘、闇の中を透かして見て居たが少《すこし》してから
「どなた?」

緩い人を覗ふやうな調子で言つた。

「私よ。」

「どなただらう?」と、近よつて来た。低いすんだ声だ。

「みよよ。」

「みよちやん?!。何時着いたんです? 私、誰方《どなた》かと思つた。」

俄に驚いた声で言つたが何処か気にも止めないやうな調子に聞える。

「私、さつきから立つて待つてるのよ。」と、おみよは少し急き込んで大きな声をした。

「それは済みません。」と、その女はおみよの傍をすりぬけるやうにして、玄関の前に行くと、脊伸び

をして、鴨居から何か手探りに取つた。それで戸に卸してある錠を、がちや〱やつて引き開けた。がら〱と格子を開けて馴れた態で中に入つて行つた。おみよも続いて玄関から上つて行つた。すると「みよちゃん待つて頂戴、今燈《あかり》をつけるから」と、台所の方から声がした。

やがて、ばツとマツチの火がついた。おみよは玄関に上つて居た。処へ、三分心のすゝけたラムプを持つて、今の女が台所から出て来た。二人で顔を見合せると、意味も無く笑ひ合つた。

「何処に往つていたんだい？。」

おみよはぞんざいな言葉で問ひかける。

「チヨイト阿母《おつか》さんの処に、……それで何時着いたの？」

「八時すぎさ、……もう九時半だよ。」とおみよは帯の間から時計を出して見た。

「そんなかも知れないね。」と、気の無さそうに言ふ。お玉はその後にカバンを提げて立つて居た。

「姉さん。」と、おみよを見た。おみよは

「あゝ、入れとくれ。」と言つて、又お君の顔を見て居る。

美しい女だ。だが、何処かやつれた処が見える。鼻の辺がひどく勢がそげて、首筋の細い、唇の色が薄くなつて、……それが何故か目に立つ。髪は銀杏返しに結つて居る。藍鼠の見すぼらしい様に古びた色の衣服《きもの》に、中古だが、羽織だけは八丈のを着て居る。

お玉が荷物を上げて、玄関の障子を閉めて上つて来ると、三人は座敷に入つた。中が明家《あきや》のやうにがらんとして居る。床間には新聞が取り散らしてある。障子が破れて居る。お君はラムプをその新聞の上に置いて、そこに坐つた。

坐ると、相手がまだ立つて居るのにもかまはず

「ほんとに久々ですね。……此中《このうち》ぢうは種々お世話になりました。……」と、丁寧に挨拶をした。

「如何いたしまして……」

おみよも慌てショールを取つて、改まつて手をついた。が、顔を上げると、何となしにお君の顔を見る。お君はぢツと見返して居たが、一寸目を落して、

「ご覧なさい。この有様《ざま》なんですよ。……私ほんとに苦労したわ。」

と、如何にも弱々しく言つて、もう涙ぐんだ。おみよは一寸返事の仕様に困つた。心の奥ではひどく気の毒になつて来た。お君は東京に出て来てからの窮状を今更のやうに話し立てたが、おみよは今お君の話す、大抵の事はM――町に居た時に、その手紙で知つて居たので、半分、話に耳を貸しながら、心では頻りと札幌に居た時分の、お君の華美《はで》な生活を思ひ出して居た。夫婦で放蕩の限りを尽して、財産を失してしまひ、それから東京に流れ込んで来ると男は肺病になつてしまつた……


と、見ると、お君は泣いて居た。おみよは不安らしく一寸お玉を振り返つて見たが、元気な声をして
「君ちゃん！。もう私が来たから大丈夫よ。私が如何かするから……」

と言い放つた。

「ほんとに、まあこの家を見て下さい。それにあの病気でせう？」

お君はまだ泣き声をして居た。おみよはふと思ひ出してお君に、

「あゝさう〳〵さツき炭屋が来たよ。と言ふ。お君は赤くなつた目で、一寸見返して、

「さうですか、何にも言はずに帰つて？」

「明日の朝来るつて。……炭を置いていつたわ、お玉あれを入れたかい？」

「私、玄関の中まで。」

「まあ有難う。……でも、よく置いてツたね。」

と、お君は言つて、お玉の顔を見た。お玉は黙つて居た。風が無い夜で、外が寂然《しん》として居る。話が絶えると、何にも無い中に三人がぼツつりと坐つて居るやうに見える。おみよも、お玉もショールを取つたと言ふだけで、落ち付いて坐つたとも思へない。おみよは薄ら寒いので、片手を帯の間にはさんで居る。……話がきれると、懐から煙草入れを出した。そして、

「君ちゃん」と一寸目で知らせた。お君は一寸うなづいて立つた。

そこへ、足音も聞えずに玄関が開いたので、おみよははつとした。と、隣の室からお君が、

「あなたですか？」と声をかけた。

「あゝ」

玄関では勢《せい》の無い、吐息のやうな男の声がした。そしてどかりと腰をおろした。お君は唐紙の開いた処から坐敷に火鉢を押しやると急いで玄関に出て行つて、何か囁《ささや》いて居る。男の点頭《うなづ》く様子が聞える。と、思つて居ると、唐紙を開けて男が入つて来た。色の褪めた、よれ〳〵になつたインバネスを着て居る。坐りながら薄黒くなつた襟巻をはづした。

「今日お着きでしたか。」と言う。吐息をつくやうな声だ。大きな顔だが、血の気が無くなつて、ぼつとして乾いたやうに見える。目も少し濁つて居る。おみよはこの男にはお君程親しく無いので、「はあ。」と言つて、改つた顔をした。男はおみよの顔をぢツと見たが、そツと、其目をお君に移すと、畳の上に落した。

坐が白けたやうになつた。

暫くすると、お君が
「今日は？……」と言つて夫の顔を見た。

「麹町に行つたがね。……」

「駄目ですか？」

「うん、まだ定らないさうだ。」

「何時まで、かうやつてりやいゝんです？」

男は黙つて居る。と、

「君ちゃん！」

おみよが口を入れた。お君は
「え……」と言つて、待つて居たやうに、だがひどく冷めたい心持のする目でおみよを見た。お玉は、この時にお君を何とも言はれない程、嫌に思つた。

「まあ寝よう、今夜はひどく寒いぢや無いか。……奥さんもお疲れでせう。」

権藤は勢のない調子で言つて立たうとする。と、お君は
「そんな事を言つて、毎日毎日何を当《あて》に暮すんですよ。だからこんな……」と癇癪声になつて来た。

「まあ君ちゃん！。」

おみよは押へるやうに言つた。で、お君は其なりに黙つてしまつた。

それで夜が更けたから寝ると言ふ事になつて、おみよは、お玉に菰包を解いて夜具を出させた。……ごた〱して居る中お君は今の癇癪などは忘れたやうになつて居た。

三

翌朝目を覚すと、おみよは何か訳も無く心が急ぎ立つて来た。母の家に居て、知恵を搾つて考へた、親からも、夫からも独立すると言ふ計画が、是れから愈々手を下さねばならなく為つたやうで、急がしく飛び起きた。元気よく唐紙を開けて、台所に出た。そこにお玉が居て、

「姉さん、今水を汲んで来ます。」と言つてバケツを提げて出て行つた。おみよは立つたまま、一通り台所を見廻はすと
「何と言う事だらう。」と思つた。七輪と、土焼きの釜とが、壁側にぽつんと置いてあつて、そのわきに手の附いた大きい鍋が一つ有るツきり、これでもものが食へるかと思う程がらんとして居る。片方の壁には、長い枠に紙を貼つて、太《ふ》とく「田うこぎ草販売致し候」と書いたのが立て掛けてある……この荒れた、がらんとした有様がひどくおみよの心を刺激した。で、何か思はうとする処に、ばたばた足音をさせて、お君が寝衣《ねまき》のまゝ出て来た。おみよの顔を見ると、目で覗ふやうにして、

「みよちゃん、新世帯《しんじょたい》よ。」と笑ひかけた。

「新世帯だつて？」

おみよも笑つた。

おみよは顔を洗ふと、一寸見る気で、玄関の次の唐紙を開けた。そこは長い四畳で、壁に藁稈《わらしび》で編だ、薄黒く枯れた、影乾《かげぼし》の田うこぎ草が、重なつて下がつて居た。この室《へや》も劣らず思ひ切つた貧乏に荒れた光景だ。おみよは入口から覗いて暫く見て居たが、つくづく、この家の荒れた加減を想像した。そして、

それと昨夜、お君の泣いた姿を思ひ比べると、たゞ漠然とだが、離れて思つて居たお君とは違うやうに思はれた。

そこへ、そろりと縁側の方から権藤が出て来た。重つくるしさうに、着物を重ねて着て居る。紀州ネルの下着も、鼠色がかつた縞の着物も、木綿の紋付も、古びて、顔の色と一所に、ぼやけてしまつて居る。……其を見ると、おみよは心の中で、「あゝあ」と吐息をした。

四錠の室に集まつて、夫婦用の膳で、食事をすますと、お玉にはがきを買ひにやつて、黒田と野田とに着いた知らせを書いた。それを出すと、跡はおみよは身体には、もう何にも用が無い。が、心だけは却つて、ものに急き立てられるやうにそはそはする。その儘ぢツと坐つて居るのが、たまらなくぢれツたい。

その中《うち》にそこらが落ち付くと、権藤は思ひ出したやうにのツそり立つて、田うごき草の招板《かんばん》を立てに行つた。下駄を引づる足音が、だるく聞える。室の中には、草の枯れた香が微かにして来る。おみよとお君と二人で黙つて向ひ合つて居ると、お君が、ふと
「ね、みよちゃん。如何したものでせうね。」と言ふ。

「何を？」

「何をつて、私達の事さ。」

「さうさね。私もまだ着いたばかりだけれど、これから考へなくツちや、と思つてるのさ。」

「だつて困るわよ。夫はあんなでせう？」

「えゝ、えゝ、何処か会社か何かに口があるといゝんだけれど。」

「さうなりやもう上等だけれど、……第一この儘ぢや、お米にも差支へるんですものね。」

「……暫くは、私も少しは持つてるわ。まあ君ちゃん！。そんなに急がずに私にも考へさせとくれよ。」

「……」

斯うは言つたが、おみよは別に何の当も、考へも持つて居はしないのだ。P——湖畔《ピーなにがしこはん》の家に居た時にも、お君に自分が東京に行けば如何かする、と言ふ手紙を書いたが……それは、自分が東京に行つたら

ば、如何にかなるだらう位の心なので、今、お君にこんな風で持ちかけられて見ると、却つて、自分の心持や、境遇を知らないで、たゞ重荷を脊負《しよ》はされる様に思へて、微かな反感が起つた。

おみよは——実に、一寸と言ふので東京に出て来たのだ。丁度前の年の、秋ももう暮れだと言ふ頃、娘も何もかも置き放しにして、札幌の夫の処から上州のP——湖の湖畔にある、その生れた家に、それは丁度傷を負つた牝鹿と言ふ姿で、逃げ込んで来た。そのP——湖の湖畔にはおみよの母が一人で、代々続いた旅人宿《やどや》の店をやつて居る。其家が何時でもおみよの最後の逃げ場所なのだ。

おみよは根から才はじけた、我儘に育てられて居た。前にも——それはずつと前でおみよのまだ若い娘の時だが——おみよは東京からその湖畔に遊びに来た学生と思い合つた。そして、その跡を追つて、東京まで来たが、男の両親が頑固に二人の言ふ事を聞かないので、胸一杯に思つて居た希望も空想も、散々に踏みにぢられてしまつて、終《つい》には又P——湖のふちに帰つて来た。

これが、おみよが手傷を負つて、その湖畔の家に逃げ込んで来た始めで、其からも二度ばかり、さう言ふ事があつた。その湖畔の家に来る、若い男と恋をした。すると其度におみよは男の後を追つて家を飛び出して行くが、一年もたゝない中にその仲が散々になつて帰つて来る。おみよは賑やかに恋をして居ずには生きて居られない女なのだ。……其が、この一年前の秋の暮に、心は勿論、身体まで弱つてしまツて、札幌から逃げて来た。

札幌に行つたのは、おみよと黒田との仲が——この夫婦も、黒田が法律学校の学生の時分、おみよの家に来て泊つて居た時にはじまつた仲なのだ。——もうすツかり感情が崩れて、おみよは黒田には腹の底から飽いてしまつた後だつた。一所になつて二年目に娘が生れた。其があるので、札幌までも一所に往つて居たのだが、その頃はおみよの自暴自棄が次第に募つて来た。おみよは新開地にはよくある放蕩な妻君達の仲間に入つて、薔薇《せうび》夫人と言ふやうな名までつけられた。黒田に対して、反抗的に種々な男と交際をする。……黒田の方は勝手に放蕩はしながらも、おみよのこの仕草に、嫉妬もやけるし、腹も立つので、散々に強迫したり、虐待したりした。其でおみよは終には夫に離れて、知り合ひの家に下宿をするやうな事にまでなつた。

その中で、おみよは同じ下宿に居た、秋田辺《へん》から来て居る農学校の学生と関係が出来てしまつた。其噂を黒田の反対派の新聞で、面白さうに書いて、パツとさせた。黒田は狂気のやうになつて、復習する気で、おみよを自分の家に禁錮しにかゝつた。だが、おみよが如何しても思う様にならない。その上に黒田などを眼中に置かないと言ふ調子なので、黒田は終には、ピストルを持つて殺してしまふなどと言つて嚇した。そんな事で、おみよは散々な目に会つて、蒼いやつれた顔をして、札幌を逃げ出して来た。――帰つて来る処は、静かな山間の湖畔で、古びた大きな家だ。

娘のこの様子を見た時には、おみよの母はもうつくづく諦めてしまつて、たゞ、ひどく衰へた蒼い顔をして居るのが、憐れに思へてならない。「もう如何せ斯うなつたんだから、黒田になんぞは行かずに、お前はまあ、私の手伝でもして暮しておくれ。」と言ふ様な事を言つて、落ち付かせてやつた。

おみよも燃えるやうな心で、荒れ狂つた後で、この静かな、沈んだ処に来たので何だか疲れた身体を楽に、伸々と寝かされたやうで、少しは心持がぼんやりした調子で丸一年、ぢツとして暮して居た。……今度東京に出て来たのはそのあげくなのだ。

その中に、黒田も札幌の新聞社を止《よ》して、東京に移る事になつた。その途だと言つて、夏に、一寸湖畔の家にやつて来た。その少し前頃から画を書くのだと言つて其野田と言ふ男も来て居た。野田はおみよよりは年も三ばかり下だ。黙つて居ると寂しい顔をして居るが、人に遭ふと、感情のパツと燃える男で、何時も賑やかで、若々しい処がある。

おみよは野田を見ると、其若々しいのが嬉しくつてたまらずに、自分の荒れたものに関らない調子を、其儘出して男に近づいた。近づいて見ると、男も少しも蟠り無くこつちを向いてくれる。今伸びて行く若芽のやうな男で、家庭の順境な中に育つて居ると見えて、絵でも画きさうな、何処か心の細かい処はありながら、根は極く単純だ。其野田の単純な伸々した処におみよは、次第に引き寄せられてしまつたのだ。――実は、其沈んだ、寂しい田舎暮しに、飽き〳〵して居たのでもあらうか。

処で、その夏中に斯う云ふ事があつた。野田は、夕方になると絵の道具を提げて、外から帰つて来る。その四五日には二階には野田一人で外に客が無かつたが、おみよは日が暮れると、野田の室におしかけて行く。そして、夜更けるまで、二人とも他愛も無い話をして居た。

処が或る晩の事、そこに黒田がやつて来た。——黒田は札幌から東京に帰ると少し隙が出来たので、おみよとの喧嘩以来の姑の機嫌を直し傍《かたがた》、避暑のつもりでやつて来た。前橋かで降りると、途中で寄り道をして、Ｐ——湖のふちに着いたのは、夏の夜も、もう十二時近くだつた。おみよはその様な事は少しも知らずに、野田と夢中になつて話して居ると、不意に二階の廊下を、大股でどん〳〵と音をさせて踏みしめて行くものがある。少しむツとして、いきなり障子を開けると、そこに黒田が仁王立ちに立つて居た。

おみよははツとした。

「あなたでしたか？」と叫ぶ様に言つて、室の中を振り返りもせずに外に出た。

その晩は殆んど寝ずに争つた。黒田は札幌の時の男——田辺だらうと思つて居た。おみよはそれを弁解したが色情狂《いろきちがい》だの、悪婆だのと言つて罵られた。その上に、これから男の室へ踏ん込んで、談判をすると言ひ出されたので、ひどく困つてしまつた。

其翌日からは、黒田が居るので、野田にはわざと疎々しくして居たが、それが如何にも野田の心を取り逃がす様に思へて、おみよははら〳〵した。その何となく不安心を感じる中に、野田の事を洗ひざらひ知り度いと思ひ出した。……で、野田の留守へ行つて、そツと野田に来た手紙をすツかり見てしまつた。

すると、野田に恋人のあるのを発見した。一日置いて位に、便の度には必ず来る手紙で、西洋状袋に封蝋を使つて、肩の処に小さくＳ——と書いて来るのが其ラブレターだつた。女の名は静子と云つて、どんな顔をして居るか分からないが、状袋などのハイカラなのには似ず、年の若さうな、恋しい事、なつかしい事が恥しさうに囁くやうに書いてある。おみよは五六通もたまつて居るのを皆読んで、二人の仲が略察《ほぼさつ》しられた。

「まるで、夢を見て居るやうな人達だ」と思つたが、同時に野田の心が、もう女と言ふものを知つて居ると思ふと、何となく……心持が起る。

それだけで、何と言ふ事もなく、野田は東京に帰つてしまつた。その後から、おみよは追ひかけ追ひかけ、すぐ手の届く様な事を書いて、自分の心を野田にほのめかした。すると、野田からは甘へる様な、とりとまりの無い返事をよこす。

で、おみよは春頃から考へて居た東京行きを愈々切り出した。それには夏黒田が、娘も東京に連れて行つて居ると言つたのを、口実にして、久しく逢はないから、その娘……俊ちやんにも逢つて、冬中東京で暮し度いと言ふので、母も口説き落した。だが、其実は田舎暮しに飽きるに連れて、如何かして、独立して生活の出来る様な方法を見付け、親からも……黒田からも離れて、自由な日を送り度い……と前から考へ始めて居た。それに新しく心をそゝり立てるやうな野田の事が始まつたので、十月の始め頃から明日立つ、明後日立つと言ふのが、一日送りに延びて十一月になつたのだ。

お君とは札幌での友達だ。久しく消息が絶えて居たのが、その頃にふと東京に行くと言う報が来て、引き続いて、お君夫婦の、ひどく窮して居る有様を訴へて来た。おみよは其を読むと、自分も近い中に東京に行くから……と言ふやうな事を書いて、金を少し封じて送つた。が、今度出て来ても、この夫婦の為に何と言ふ当があるのでは無い。却つて母の手前は、親しい友達の家に往くと言つて、口実の一つにした。

其日の午後三時頃、室の中を一杯照らして居た日が、少し薄くなつて、皆で眠さうにぼんやりとして居る頃に、玄関に誰か来た。皆声も立てずに、目を見合せて、耳を立てると低いが、太い呻る様な男の声だ。

早速お君が立ちさうにする。すると、おみよが声をひそめながら、

「黒田でせう？」と言ふ。

「兄さん？……」

お玉も目を見張つた。おみよは自分で立つて往つてそツと玄関の障子の破れから覗いた。そして黒田

が立つて居るのを見定めると、わざと落ち付いた態をして、すツと障子を開けた。黒田はぎろツとした目を据ゑて、何にも言はない前にまづおみよをぢツと見た。おみよはそれをぢツと見返した。その上に一通り黒田の服装を見たが、冷やかな顔をして、

「お上りなさいな。」

と言つた。声が少し上ずつて居た。

「ここは誰の家だ？。」と、立つた儘で聞いた。黒田はいまく〳〵しさうに
「何だつて良いんですよ。……其よりか上つたら良《いい》ぢやありませんか。」

黒田は低く
「うむ」と、呻る様に言つて、一寸下を向いた。が、考へるのでも無く、がらツと格子を開けて中に入つた。

おみよは顔の色も動かさないつて言つた態《ふう》で、障子に摑まつたまゝ靴を脱ぐ黒田を見下ろして居た。……黒田が上つて、イムバネスを脱ぐと、それでも、其を受け取つて座敷の方に通した。黒田は肥つた丈の低い身体を其処におろすとぢろ〳〵と室の中を見廻はす。……おみよは其を横から睨んで居た。

「何しに東京に来たんだ。」

一通り見廻はすと、黒田は皮肉な冷笑を含むだ調子で言つた。声は低い。おみよは気にも止めない様な態《ふり》で居る。

「俊ちやんに逢ひに来たんです。」と言ふ。

「俊か？……」と言つたが、言葉を変へて、「此家は誰の家だ？」と聞いた。調子が少し柔らかくなつて来る。

「権藤さんの……札幌の、そら」

「うむあの権藤か？……」

おみよは一寸その顔を見ただけで、返事をしなかつた。

「お前は一人で来たのか？」

黒田はまだ聞く。

「いゝえ、お玉と二人連……」と、言ふと、お玉が入つて来た。

「兄さん」と言つて挨拶をした。黒田は其方を見ると、

「お玉か、東京は久し振りだらう。何時着いた？」

この時、おみよはつツと立つて、次の室に行つた。

「昨晩おそくでした。」

「宅ぢや、阿母さんはお健康《じようぶ》か？」

「えゝ」

……と、其処へ権藤が入つて来た。続いて、おみよも来た。

「やあ。」

黒田は快活に言つた。

「や！」

権藤はぽとりと落したやうな調子だ。

「君は何時東京に来たね？……あれからは掛け違つてお逢《あひ》しなかつたが」

黒田は見下げた調子で、親しさうに言つた。そのくせ、権藤とは三度か四度しか逢つた事は無いのだつた。

「この春でしたか……」

「春？、ぢや我輩よりか前だつたね。あちらではちつとも、そんな噂が無かつたが……」と言つて、今更らしく、権藤をぢろ〳〵見る。

おみよは権藤と黒田との話がはじまるから、玄関との間の柱に、寄り懸る様に坐つて、目を畳の上に落して、黙つて居た。時々、ちら〳〵と黒田の様子を見る。——髪のこわい、口の大きい、鼻の低い、平たい下卑た毒々しい顔だ。——ものを言ふ度に、人を鼻であしらふ様な態を見せる。

「で、……今は何処に」と、黒田が言ふと、おみよは突然横から鋭く
「そんな事聞くもんぢやありませんよ。それよりか何処かに世話してお上げなさい。」と言つた。黒田

は一寸女を見たが、知らん顔をして、権藤に
「京橋の我輩の処に来たまへ。」と言ふ。
その中に、お君も出て来たが、黒田はすぐ帰つて行つた。帰る時に何気なく
「俊は明日連れて来て、暫くこゝに置こう。」とおみよに言つた。

四

翌朝、朝飯がすむと、お君は昨日見舞に行かなかつたからと言つて、茗荷谷の母の処に往つた。この母は、お君の兄弟を七人も生んだ女だ。もう永らくヒステリーで狂気《きちがひ》のやうになつて寝て居る。お君は日に二三時位は大抵毎日、そこに看病に行く。

お君は出ると、入れ違ひに廿恰好の丈の高い若い男がのツそりと上つて来た。顔でも手でも地腫れした様に肥つた、唇の厚い。……鼻の円いのと、目の細い処がお君そツくりだ。……玄関から、四畳に入《は》いらうとすると、おみよとお玉とが居るので、一寸躊躇《ためら》つた様子をしたが、権藤に会釈すると、閾際《しきひぎは》に坐つた。そして手持無沙汰らしく附目《ふしめ》になつた。


「こなたは、黒田さんの奥さん。……これはお君の弟です。」と権藤が紹介すると、

「はあ。」と言つて、不器用な挨拶をした。おみよは物珍らしさうな顔をして見て居たが、

「さうですか。……如何ぞよろしく。」と言つた。

「浩さん、今日は休み？」

「いゝえ、夜勤です。」

「どこかにお勤めですか？」

おみよは口を入れた。

「えゝ、小石川の郵便局です。」と言つたが、浩一は苦しさうに坐つて居た身体を、少し横に向けて、足を楽にした。大きな身体がだるさうな、どたりとして居る様に見える。碌に口もきかないが、何処となく、ふてぶてしい様子がある。

朝はこれだけで、おみよは俊ちやんの来るのを待つて居たが、駄目だつた。昼すぎた頃、車の音がして、黒田は俊ちやんを連れて来た。

おみよは二人を待ち兼ねた様に駈け出した。昨日とはまるで変つたいそ〳〵した調子だ。黒田は格子を開けて六才位の痩せた女の児を入れてやると外から、

「俊、そら母ちやんだ。」と言つた。そして、おみよの顔を冷笑した様に見た。俊ちやんは土間の処に立つて、おづおづした目をして、

「母ちやん！」と呼んだ。おみよは其黒田の顔を見ると、涙が出る様に悔しくなつて、

「俊ちやん、お上り。」と、慳貪に言つた。その目で黒田を睨んで、「あなたも上つたらいいぢやありませんか」と言ふ。黒田は笑ひながら、

「おれは上らない。……権藤君」と、後《あと》の声を張り上げた。

「おゝ……」と、権藤が出て来た。何時かお玉も来て居た。俊ちやんを上げて、四畳の方に往かうとすると、

「今日はお隙かね？……君に、少し話があるから、隙ならそこまで一緒に行つちや如何だい？」と言ふ、黒田の声が聞える。おみよはきツと振り返つて、舌打ちした。――又、黒田が何かする？……と心で思つた。

お玉は頻りに俊ちやんを相手に話して居る。俊ちやんは、北海道の訛のある言葉で、聞かれるまゝに臆病らしく、小さな声で返事をして居る。おみよは下唇を喰縛《くひしば》つて、玄関の話に耳を立てた。……

玄関では黒田が、相変らずの声で、何か勧めて居る。その中に、権藤が入つて来て、これから一寸懸けると言ひながら、洋服を着更え始めた。そして二人で出て行つた。

二人が一所に行つてしまふと、おみよは黒田が、何か皮肉な事を謀計《もくろみ》をして、自分にあたる……のだなと思つた。胸の中が冷たくなつて慄《ふる》えて来る程、腹が立つた。

それでもおみよは何時か俊ちやんの話に紛らされて居た。そして、その話の始終で、初めて黒田が妾

と一緒に居る、木挽町の家の様子を知つた。ごた〳〵と二三人も書生が居る事。夜になると、客の出入りの多い事。黒田が毎朝何処かへ出て行く事。家の玄関には招牌《かんばん》が懸つて居る事、……妾と言ふのは肥つた子供好きの女である事。……それを聞きながら、おみよは自分の有様をつく〴〵張り合いが無いと思つた。さうすると、一方から又其に反抗する心が起つて来る。……如何かして、独立して自分の身の始末をし度いと思つて来る。

其晩、家ではおみよもお君も心待ちに待つて居ると、八時すぎて権藤が帰つて来た。微かだが、酒の香もさせて居た。

権藤は洋服を脱ぐと、今日の話を始めた。黒田と池の端で飲んで、種々と話したが、黒田は近い中、水戸の煙草専売局に任命される事に内定したさうだ。それについて、も一人、人がゐる訳だから、一緒に行かないか……と言ふ話だつた。

「私は早速お願ひしました。」と権藤はおみよの顔を見て、元気らしく言つた。

「まあ、安心した。……月給は幾何位《いくら》？」

お君は横からはしやいだ声を立てた。

「まだ決つたのでは無いんだが、黒田君は殆んど承け合つてもいゝ位だと言つてくれるからね。大方決つたものと思つてもよからう。……月給は三十円ださうだ。」

「三十円ぢや。……だが、私も一所に行つて暮せるかしら。」

「暮せるとも……」

夫婦で飛び付く様に、自分達の話を始めてしまつた。……おみよは心で黒田が自分を苦める手段だと思つて居た。

お君は何時になくはしやいで、甲高な声でおみよにも、権藤にも、先繰《さきぐり》した相談を持ちかける。その中に権藤がおみよにふと斯う言つた。

「何ですか、黒田君はあなたが今度出てお出になつたのを、ひどく不快に思つて居るやうですね。」

すると、

「何か言ひましたか？……」

おみよの声は待ち受けて居たやうに、口を衝いて出た。

「別に取り止まつた事もありませんが……」

権藤は言葉を濁した。

「ほんとに、何か言ひましたらう？」

おみよは何処までも追窮しようとした。けれど、権藤の煮え切らない調子で、遂々《とうとう》ぐづぐづにされてしまつた。

五

それから三日たつて、お玉は上州に帰つて往つた。

四五日居る中にお玉は、此家に居るとおみよが、何か又散々な事を引き起しさうに思へてたまらなくなつた。それで、機《をり》があつたらば、と思つて、帰る前の日頃から、何か言ひたさうな顔をして見せるので、おみよは其様子を感付いて、お玉を避ける様にした。で遂に、お玉は
「姉さん、年の中にお帰りなさいよ。」と言つただけで帰つてしまつた。

権藤の水戸行きの話は、一日一日と進んで行く。その為めに権藤は毎日の様に黒田を訪ねると言つて家を出た。黒田も折々やつて来た。権藤をさも自分の親しい後輩でも扱ふ様な調子でやつて居る。お君は権藤の方が決ると、今度は自分の身の始末を――お君は権藤と一所に水戸に行かずに、自分だけ東京に残つて居よう、と言ふ様な事を考へ始めた。其を頻りと、おみよに相談した。……斯う言ふ中におみよは日を送つて居るのだ。そして、おみよが心待ちに待つて居る野田は、音沙汰も無い。

周囲《まはり》の人達が、皆で酒に酔つて、てんでに自分のくだを巻いて居る様な中に居ると、おみよの心は、不思議に寂しく、涙もろくなつて来る……そして、それまで思ひ込んで居た事も、興奮して居た心も、自然と火の消えたやうになつた。独りで押し切つて、思つて居る事をやらうと言ふ心持が弱つてしまつた。で、たゞ何となしに、黒田や、権藤などの水戸に行くに就いての手廻のものやなにかに、気を付け

たりして居た。……心では、すつかり当てが外れたやうで、権藤の一家が水戸に行つたらば、その後から自分も一層又湖畔にでも帰らうかと思ひ出した。

十一月の末に、権藤の問題は愈々決まつた。お君は東京に残り度いと言ひ出した。黒田も一緒に赴任すると言ふ事になつた。其がもう九分通り決つて来ると、十二月の上旬には、権藤は病体でもあるし、一人では不自由だからと言ふと、お君は、少し許りの月給で二人暮すよりは、私の分だけで、余計滋養物を食べるやうにした方がいゝ、私は如何にでもして暮すから、……とか、実家《さと》に手が足りなくつて、私が居なくなると、母の看病をするものが無い、……とか言つて、何故か成るべく、水戸に行かない工夫をした。

その中に、月が越えて、もう出発も何日の朝ときまつた。……まだ、それには四五日あると言ふ日の事である。

その日は空は一杯に曇つて、鬱としいぼやツとした薄日がさして居た。それに、昼すぎになると、何とも言へない、生暖《しんしん》かい風が吹き出して街から街に砂を吹き巻いて行くので、家の中までも、砂だらけになつて、頭が岑々と痛くなるやうだつた。

おみよは戸を半分閉めて、薄暗い四畳の中に、お君と、考へあぐねた様な顔をして、黙つて向ひ合つて居る。昼過からは浩一が来て室の隅の方で、俊ちやんにお伽噺をしてやつて居る。――俊ちやんは初めは浩一を恐れ嫌つて、来ると狸のやうな目をして、おみよの後に隠れて居たが、此頃ではもうすつかり馴染んで居た。

と、玄関に人が来た。おみよはお君と目を見合はせて、一寸首を傾けたが、そツと立つて、玄関に出て行く。俊ちやんは不思議さうに母の様子を見て居て、そツとその後から従いて行つた。……おみよは障子の破れからぢつと覗いて見る。と、

「あ　野田さん！」

大きな声で言つて、勢よく障子を開けた。外の男は、目のはつきりして、優みのある、顋《あご》の細い、……無邪気、と言つた顔だ。鼠色の霜降のきツちりした、意気なオバーコートを着て、学校服の身軽なす

らツとした態で立つて居たが、おみよを見ると、若々しい顔をして一寸微笑した。おみよも活々《いきいき》した顔をして笑ひながら、

「さあ、お上んなさいまし。」と言ふ。胸一杯に血が浪打つて居る様な調子だ。顔がぼツと赤くなつた。野田は笑ひながら頷いて、上り口に腰をおろして編上げの靴を脱ぎかゝつた。その時野田はおみよの袂の下から、一寸子供の顔が出て自分を見て居るのに気が付いた。おみよは野田の脊《せなか》の処にしやがんで嬉しさうに話しかける。

「この家がよく分かりましたね。」

「なか〱分からなかつた。……それは探しましたよ。」

「さうでしたらう？ ……それでもよく来て下さいましたね。」

「……」

おみよは何時になく、生々として透る明瞭《はつきり》した声で物を言う。野田はにこ〱しながら靴を脱いでしまつて、上に上ると、

「相変らず大きな声ですね。こゝは隣近所がありますよ。」と戯言《じやうだん》を言ひながら、案内されて坐敷に入つた。坐ると、

「あれから、如何して居ました？ ……お手紙有難う！」と、快活に言つて、一寸口元で笑つて見せる。

「私こそ……もつと早く来る積りでしたが、いろんな事があつたものですから、」

と、おみよも声をはづませて言つた。

「さうでしたらう。……」と言ひながら、野田はそツと坐敷を見廻はして、家の中の荒れた、がらツとして居るのに、不思議さうな顔をして居る。おみよは、それを見るとすぐ何か言はうとしたが、そこへ、お君が玄関から唐紙を開けて、その冷めたい様な顔で、正面からぢツと野田を見て、

「みよちやん。」と小声で言つて、火鉢を押し出した。おみよは振り返つて、

「君ちやんもこゝにお出な」と云ひながら其火鉢を引き寄せると、野田の前に置いて、

「新世帯《しんじよたい》ですからね。」

と笑ひながら言つた。お君も一寸笑つた。そして黙つて引込んでしまつた。野田は面白さうに声を出して笑つた。おみよは其に引かれて、すツかり気が変つてしまつた。夏、野田が帰つた後の事などを、面白さうに話し出した。

野田もかけかまひの無い声で、話して居たが、ふと気が付くと、玄関との間の唐紙の取手のとれた穴から、誰かそツと覗いて居る。……で、話しながらも、その方に気が取られてぢつとそれを見て居た。すると、其唐紙がすツと開いて、首の短い寂しい顔をした女の児がそろりと出て来た。黒目勝の、まぶしさうな目で、ぢつと野田の顔を見詰めて居る。冷めたい目だ。野田はその目に気をとられて、おみよの肩越しに、その児の顔を見て居る。……すると、その児はそろツと歩み寄つて、おみよの後に隠れるやうに坐つた。

「俊ちやん！、何ですね。……おぢさんにおぢぎして？」

おみよは強い声で言つて、俊ちやんが楯にして居る、袂をぐツと引き払つた。そして身体を後にねぢ向ける。と、俊ちやんはそれに従つて、獣が人を恐れる様に、目だけは野田の顔をはなさずに身体を隠さうとする。

「いやな児だね。俊ちやん、前にお出なさい。」と、おみよは怒鳴りつけた。俊ちやんは黙つて、やはり、ぢつとして居る。

野田は

「あ、俊ちやんでしたか？」と、夏に噂を聞いた事もあるので、子供の顔を見て、笑ひかけた。おみよはもう其には関《かま》はずに、野田にはしやぎかける。けれど、野田は、おみよの脇から、ぢつと自分を見詰めて居る俊ちやんの目が気になつてたまらない。「獣のやうな子だ！」と、腹の中《うち》で思つた。

とりとまりの無い話をして居る中に時が経つた。おみよはふと権藤が帰つて来る時分だと思つた。……と、同時に黒田が来る日だと言ふ事を思ひ出した。はツとして、胸をおどらせた。急に胸が波打つ様になつて、何かなしに黒田が恐ろしく思へる。今迄の興がすツかり消えてしまつた。野田はそんな事には気が付かない様に、話し続けて居る。

おみよは気がいら〳〵する。もぢもぢして身体を持ちあぐねて居る態をし出した。――それでも、野田は気が付かないで居た。と、外に靴の音がして、格子が開いた。おみよはさツと顔色を変えて、慌《あはて》て立とうとした。野田は其を見ると、はツとした。

「失敬します。」と言つて立たうとした。

「まあ、まあ……」

おみよは無意識に止めて、玄関に飛び出した。

「みよちやん、よござんすよ。」

お君が落ち付いた声で言ふ。見ると権藤が一人で靴を脱いで居る。おみよはほつとして、小声で
「黒田はまゐりませんか？」と言ふ。

「え、一足後から来ますよ。」と、権藤が言ふ。おみよは又胸が騒ぎ出した。

権藤は上ると、一寸野田の顔を振り返つて見て、四畳に入つた。おみよは何とも言はれない慌た顔をして坐敷に来て坐つた。

野田は帰ると言つて、傍に置いてある外套を引き寄せる。おみよは何となく安心して、

「さうですか、」

と言つて「又入らつしやいね。」と念をおした。そして玄関で野田に外套を着せてやつて、靴を穿く後から、

「もう、四五日すると、誰も居なくなつてしまひますからね。さうすれば……」とさゝやいた。……野田が出て行くと、自分も、門まで出て心が引かれるやうに立つて居た。

野田は竹早町の通を、少し俯き加減になつて、急ぎ足に歩いて行つた。おみよは家に入ると、心にぱツと暖かい日がさした様な気がする。野田の若々しい顔が目に残つて居る。

処へ、黒田がやつて来た。上つて来ると、険しい顔をして、おみよを睨んで、

「今、野田が来たらう？」と言ふ。おみよは、はツとしたが、わざと投げ出した風で、

「えゝ、久し振りでお目にかゝりました。」

「何だつて、こんな家に居るのを知らせるんだ。」

「どんな家だつて、私はかまやしない。……あなた道で逢つたのですか。」

「うむ、そこで逢つた。……」と、黒田は呻る様に言つて、「あんな書生なんぞを呼んで如何するんだ？」

「よござんすよ。……あなたの知つた事ぢやありませんよ。」

おみよは身体が慄え出した。目が光つて来た。男は黙つてしまつた。暫く何か考へて居たが、

「お前は早く家に帰れ！」と言つた――腹の中で、憤怒の情が湧き上る様になつて来る。女は
「いやです！」

ときツぱり言つた。男は言葉がつまつて、顔が真赤になつた。口の中で何か、低く呻く様な声を出す。

二人の様子を見て、権藤が入つて来た。すると黒田は其に向つて、

「この女なんぞと、一緒に居ると、君の細君なんかも如何な目にあふかしれないぞ。これは悪婆だ！」

と、おみよを罵つた。おみよは罵られてくわツとなると、反対に微かに笑を含ませた。

其晩、お君にはおみよの様子が、平常とは何処か違つて見えた。言葉の端々に、何となく調子が付いて聞える。胸に何か新しく見算《もくろみ》が出来たやうだ。

黒田は、何かと、出発の話をしながら、折々、おみよをぢろぢろ見る。其には知らん顔をして、おみよは俊ちやんの話をしたり、お君に一寸した戯言を言つたりして居る。

暫く話して黒田は帰つた。帰る時に、何気なく、

「おみよ、お前は何時ごろ、母さんの処に帰る積りか？」と聞いた。

「今月の半ばごろにしませう。」と、調子よく言ふ。

「さうか？……」黒田は呻る様に言つて、「きつとだな。」と念をおした。

「えゝ大抵帰りますよ。」

おみよは、飽《あく》まで、軽い調子で言つた。

黒田が帰つてしまふと、おみよは独りで、暗い坐敷に入つて行つた。お君は権藤と四畳で話して居る。

坐敷で、ふとおみよが低く面白さうに昔流行つた、軍歌を唱ひ出した。俊ちやんが、「母ちやん。……」と、恐そうに、不安らしい声で呼ぶ。おみよは、返事もせずに歌を唱《うた》ってい居たが、暫くして
「何だい？」と義理のやうな返事をした。

「こんなに暗い処で何をしているの、あツちに行かうよ。」と、袂を引つぱつた。すると、

「うるさいね。……俊ちやんだけあツちにお出でなさい。母ちやんはこゝで少し考へる事があるんだから、」といらく〳〵して言つた。

「母ちやん、私、此処は暗いんだもの、……」

「うるさい。」

おみよは叱りつけた。俊ちやんは黙つてしまつた。其儘しほく〳〵とそこに立つて居る。おみよは又唱ひ出した。小声だが面白さうに拍子を取つて居る。お君は隣の室から、

「みよちやん！、如何したの？ 大層御機嫌ね」と言ふと、おみよははしやいだ声で
「きみちやんだつて、権藤さんと暫くのお別れだから、一生懸命に話してるぢやないか、」と言つて、軽く声を立てゝ笑つた。

　其次の日、権藤が出て行くと、おみよは、お君に是非東京に残れと、勧め出した。

「そして、二人で一つ、何か面白い商売でもしようぢやないか。」

と言ふ。お君は、おみよが昨日まで、自分に一所に水戸に行けと言つて居たのに、俄かに調子が変つたので驚いた。

「みよちやん……」と暫く、其顔を見て居たが、あまり調子が変つて居るので、笑ひ出した。すると
「笑ひ事ではないんだよ。」と、おみよが憤《むき》になつた。

「本当？」

「本当さ……二人で商売し様ぢやないか、資本は、私が阿母さんにさう言つて、如何にかするから」

おみよは熱心に言ふ。

「それなら、私も大賛成だけれど、」と、お君はやツとおみよの言葉を信じた。で、二人して権藤を説き落すことにした。

お君は、つくづく、おみよの様子の変つたのを思つた。

「きつと野田さんだよ。」と腹で笑つた。けれど、兎も角、東京に残るやうになつたので、これで恐ろしい病人の傍に始終居なくつてすむと思つて安心した。

其日の午後、権藤が帰つて来ると、お君は自分が居ないと如何しても、里の方が困るから残つて居たいと、言ひ出した。権藤はもう一緒に行く事とばかり思つて居たので、意外の顔をして、お君をしげ〳〵と見たが、成るべく一緒に行つてくれと、頼む様に言つた。お君は黙つて考へて居る。

其を傍で聞いて居ると、おみよは心がひどく咎め出した。自分で言ひ出して置きながら、胸がはら〳〵する。それで、

「ぢや、君ちやんは、阿母さんの方に手が出来たらば、後から行くと言ふ事になさいな。……権藤さんだつてお弱い身体だから、それは一人ではお困りですわね。」と言つて、中に入つた。権藤はすぐ折れてしまつて、せめてさうでも仕てくれと言ふ。お君は不承知らしく頷づいた。

それで、其話がすむと、おみよは
「それに、私も近々母の処に帰りますから、長くつて二月か三月位の御辛抱ですよ」と権藤に言つた。


それから三日して、黒田、権藤の一行は、朝十時ごろの汽車で上野を立つた。

お君は勿論の事だが、おみよも俊ちやんを連れて、見送りに行つた。――俊ちやんはおみよが東京に居る中だけ一緒に居ると言う事になつて居たのである。

上野の停車場《ステーション》では、黒田の傍に妾が居たので、おみよは思ひ切つて、取り澄して見せて居た。ものゝ言ひ方でも、立ち居でも俄かに品をよくして、落ち付いた、怜悧な女に見せやうとした。そして、黒田にも情愛のある態《ふう》で、話して居た。

汽車が出てしまふと、おみよもお君も他の見送人と一緒に引返して来たが、二人とも、顔付がすツか

り変つて、はしやいだ静められないと言ふ調子でプラツトホームから出て来た。

外に出ると、二人は上野の公園でも散歩しようと言ふので、ぶら〲森の方に歩いて行つた。森に入らうとする処で、おみよは満面に笑ひを含ませて、

「君ちやん、これからよ。」と、勇ましく言つた。お君も
「私も、もうこゝらだわ、いゝかげんに見当を付けなくつちや……」

と言ふのを、おみよは遮ぎつて、

「札幌時代は面白かつたねえ。」

……と、語尾に上州の訛りまで出た。

「ほんとね。」

お君も、沁み〴〵と言ふ。

で、この三人は動物園に入つた。猿や、熊の前に立つと、子供の俊ちやんよりも、二人の方が余計笑つた。

……それで、広小路で昼飯を食つて帰つた。

家に帰りつくと、おみよは元気な調子で、玄関の戸がきしむのを、引き開けて
「何て戸だろう」と大きな声で言つた。中に入ると、がたびし言はせて、戸をすツかり開ける。と、そこらを見廻はして、空家の様だと独りで言つて笑つて見たが、終には四畳の室に入つて来て
「あゝ、草臥れた！」と其処に横になツてしまつた。俊ちやんはその傍で、買つて来た玩具を並べて居た。

暫くしてから、おみよは口笛を鳴して居たが、台所でごと〲音がするのを聞くと、

「君ちやん！」と呼んだ。

「アイよ」

お君は台所から甘へた返事をした。

「まあ、そんな事は打捨《うつちや》つて置いてこゝにおいでな。」

おみよはもうはしやぎ切つて居た。

「ハイ、ハイ」

お君は前掛で手を拭き〳〵入つて来た。

「まあ、如何ぞお坐り遊ばして、」

「如何もありがたう存じます。」

二人でこんな戯言を言つて坐ると、おみよは
「ねい、これから、一日おきに主婦《おかみ》さんになる事にしようよ。」

「いゝわ、その方は私が皆するから。」

「それぢや、私は何をするの？」

おみよはわざと不平らしく言つた。

そして置いて、二人は顔を見合せると、何かに刺激されたやうに笑ひ出した――

俊ちやんは隅の方で、一人玩具をいぢつて居る。

暫くしておみよは立つて坐敷に行つた。又口笛を鳴らし始めたが、やがてひツそりとしてしまつた。

そこにあつた古い禿筆《ちよびふで》で、せツせと野田に宛てた手紙を書いて居る。何といふ事は無く、野田に向つて思つて居る心持を、この今のわくわくした調子で、とりとまりもなく書いて居るのである。

其手紙は斯うであつた。

「野田さん、先日は好うこそお訪ね下さいました。誠に有難く御礼申上げます、此様なむさい処へ……誠に面目なく存じます。併し例の私し故、何卒悪からず、おゆるし下さいませ。あの日は誠に愉快でした。貴方へは何とも、申訳がありません、折角わざ〳〵おたづね下されしに、何の風情もなくツて、誠に申し訳がありませんでした。如何ぞこの後もます〳〵お遊びにお出下さいませ。

貴方、先日お帰りの途中に、黒田にお逢ひ遊ばしたでせう？

当家の主人も黒田も、今朝十時の汽車で、出立いたしました。もはや隙になりました故、何卒お遊びにお出下さいましね。……

私ね、貴方に少々お願ひ申度事《まをしたいこと》があります。手紙で申し上げてもよいのですが、それに、まだ他にもお願ひし度い事があります故、定めし、お忙しい事と存じますが、一寸、学校のお帰りがけになどお立寄り下される事にはなりますまいかしら、誠にお手数ですが、もし願はれますれば、誠に幸せ、しかし出来ませねば、決して御心配下さいますな、一寸葉書でも御返事下さいませ。私が何《いづ》れまでなりと出掛けてまゐります。あなたに御都合のよいやうにお考へ下さいまして……」

　おみよは斯う書いて、野田がきツと来てくれると堅く思つた。

後篇

一

暫くしてから、おみよは懐手をしながら、何か考へてポツとした目付きをして、四畳の室《へや》に入つて来た。懐から封筒の頭が出て居た。

お君は膝の先で小さな火鉢を押して居るやうにして、四畳の窓際の柱に寄懸《よりかか》つて目を閉《つぶ》つて居たが、おみよが入つて来たのを見ると目を細く開《あけ》て何となしに笑ひかけた。おみよは口元に他《よそ》の事を思つて居るやうな薄笑ひを見せて、黙つて火鉢の前に膝を付いて坐つた。そしてお君の傍にあつた、煙管と、煙草を入れた紙箱とを引きよせると、壁の処を見詰めながら一ぷく吸つた。

お君は黙つて其を見守つて居る。と、おみよはついと立つて室を出て行つた。格子が開《あ》いて急ぎ足に歩いて行く音が聞えた。

やがて、おみよは前よりもはツきりした顔付をして、笑ひながら帰つて来た。お君は坐つた儘、其を見上げて、

「手紙？」と聞く。

「え、野田さんに。此間来たそら学生さ。」と憚《はばか》り気なく言つて、おみよはにこ〳〵した。お君は何気無い調子で、

「今年の夏、初めて逢つた人だつて？」と聞く、

「えゝ、湖水に遊びに来た人さ。」

「何処の学校の生徒？ ……気軽そうな人だわね。」

「美術学校の生徒。」

二人とも目には、言葉では言つて居ない意味を見せた笑ひ方をしながら、野田の噂をした。それで、一寸《ちよつと》言葉がとぎれたが、たゞふと思ひ付いたと言つた風に、

「いゝ男だね。」

と、お君が言つた。するとおみよは、はしやぎ立つた声をして笑ひ出した。そして、笑つて居る目に力を入れて、お君の顔を見返したが、思ひ出したやうに、

「もう、皆水戸に着いたらうね。」と話を転じた。

「とツくに着てるわ……今朝、三時間すれば着くつて言つてたもの。」

と言つた後で、

「今日中に手紙が来るかしら？」と独語《ひとりごと》をした。お君は権藤の事を思ひ出した。

其様子を見るとすぐおみよは寂しからうと言つて、お君をからかひ出した。お君も亦、開け放しになつて、大切な人だものと言つた調子で其相手になつた。それから華がさいて二人は又酒に酔つた人のやうに笑ひ出した。

おみよのは、透る、強味のある声で、憚り気もなく高調子に笑ふ。お君のは細い底に錆のある声だ。この放逸な二人の笑ひ声が近所までも聞える。――その間に俊ちやんは、日当りの縁側で、玩具をいぢりながら、独語を言つて遊んで居る。

黒田と権藤とが出立してしまつたので、おみよは全く自由になつたやうに、心が伸々した。例の湖畔の静かな林の中で、憚る処もなく反響《こだま》を響かせて育つた野、其まゝの心に返つたやうになつた。


日もそろ〳〵傾き初めた。畳の汚れた、壁の土が摩《す》れて処々むけて居る汚い室に、窓一杯に夕日がクワツと当つて、眩《まぶし》いやうに明るい。散々に笑ひ戯けた二人も、何時となしに、その日に蒸されたやうになつて、ぼんやりとして来た。小さな汚い火鉢を間に置いて、笑ひくたびれて自然と黙つてしまつた。二人とも身をもんで笑つたり、戯けたりした故か帯がゆるんで、身体にだらしが無い。

暫くすると、おみよは倦《だ》るさうな調子でまた口笛を吹き初めた。身体をぐツたりと唐紙に寄せて、当なしにものを見詰めながら、何かうつら〳〵して居るやうな顔をして居る。お君はそれを見ると、

「みよちやん！」と覚《さま》すやうに呼びかけた。

お君は呼ばれると、おみよは突然声を立てゝ笑つた。だが心には、押し寄せて来るやうな寂しさを感

じた。家の中も権藤が僅《わづか》ばかりだが、荷物をまとめて行つたので、思ひなしか空家のやうにガランとして居る。何となく身体に夕方の寒さが沁み込んで来る。世の中が、何もかも嫌になつてしまつた。お君も笑つた。が、その笑ひ声が耳について寂しく消え去つたやうに思はれたので、すぐ止してしまつた。そして、

「あゝ、もうぢき日が暮れるね。」と言つた。

おみよは顔の肉が神経的にしまるやうに思はれた。

「君ちやん。早く御膳を食べて、本郷に行かう！」と言ひ出した。調子が何処かいら〳〵して居る。そこへ

「母ちやん。」と言つて、俊ちやんが入つて来た。おみよは険のある目でそれを見た。

「本郷に行くの？」……俊ちやんはぐづ〳〵しながら言ふ。

「行く時は連れてく！」

と、おみよはどなつた。俊ちやんは恐ろしさうに、後しざり《じさり》をして、ぢツと眼を光らせて母親の顔を睨《にら》み詰めた。

室の中が何時か薄暗くなつたやうに日が廻つてしまつた。お君は急に身を起して室を出ると、台所から、

「みよちやん、火鉢に炭をどツさりついで頂戴。」と言つた。おみよは黙つてそこらを見廻したが、お君の坐つて居た跡に炭籠があるのを、引き寄せた。

「お湯をわかすのよ。」と、お君が又台所から言ふ。おみよは唇を堅く結んだまゝ、返事もせずに炭をついで居たが、顔を上げると、俊ちやんが最前の儘自分を見詰めて立つてる。

「俊ちやん。」——と呆れたやうに言つて、「お前は執念深いね。お父さんのやうだ。」とつくづく言つた。

晩餐がすむと、おみよは又はしやぎ出した。鼻唄のやうに、軍歌を唱ひながら、俊ちやんにも仕度をしてやつて、端から戸を閉め立てた。お君は台所でゴトゴト膳を洗つて居たが、手を拭きながら出て来

ると、

「もう戸を閉めたの」と言ふのを、急かし立てゝ、外に出た。出口の処で、

「本郷つて何処に行くの？」とお君が聞いた。

「寄席にでも行かう。」と言つたが、おみよには何の当もあるのでは無かつた。で、俊ちやんの手を引いて、二人は浮かれた調子で竹早町の通りを歩いて行つた。

本郷の通りに出ると、××町の角にお君の従弟夫婦が小さな小間物店を出して居る家に寄つた。此家《ここ》も若い夫婦《ふうふき》限りの店だ。おみよは此間から二三度お君に連れられて来た事がある。その夫婦を誘ふ積りにしてそこに寄ると、華々しい電燈の光と、温かさうな室の工合とで心持がまぎれてしまつた。小間物屋の主人は近眼鏡を掛けた書生のやうな温順な男なので、おみよは若い細君やお君を相手に憚り気も無く夜更けるまではしやいで話し込んだ。

夜更けで、二人は寒い暗い道を帰つて来た。歩き方に拍子をとつて、心の底から浮かれきつて居るやうに歩いて居た。俊ちやんはお君の脊《せな》で苦《くるし》さうに眠つて居た。

二

次の朝、二人がだらしなく目を覚ました時には、もう冬の日が縁側一ぱいに当つて居た。おみよは床の中から手を伸ばして、枕元の火鉢を引き寄せて、煙草を飲んだ。それをお君は

「みよちやん。」と、今目が覚めたやうな声をして呼びかけて、「朝寝したわね……何だかぐツたりしちまつたやうだ。」と言つて欠伸をした。

「私も……何だか気がのう〱したやうで、却つてだるい。」とおみよは今日一日が、何にも思う事もする事も無い一日のやうに思はれる。

で、振り向いて、お君の顔を見ると、首を持上げて、

「あら、如何したの？……君ちやん、布団が逆ぢやないの？」と言ふ。

お君は軽く笑つて、

「だつて、あの病気は布団なんぞからも、伝染《うつ》るつてもの、私、嫌だから、斯うして寝たのさ。」と言つた。

　おみよは何だか冷たい心持がしてぢツとお君の顔を見た。

　その儘枕に顔を押し付けて暫く黙つて考へるやうにして居た。


　汚ないガラツとした四畳の室で朝の食事のすんだのは、かれこれ十一時近かつた。食事がすむと膳をその儘にして、二人は茫然として向ひ合つて居た。――四畳の窓には、一杯に日が当つて居る。

　暫くしてから、お君が、

「ねえ。」と呼びかけた。

「え？」

　おみよの声も倦《だ》るさうだ。

「一体如何する積《つもり》なの？」

　お君は、何もかもおみよに寄りかゝつて居るやうに言ふ。

「何を？」――とおみよはぼんやりして居る。

「これから先の事さ。」

「そんな事はまだいゝやね。」

「さうはいかないわ。」

　お君はおみよを逃すまいとするやうに言つた。

「だつて、さう急に商売の当もないぢやないか。」

「だから……」

「でも、君ちやんは、何か考へがあるの？」

　おみよは、その様な事は心にも無いと言つた調子だ。黒田が発《た》つてしまふと、急に気が緩んでしまつて心が取りとまりが無くなつた。その中に湖水の――おみよは、母の家のあるP――湖《ピーなにがしこ》を「湖水」と呼んで居る――母を動かして、幾らかの金を引出さうとは思つて居るのだけれど、それだけで、外には何にも思つて居ない。独立しようとか、東京に来て一つ新しく自活する方法を立てようとか、思つて居たが、それはむしろ黒田に対して反抗的に考へて居たと言ふ方が強かつた。とりわけ、この朝の心持には不似合であつたので、斯う取りとまりが無かつた。其をお君は不安に思つた。私にも外にこれと言ふ考へも無いがと言つたが、

「お汁粉屋は？……女二人でやるのには丁度いゝ商売ぢや無いかしら。」

と、少し前に、実家《さと》で種々《いろいろ》と相談した時に出た話を思い出して言つた。

「さうねえ。」と、おみよは生返事をして居る。お君は、其商売の利益の多い事、資本が少くつて出来る事などを、人から聞いた儘を話した。すると、ふと思ひついて

「いくら位だつたら出来るだらう？」と言つた。

「いくらあつたらいゝかしら、八十円位かしら？……百円……」お君にもそれ程の成算がなかつた。それで種々言つて居る中に、話は何時か、客商売の面白い事、賑やかな事などに移つて、二人はそれでひどく興に乗つて来た。殊におみよは次第に自分の成算の無い事などは忘れて、話の興味に深入して行く。――おみよは心より言葉の方が先に出るくせがある。

空想ばなしが募つて行く中に、おみよは

「一層、本郷辺で遊技場でも作らうか？……玉突台も二台も置いて……」と言い出した。

「さう出来れば結構だわ。」と、お君も話に乗つて来る……そのお君の様子を見ると、おみよは急にお君を疑ふ心が起つた。同時に、心がその空想から覚めてしまつた。貧しい室の有様が胸に沁みるやうだ。母から、送つてくれる筈の金では、とてもこの家の経済には不足な事を思ふと、急に本気になつて、

「ね、そんな事はともかくとして、書生さんでも置かうぢや無いか。さうすれば今の処は凌げるから……」

と言つた。声も引きしまつて居た。更らに、

「もう野田さんが来てくれさうなものだ。その事も頼まうと思つて手紙を出したのに……」と付け足し

た。

「其もさうだけれど、」

お君は嫌な、欺《だま》されたやうな顔をした。

おみよはやたらに野田が待たれ出した。朝から、心持ちに待つて居たのだが、この時になると急に心が苛ら立つて、お君が嫌になつた。野田さんが来れば……と続いて思ふ。

二人ともそれなりに無言になつて向ひ合つて居た。倦《う》んだやうな冷めたいやうな無言だ。


やがて、暫くその無言の儘で居ると、お君は母の処に見舞に行くと言つて、何と思つたが、其処に遊んで居た俊ちやんを連れて行つた。

その跡で、おみよはぽツねんとして考へた。もう日も陰りかけて居て、身体が何処かうすら寒い。考へて居ると、今迄話した生活問題も、何も胸には浮んで来ない、身体が慄《ふる》えてぢツとして居られない程、野田に逢ひ度くつてたまらなくなつた。

殊に、荒れた何にも無い、わびしい室の中に居ると寂しさが身にひし〳〵と迫つて来る。おみよは居たゝまらなくなつて、家を飛び出してしまつた。通街に出ると、夕日がパツと燃え立つやうに照らして居る。通街《とほり》にはぞろ〳〵と場末に住んで居る、務め人が帰つて来る。どの人もどの人も首を前に下げて、燻《くす》んだやうな、ぼやけたやうな人ばかりだ。おみよはそれを見て居ると、何とも言へぬやるせない、心細い心持がする。訳も無く、人が恋しくなつて来る。

そこへ、お君の弟の浩一がやつて来た。おみよは飛び上るやうに、

「浩さん！」と呼ぶと、つか〳〵と寄つて行つた。

「あ！」

浩一は気を呑まれた様子で立ち止まつて、

「何してるんです？」と聞いた。ゆツくりした調子だ。

「私一人で寂しくつて堪らなかつたから……浩さんは家に寄《よる》んだね？」

と、おみよは急《せ》き込んで居た。

「え……」浩一は決らない返事をしたが、おみよがそれには関《かま》はずに入つて行くので、随《つ》いて入つた。

その夜はお君が帰つて来るまで、浩一をつかまへて、おみよはいそ〳〵して、話をしたり、笑つたりした。そしてその晩、浩一は泊つてしまつた。

三

次の朝も、おみよとお君は昨日の相談を初めた。又汁粉屋の話も出た。浩一も中に入つて、小田原評議が愈々《いよいよ》取りとまりが無くなつた。その中に倦《う》んでしまつて浩一は大塚にある家に帰つて行つた。

昨日の夢がさめたやうに思はれて、おみよは自分の身の始末が痛切に思はれる。で、ともかく、母に当てゝさし当りの小使を要求してやる手紙を書いた。それを持つて部屋に居た儘の姿で、通街に出た。――部屋の中が暖かつたので羽織を脱いで居たし、髪も朝起きた儘で、解《と》かし換えもせず居た。平生から太い帯が苦しいので中幅の帯をして……フワ〳〵した姿《なり》で、通街のポストの処まで来ると、二町ばかり先きから学校の帰《かへ》りらしく、例の霜降のコートを着た野田がやつて来るのを目ざとく見付けた。

で、そこに立つた儘、野田の近づいて来るのを待つて居た。野田の顔がはつきりと見えて来ると、おみよの顔には自然と笑ひが浮んだ。ポストの傍に立つた儘、ぢつと野田を見詰めて居ると、七八間の処まで来ると、野田も此方に気が付いて一寸立ち止まつた。おみよは急いで郵便を投げ込んで、野田の方に歩みよつた。

二人は近づくと、軽く挨拶をして並んで歩き出した。

「手紙有難う……何か用ですか？」と野田が例の通りに蟠《わだかまり》の無い語調で言ふ。

「いゝえ一寸、それはまあ家でお話しします。私はさつきから屹度《きつと》野田さんだらうと思つて立つて見てたんですよ。」

おみよはこの二三日の燻んだ、寂しい、めちやく〴〵になつた心持などはすつかり忘れてしまつて、身体中の感じが力づいて来るやうに思はれて、外からは見えぬ程だが身もだえをして居た。

家の処まで来ると、おみよは駆け込むやうにして、上に上つた。坐敷に入ると、そこらに散かつて居たものを、急いで床の間に上げて、

「野田さん、さあ此方にいらつしやい。」と呼んだ。野田が入つて来ると、坐布団を進めるやら、火鉢を持ち出すやらして、何かそは〳〵して居たが、やつと落ち付くと、

「先日は失礼……あの帰りに黒田にお逢ひになつたでせう？」と言つて、晴々しい笑を含ませて自分の顔を見て居る野田の顔を見た。

「えゝ……」と野田はにつと笑つて、「ついこの先きで逢ひましたよ。むづかしい顔をして、彼方から歩いて来るから僕がね、黒田さんつて言ふと、や！とか何とか言つて、あの目で僕の顔をぢつと見たつけ。」と言ふて、目まで笑つて見せる。

「さうですつてね……」と、おみよも何かなしに笑つたが、

「でね、野田さん、私達はこれから商売をするんですの、どうぞ、よろしくお願ひ致します。」と言つた。野田は驚いた顔をして、

「何の？」と聞いた。

「あの、お汁粉屋を出さうと思ふのです。さうしたらどうぞお友達と皆さんでいらしつて下さい。」

「へえ……何故です？妙な事をするんですね。」

おみよは野田の驚いた様子が嬉しく思へた。野田の心を引き寄せた上で、出来たらば自分の計画を助けて貰はうとも思つて居るので、「えゝ、えゝ……」と戯言《ぜうだん》のやうに言つて笑つて、そして、これから先、如何かして東京で自活をして行く積りだと話した。商売の計画も、遊技場の話も、まだ定つた方法は立つて居ないけれど、如何かして、新しく一身の方法を講じるやうに思つて居ると話した。

おみよの顔は青白く、髪がそこけて居るので野田には何となくやつれて、希望も何も無い人のやうに見えた。それが世ずれない胸には如何にも大変な事のやうに思へて、熱心な目付をして、

「さうですか、商売をするのはいゝが、汁粉屋なんぞは変ぢやありませんか。別に適当なのが無いものかしら。」と言つた。すると、笑ひ出しておみよは年でも越してからと言つて、その話には深く入らな

い。で、とも角も、この家に誰か学生の人を置き度いから、友人で来ようと言ふ人は無いかと聞く。野田はそれが余り無遠慮なので不快だつた。が承知した。おみよは始終、快活らしい調子で話して居た。その間に何処かワイルドな、自分の身体を投げ出したやうな処があるので、野田はつい不思議な、何か荒々しいが面白さうな人に思はれて、自然と引き入れられて行くやうに思つた。

話がすむと、おみよはふと沈んだ顔をした。冷たく口を結んで、目を畳の上に落した。そして一分間ばかり黙つて居た。と思ふと、後を向いて、

「君ちやん……おいでな」と呼んだ。暫くしてお君は涸《か》れたやうな様子に何処となく品を作つて入つて来た。続いて俊ちやんも入つて来た。四人が向ひ合うとおみよは俄かに賑やかな調子になつて、野田に話しかけた。お君は黙つておみよのはしやぐのを見て居た。

俊ちやんも、この日は少しづつ野田に馴れて来て北海道の訛りのある言葉で二言三言話した。其をおみよはさもおかしいもゝのやうに笑つた。そして、

「俊ちやんはね。それでも私が大好なんですよ」と言つて、ぢつと其娘《そのこ》の顔を見た。

野田はこの放縦な人達が面白いやうな、珍しいやうな気がした。斯《かう》して居る中に、この日も大分傾いてしまつた。すると、おみよはお君に一寸囁いて立つた。そして台所に出て行つた。

俊ちやんは一人で残された。一人になると黒目の大きい、狸のやうな目でぢつと野田の顔を見て居る。野田はいやな児だと思ひながら、頻《しきり》に気嫌を取つて、すぐ傍《わき》まで引き寄せ、種々なお噺をしてやつて居た。

小一時間もすると、おみよが入つて来た。この姿を見ると、

「俊ちやん、……」と笑つた目で二人を見て、「もう野田さんと仲よしになつたの?」と言つた。

その中《うち》に日が暮れた。暗い小さいランプの光で、野田は坐敷で一人食事をした。おみよは給仕をしながら、頻りに今日はゆつくり遊んで行けと言つた。そのおみよの顔が如何にも寂しい青い顔に見えた。

食事をすますと、野田は寒さうに火鉢にかぢり付いた。そしておみよに、

「よく考へてなさいよ。商売だつて、他にいゝのがありさうなものに思はれますがね。」と言つた。

「えゝ、」と、言つたが、おみよは野田をいやに生真面目なものの言ひ方をする男だと思つた。

四

おみよ達が食事をすます間、野田は薄暗い坐敷で一人ぢつと火鉢にかぢり付いて居た。夏、P――湖に一緒に行つた、木村といふ男から聞いた、おみよの身の上やら、両親の気質などを思ひ浮べて、今日のおみよの調子と思ひ合せて居た。

寒い！　薄暗い家の中だが、見ると自分の影が、大きく壁に映つて居る。人の運命と言ふ事が頻りに其心に感じられる。

処に、おみよが出て来た。又、はしやいだ調子で、話しかけたが、妙にその調子の底に寂しい影が見えるやうで、野田は何となく考へさせられる。おみよも何時か話がとぎれて来た。俊ちやんは隣の四畳でお君と何か言つて居る。

「や、僕もう帰ります。」と、野田が言ひ出した。

「まあ……」と、俄に何か調子を付けるやうにしておみよは野田を止めやうとしたが、ふつと気をかへて
「ぢや、私達も本郷まで送りませう。」と言つて、隣の室に行つた。そしてお君に、

「又、本郷に行かう。」と言ふ。

「何故？」とお君は不思議さうに言ふのを、急ぎ立たせて、用意させた。

三人は俊ちやんを連れて出た。おみよは野田と並んで俊ちやんの手を引きながら歩いた。寒い、風の吹く暗い晩だつた。一二町も来ると浮かれたやうに小声で、「ノルマントン号沈没の歌」を歌ひ出した。お君もついて唱つた。その拍子をとつて歩く……ひどく浮ついた調子なので野田はさすがに迷惑らしく二三歩遅れて歩いた。

「野田さん。」……野田がぼんやりと考へ込んで、後れて来るのを見ると、おみよは一歩立ち止まつて振り返りながら小声に呼んだ。

「何だよ。野田さんはきまりが悪いんだよ。」とお君に囁いた。

やがて本郷の通りに来ると、夜店が賑《にぎやか》に出て居る。それを三人で見て歩いてお君の従妹の店の前まで来た。するとおみよはお君に、

「私は電車の処まで送つて行つて来るわ。」と囁いた。お君は野田に挨拶して従妹の店に入つた。

二丁目の停留所の処に来ると、おみよは、

「私、日比谷まで行きませう。」と言ふ。

「遅くなりますよ。」と野田が言ふのを、平気な顔をして一所に電車に乗つた。俊ちやんは野田が抱いて乗せた。

内幸町で野田が乗り換《かへ》るので、おみよも電車を降りた。そして暗い広い通街を二三間野田と一所に歩いて行きながら、

「ぢや、あなたは、其方に乗るのですね。私まだ日比谷公園を知らないから、一寸入つて見よう。」と言ふ。野田は妙な顔をして、

「だつて、今夜はもう遅いぢやありませんか。」と言ふのを、おみよは
「まあ来たついでだから……」と言ふ。

「ぢや、僕も一所に行きませうか？」

野田は何かなしに引つぱられてしまつた。おみよは俊ちやんを脊負つて野田に引添つて歩いた。

薄暗い、寒い風の吹き廻して居る公園の中に入つたけれど、別に何を見ようと言ふのでも無い。おみよは黙つて野田の歩く通りに歩いて居た。暫く電燈の薄暗く光つて居る中を歩いて居ると、野田が、

「何故商売なんぞしやうと思ひ立つたのです？……」と聞いた。おみよは、

「私？。」と自分を嘲けるやうに言つた。——そしておみよは真に自分が心細いと思つた。

「つい意地になつちまつたんですの。独立して行く、もう誰にも世話にならないと思つちまつたんですから……」と言つて、おみよは俯《うつむ》向いて自分の足元を見た。すると野田は思ひ込んだやうに、

「それはあなたの気性だからいゝんですがね。けれど、黒田さんと斯う何時までも別居して居るのはよく無いぢやありませんか」と言つて、肩越しに振り向いた。

「黒田なんか駄目ですよ！」とおみよは吐き出すやうに言つて「野田さんは私の事をご存知でないからさう思はれるんでせうがね……もうとても、前のやうに為れるものでは無し」と言葉を切つた。二人は黙つて十間ばかり歩いた。おみよは野田の心持が自分から非常に懸け離れたもののやうに思へた。黙つてもう話すまいかと思つたが、如何しても野田を擒《とりこ》にしなければならないやうに思へるので。

「しかし、この不幸が私には却つて幸かもしれません……」おみよは低い声で、しんみりと話し出した。

「私、こんな中ぶらりんな有様でもう四年も過してるんですよ。」

と、野田の意外に思ふのを見澄まして、

「それは、とても一寸ぢやお話しが出来やしないんですがね。四年間と言ふもの金を少しでもくれるぢやなし、そして自分では嫌な事を私に押し付けてるんですしさ。こんな事をしても終《しまい》には如何なるんでせう？」と言ふ。

「さうですか。ぢやア離縁したらいゝでせう。」と野田は一も二も無く言ふ。

「それが出来れば！」と心では野田を冷笑したくなつた。落付いた調子になつて、

「そんな事も幾度となくあつたのですがね。さうすると黒田は狂人みたいになるんですの。私はもうピストルをさし付けられたりした事さへあるんですもの……」

おみよは野田の顔を見上げた。野田は黙つて居る。心ではとても見当の付けられない話を聞かされたので、何とも言ひやうが無かつたのである。

もう夜も大分更けて居るので、公園の中には人影一人見えない。四辺《あたり》(を)電燈の火がぼつと、処々を白く照らして居るのがしんとした、広い景色に見える。松本楼の燈火《あかり》が、その中に赤く家の中が燃えて居るやうに見えて居る。空は星が輝いて居るけれど暗い。風がその闇の中を吹き廻はして居る。砂を捲《ま》き上げて電燈の白く照らして居る処を、渦巻いては闇の中に消えて行く。その中を二人は話しながら歩いて来たのだ。おみよは話の中で、時々四辺を指して野田に説明させた。

おみよは野田が黙つて居るので、歩きながらちよい〳〵その顔を見たが、これだけではまだ物足りなく思はれた。それで、

「暫く休みませう。」と言つた。野田は頷いて、勝手を知つて居るやうに、少し急ぎ出した。花園の傍《わき》を通つて細い木の植ゑ込んである間を通ると、角の出口に来た。そこを左に曲つて、小高い処に上つた。大きい電燈の下で、四辺がカツキリと見える。野田はその光の下を通ると、木の陰になつて居る処のベンチに掛《かけ》た。

「それで……」と野田が口を切つた。おみよはベンチの上に背から俊ちやんを降ろして、袖を包むやうにして、野田に並んで腰を掛けると、

「それからつてね……私だつて黒田とこんなにして居ては如何なるか知れないんですからね。幾度も離縁しやうと思ひましたけれど……」と、始めて黒田が芸者狂ひをして、自分を離縁しやうとした時の事から話し出した。野田は疑はずおみよの話を聞いた。

「黒田はね、初めの時に芸者を受け出して私を離縁しやうとしたのを、阿母さんに見破られて、散々責められたので、それから意地になつて、私をこんな目に逢はせるのですよ。それから私にはお金もくれなければ、離縁もしてくれないのです。こうやつて投り出しとくだけなのですもの……」と言ひながら、其間に起こつた事を長々と話した。夜は更けて行く……寒い風が吹き廻はす。俊ちやんは慄えながら、黙つて何時か拾つて持つて居た小石を、ベンチの上に並べて折々母の顔を見て居たが遂々《とうとう》、「母ちやん、帰ろう。」と言ひ出した。すると、おみよは話を止めて、袂で一寸俊ちやんを抱きしめて、

「も少し待《いちやう》つておいて、母ちやんは今野田さんとお話をして居るからね。」と言つて、ふと足元に散つて居る銀杏の葉を見付けると、身体を屈めてそれを拾つてやつた。

「ほら、こんなに散つてるよ。俊ちやん拾つて頂戴。」とすかして、又野田の方に向き直ると、

「私ね。野田さんにこの夏から、お詫《わび》しやうと思つてる事がその儘になつてますのよ。」と、今迄とは変つて、媚びるやうな調子で言ふ。

「何です？」野田は正面からおみよを見た。おみよは薄笑ひをして、

「あのね。夏の時に黒田があなたに失礼な事をしましたでせう？……（と目に思ひ切つた媚を見せた。）あれはね、北海道で黒田に酷い目に会はされて居た時に、私の味方になつて居てくれた農学校の人をね、私とおかしいつて疑つてたのです。夏のあの晩にはあなたをその人と思つたのですと。」と言つて笑つたが野田が何とも言はない中に、

「それで、あんな事をしたのです。野田さん、あなたはいやだつたでせう。私はつくづく済ないと思つていたので前の。」と言ふ。

「そんな事はいゝ。僕も知つていましたよ、だが。」と、野田は前の話を思ひ入つて居るやうな返事をする。

「ほんとに……」おみよは又《また》野田の調子が物足りなく思つた。すると、俊ちやんが、だんだんせつき出す。おみよは其をうるささうになだめて居た。まだもつと何か野田を引き寄せ足りない気がして、寒い中に腰を掛けて居た。

二人とも、ものゝ二十分も黙つて居たらう、すると野田が、

「もう大変遅くなりました。帰りませう。」と言ひだしたので、おみよも、

「ぢや」と言つて、立つて身繕いひした。又俊ちやんを背負つて野田と並んで、その小高い処を降りると、もう電車道もしんとして居る。

「大変遅い！」と野田は心配しながら本郷行のある方に一所に歩いて来る。

「ぢや、もうようござんす。」おみよは口だけは言つた。

濠縁《ほりふち》に本郷行の電車が一つ止まつて居た。野田は馳けるやうにおみよを急かして、その電車に乗せた。

電車の中には人が二三人しか居なかつた。おみよは疾風のやうに走る電車の中で、俊ちやんを抱くやうにしながら、ぢつと野田の恋人の事を思つて居た。其顔が何となく胸に浮かんで来るやうに思つた。暖くなつたので俊ちやんは母にもたれた儘で眠りこけてしまつた。

五

斯うやつて一日一日と日が経つて行く。年の暮れも次第に近づいて来る。おみよは一日一日と過ぎ去つて行くのを、心は少しも落付く事が出来ずにいら〳〵しながら如何すると言ふ事も無く日を過して居た。其胸の中では一方には気があせりながら、一方には茫然として自分の成り行きを見て居なければならなかつた。勿論お君の一身には窮状が十重廿重《とえはたえ》と絡《まとは》り付いているので、お君に相談してもたゞ其困る顔を見るばかりだつた。

其で、毎朝起ると二人は茫然とした顔をして四畳に向ひ合つて座る。初めのうちは折々相談を始めるが、何時も根になる金の出所の無い小田原評議で、とてつも無い大きい話になつたり、又は見すぼらしい心細い三厘五厘の利益を当にする話にもなる。其でもおみよはまだ種々な空想が胸に湧いて来る。何か華々しい事が自分の遠い前《さき》にあるやうに漠然思つては、自分の心に根になる事は無いくせに、種々とお君に承け合つたり、慰めたりした。かと思ふと、急にその夢が醒めてしまふ。明らさまに、自分の身に付く可きものが一つも無い事を思ふと、立てても居《を》られなく、気がいら〳〵する。

其で、折ふしはわけも無くはしやぎ出して、迷惑がるお君を引つぱつて外に出た。そしては浮ついた調子で、行当りばつたりに、上野に行つたり、浅草に行つたりした。

浅草の玉乗りに入つた時、嬉しがる俊ちやんをお君に押し付けて、おみよは独りでぼつとして見物の群集の頭を見て居た事もある。此頃は顔色も少し青黒くなつて来た。その中にも野田の事が一番深く思はれた。そのくせ芝にある親しい従姉の処にも来たとも言つてやらずに居る。

お君は割合に俊ちやんを可愛がつた。おみよの男のやうな調子に対してなよ〳〵して女々《をんなをんな》した女だ。俊ちやんも一所になつて玉乗を見て面白がつて居た。しかし心はおみよより暗い。境涯の染《しみ》が沁み込んで居る。おみよはお君を弱いもの扱ひして居た。

其頃から浩一も次第に接近して来た。そして姉よりはおみよと親しんだ。おみよのはねて響き渡るやうな調子と、何となく頼りになるやうな処のあるので、姉よりは尊敬もして居た。おみよは自分の前に目を開けて自分を感心して立つて居る、浩一――子供が漸く青年になりかけた頃の……身体ばかり大きいが、何処か悪ずれて居ながら、まだ何にも知つて居ない浩一を可愛がつた。

斯うして、この家は的《あて》のあるやうな無いやうな調子で日を送つて居た。その中《うち》に十二月も二十日近くなつた。

おみよは愈々気が忙しくなつて来た。お君が殆んど毎日のやうに母の見舞に行く跡で、一人でぽつねんとして考へた。何方《どちら》を向いても自分を如何する方法が無い。俊ちやんも、もう黒田の手には返し度く無いと思ふし、自分は勿論、誰れの世話にもならぬと決心して居る。商売をするについては、もし母にさう言ふ事を持ち出したならば、承知してくれる事は置いて、早速、湖水に引き戻されるだらう。母が母子《おやこ》の情合《じようあひ》で自分を可愛がつて居るとは思ふが、自分のこれまでの放縦な身持について、半ば呆れて居る事もよく知つて居る。

加ふるに、おみよの母は一人で湖水の家に居る。父は妾《てかけ》を持つて前橋に別居して居る。母の心にはおみよは自分の一人の見方だ。こんな風な中で、おみよはとても母の手からは、お君に受け合つたやうに自由に、商売の資本が引き出されるのでは無かつた。

で、おみよの心では、初めから漠然と東京に居る数人の人――家と古るくから関係のある人とか、自分に特別に交際のある人とか……野田もその一人に入つて居るのだが――を的にしてい居たのだ。だが、来て見ると、自然とその人たちの家に出入がしにくゝなる。第一には自分が何だか零落《おちぶれ》て居るやうな気がする。竹早町のこの何にも無い家で寝起をする中に、世の中が何となく燻んで薄暗くなつて見える。相手の人達も、思つて見ればさう此方の思ふやうでもなく思はれる。其でつい一日々々と伸びてしまつた。だが、もう十二月も二十日近くなつた。

おみよは、愈々思ひ切つて湯島の伯父さんと言つて居る人の家に訪れた。

東京に来た事も何にも言つてないのを朝早く突然訪れて行つたので、その家では驚いて迎へた。主人の老人も出勤前だつたので、おみよの思ひ通りに逢ふ事が出来たが、如何して来た？とか、何故来たのかとか言ふ話がやかましくつて、しんみりした話を始めるきつかけが無い。

おみよがわや〳〵言はれるので紛らされて居る中に、伯父さんは出勤すると言つて着物を着換へた。遂々《とうとう》それを送り出してしまつて、伯母さんと対《さ》し向ひになつた。

この家の主人は以前に前橋に某《なにがし》銀行の支店詰めになつて来て居た、その時から家と家と親しくして居たので、おみよが十五六の頃に可愛がられた人だ。息子は官吏で地方に行つて居るので、小ぢんまりした老夫婦だけの一家。玄関からして塵一つ落ちて無いやうな、柱でも格子でも黒く艶々しく、拭き込んである。見れば三年前に来た時の儘の茶棚に、その時に見た時計、おみよには少しも変つた処が無いやうに見えた。痩せた顔の長い目の大きい、青白い伯母さんの顔も油臭いやうな、肥つた禿頭の伯父さんも以前の儘だつた。

おみよは伯母さんには言い出しにくくつて、胸の中で種々《しゆじゆ》に思つて居《ゐる》と、伯母さんが黒田との間は如何かと聞く。おみよは心で躍るやうに喜んで、一通り、とても駄目である話をして、さて、独立したい事、商売もする心組の事……それについて、伯父さんの御尽力をと頼んだ。その時に何と言う事も無く、悲しくなつておみよは泣いて居た。

伯母さんは驚いた顔をして聞いて居たが、

「一体それは、阿母さんは御承知か？」と一語言つた。そして軽く咳をしながら、まぢまぢとその大きい目で、人の顔を見る。人の好い人だが、極く小心な女だ。

「母は畧《ほぼ》承知ですけれど、何しろ……」と言葉を濁した。そして、詳しくは何れ又伺つて伯父さんに御相談する積りだが、伯母さんからもよく取りなして置いてくれ……とおとなしく言つて、それでこの話は切つた。

暫くしてその家を出たが、おみよは胸に淡い哀感を感じながら歩るいて来た。自分が如何にも頼り無いやうに思はれて、途々、俯向き勝ちに歩いて来たが、遂に富坂を降りると車に乗つてしまつた。

六

通りで車を降りて、露路に入つて来るとお君が俊ちやんをつれて出て行つたと見えて、家は戸が閉まつて居る。おみよは例の錠を捜し出して開けて入つた。四畳に入ると、窓を開けてその儘、そこで考へた。何を考へると言ふ事も無い、たゞ自分が泣き度いやうな身に思はれる。

そして窓から日の当つて居る隣の庭を見て居た。この家の庭との間には枸杞《くこ》が藪のやうになつて居て、その葉の間に赤い露々した枸杞の果が見える。おみよはそれを見ながら外から帰つた儘の落ち付かない態《ふう》で居ると、玄関に誰か来た。おみよは飛び上るやうに驚いた。出て見ると野田が立つて居る。平常着《ふだんぎ》の儘らしい、絣《かすり》の着物に羽織を着て袴もはいて居ない。

野田は何時になく曇つた疲れたやうな顔をして居た。不安らしく、気のいら立つたやうな目付きをしておみよを見ると野田の方から却つて、

「如何したのです？」と言ふ。

「え？……今、外から帰つたばかりの処ですの。」

「さうですか……」と、平素に似合はずもぢ〳〵して居る。

「お上りなさいな」おみよも気が向かぬやうに言ふ。

「えゝ、あのね……」と野田は立つた儘、何か言はうとしたが、何を言ひもせずにつつと入つて来た。

それを坐敷に入れて、おみよは入口の柱にもたれて、しやがんだ儘、

「十日もお目に懸りませんでしたね」と、言つた。

「えゝ」と野田も立つた儘で居る。曇つた声だ。そしてぢつとおみよの顔を見て居る。

「如何かなさつて？」

「如何もしませんが……」と、しぶるやうに言つたが、何故か急に語調をかへて、

「それよりも、坐つて下さい。僕は今日はあなたに種々な事を話し度いと思つて来たのです。」と、ひどく思ひ込んだ様子でそこに坐つた。おみよは、

「何です？……言つて下さい。」と、相手の調子に連れて、情の激したやうに膝をつくと、妙な顔をしてまじ〳〵と野田を見た。

何を言ひ出すかと思つて居ると、野田は初めから激した調子で、人間は如何しても真面目になつて行かねばならぬとか、この家のやうな生活は良く無いとか言ひ出した。

「俊ちやんを如何なさる積《つもり》です？、今の儘にして置いたらば、それは俊ちやんの未来が如何《どん》なだと思ひますか？……その子の一生には親がどの位責任が重いか知れませんよ。僕は痛切にさう感ずる。子供がもし一生不幸だつたらば、それは親が悪いんだ……」と、野田の目が妙に重つくるしく光つて、言葉が次第に感情つぽくなつて来る。おみよは野田の調子を見て居ると、なぜか体が慄えて涙ぐんできた。俊ちやんがが可愛さうにも思へて来るが、しかし、それよりも今自分の前に坐つて、感情的に目を光らして居る野田の調子に其心が激して来るやうだつた。

野田の言葉がと切れると、おみよは体を慄はせて
「野田さん！、あなたは立派な方だわ」

と神経の鋭い声で言つた。

野田ははぐらかされたやうな気がした。俄かにおみよと自分との間に距離が出来たやうに思つた、女が自暴自棄してしまつて居るやうに思つた。で、心が燃えるやうになつて、益々、人間は自暴自棄すべきものでは無いと、誰でも永遠に若々しく希望があるやうな事を言ふ。調子が激して来て、

「僕だつて、それはあなたから見れば平坦な道を歩いて来た人間に相違ないが、思ひ余す事が沢山ある。……」と言つて、何か深い思ひ入れのある顔付をしたが、もう何もかも打まけてしまふと言ふ調子で、静子と言ふ恋人《ラブアー》のある事を打明けた。二人の干係《かんけい》をすつかり話した上で、尚ほ家と家との事情の紛《もつ》れで、思ふやうに行かない事まで話した。——話して行く中に、調子が次第に静まつて来て、何時か小説の話でも聞くやうになつて来る。それを、おみよは、面白いやうな親しみの深いやうな心持で聞いて居たが、話が終《しま》ふと、つい、

「私も、それは大方知つて居ました」。と言つた。野田は驚いた。ぢつとおみよの顔を見た。が、又急に、目が曇つたやうになつて、

「さうですか……」と言つて、暫く深い呼吸《いき》をして居たが此度は荒々しく

に捨てばちになつてしまひ度い！」と、初めとはまるで違つた事を言つた。

おみよの目にはたゞ野田のもや〳〵して居る姿だけが映つた。

「野田さん！　そんなに言はずに居らつしやいよ。大丈夫ですよ。」と人を抱きしめるやうに言つた。

「えゝ……」と野田は吐息《といき》をするやうな返事をしたが、何となく誘はれるやうになつて、おみよに今、自分の真実《ほんと》の苦しい処を言はうかと思つた。そして心では迷つて居る。――野田はおみよと日比谷で話した次の次の日に静子から懐妊したらしいと聞いた。二人の身の始末が極り尽くして来た……この幾日かは殆んど考える事も出来ないやうに頭がもじやくじやになつて居たのだ。

野田は言ひ兼ねて黙つて居る。おみよはその様子を見て居ると、身体中がぢいつと燃えて来るやうになる。処へ、格子がガラツと開いてお君と俊ちやんとの声が聞えた。

俊ちやんは野田にすつかり馴れて、絡《まつ》り付くやうにする、おみよは二言三言お君に話し掛けたが、お君は何となく奥歯にものの挟つたやうな様子を見せる。

其晩は野田は皆と一所に四畳の間で食事をした。飯櫃の箍《たが》の真鍮がよく光つてこの家に不相応な大きい夫婦用の足のついた膳に、山葵漬やら、佃煮やらの曲物《まげもの》が幾つも載つて居た。種々なものの入つた味噌汁の大鍋が傍に置いてある、その膳の周囲《まはり》でこの四人が忙しさうに食事をした。

野田は心がそは〳〵しながら腰を落ち付けて居た。するとお君が本郷の従妹の家に用事があると言ふ。おみよは待つて居たやうに野田を送つて皆で一所に行かうと言つた。

外は月が冴えて居た。竹早町の通りを歩きながら、おみよはとりとまりも無い態で、例のやうに軍歌を唱つた。そしておみよは何気ない様子をして野田の手を握つた。野田はそれを何とも感じなかつた。

本郷の其家の前まで来ると、おみよは一寸と言つて、お君に俊ちやんをあづけて、野田と一所にずん〳〵来た。そして何となしに一所に青山行きの電車に乗つてしまつた。明るく電燈が輝いて居る車の中に入ると、二人とも日陰の人のやうな暗い顔に見えた――取りしまりの無い、駆け出して来たやうな、書生らしい鳥打をかぶつた若い男と、襞積《ひだ》の無い、身体の恰好をした顔の青白い年増の女と、……

赤坂の見付けで乗り換へて、おみよは氷川町の野田の家の前まで送つて往つた。別れる時に、しつかりと、野田の両手を持つて握りしめた。

七

次の次の日湯島の老人から、相談し度い事があるから、近日の中に来いと言つて来た。おみよはその手紙をぢつと見て居たが、やがて投げ出してしまつた。そしてお君に

「駄目だ！」と言つた。

お君はその手紙を拾い上げて見て、別に何とも書いて無いので何故かと聞くと、きつと駄目だと言つて

「いゝ、他の人に頼む。」と言ふ。そんな事を言ふなと言つて鎮《なだ》めて見たが一向聞かない。

そして又茫然として何もせずに……勿論湯島には行きもせずに一日一日と送つて居た。

時には野田と、二人で俊ちやんを連れて野田の友人の家に遊びに行つたりした。その中に愈々年の暮が近づいて来た。するとお君の処に権藤(夫の)から晦日の日から一日泊《どまり》のつもりで帰ると言つて来た。

権藤はやはり元気の無い顔をして帰つて来た。お君は久し振りで自分の胸が開けたやうになつて喜んだ。すると、おみよは冷たい顔をしてそれを見た。

権藤は家の中が、前よりも荒れたやうに思つた。お君が自分と一所に水戸に行つて暮す事についても、種々と相談して見たが、今度はお君の心は前の時よりおみよと一所に暮す事を頑固に言ひ張らなかつたが、お君の里では病人の母の看護には如何してもお君が居ない訳には行かなかつた。それで権藤は一日泊つて、又一人で水戸に帰つて行つた。

おみよと、お君とは権藤が来た時から、互《たがひ》に何と無くそりの合はないのに心付いて来た。――その中に年が改《あらたま》つた。

野田は時々やつて来たが、調子が益々そはついて居た。正月になつて、三日の夕方に野田は年始に来た。おみよは型ばかりの――炭屋から歳暮に呉れた、ガラスの燗徳利に、屠蘇をひたしたのを飲ませた。野田はその一二杯の酒に酔つたと見えて真赤になつた。その晩はお君と三人で、俊ちやんはそつちのけで散々に戯けた。そして又、本郷まで遊びに出懸けた。

野田とは通りで別れた。おみよ等は、お君の従妹の店で散々遊んで、更けて帰つて来た。その夜は家に帰つてからも、お君もおみよも妙に心がぴつたり合つたやうに思へて、奥底の無いやうに話し合つた。殊にお君は興奮して居るらしく、私なんぞはもう望みも何にもありはしない。これから先、如何なつて行くか知れたものでは無いから……と言ふやうな事を頻りと言つた。おみよも、

「如何でも、なるやうに成れだよ。ね、君ちやん」と言ふと、

「さうともさ、私、もしかして、権藤のが、伝染《うつ》つてるかもしれ無いわね。伝染つて居るとすれば私、やけだ。芸者にでもなつて、思うふまゝな事をするから。」と言ふ。

お君はしかし、斯う言ふ事を、低い冷い声で言つた。おみよや野田と一所になつて騒いで見ても、自分一人が何故か別のやうな気がされる。胸には、混雑した実家《さと》の窮状や、頼の無い夫の病気の事が集まつて居る。その心持よりも、今のやうな燻んだしよぼ〳〵した生活が嫌《きらひ》なのだ。お君は今の様な生活よりも放縦な、しかし身体の楽な生涯が羨しく思はれた。
で、その晩は、二人で夜の更けるまで互に自分自分の心を領《うなづ》かれて居るやうに思はれながら、思ふ存分な事を話し合つた。二人とも親からも兄弟からも夫からも離れて、何か思う儘な生涯をしやうと言ひ合つた。おみよは此頃なんとなく俊ちやんが邪魔になるなどと言つた。

お君は毎日、実家に通つて行く。老年《としより》の父と、顔の形まで変つた程のヒステリーで長い間寝て居る母と、まだ小《ちいさ》い弟や妹が沢山居る家に行く度につくづくうんざりした。だが、竹早町の家に来ると、何かなしにおみよが専横《せんおう》だ。

竹早町の家の経済は大部分はおみよが滞在費として、母の処から送つて来る幾何《いくらか》の金に、お君が権藤の僅かな月給の中から送らせる金で維持されて居る。それに台所の用事は何時となしに、お君の仕事になつてしまつたし……おみよは俊ちやんをもお君に押し付けて、一家を引き受けたやうな顔をする。

それに、おみよの開け放しの、臆病な処の少しも無い調子が、年の若い男には誰にも面白く、快く感じられると見えて、浩一も漸次《しぜん》とおみよに接近する。家に居て、ヒステリーの母の機嫌をとるのが嫌だと言つては、この家に来て、おみよを姉《ねー》さん〱と言ひながら、おみよの思ふ儘に使はれて居る。身の上の相談も、お君を置いておみよにする。おみよはそれを迎へて、何時《いつ》となく浩一々々と呼び捨てにして喜ぶやうになつた。

八

斯う言う風で日が立つた。一月ももう十五日になつた。おみよとお君は一晩、心が解け合つたが、すぐその熱は醒めてしまつた、で何方《どちら》からも、その話はそれなりになつて居たが、互に一人一人では放縦な生活を慕つて居た。

其頃、おみよの処に、湖水の家から、おみよに来た手紙を回送して来た。その中に一通、久しく音信の無かつた田辺——例の札幌の農学校の生徒の前に干係のあつた田辺からのが一通入つて居た。出した処は郷土《くに》の秋田からだつた。

其手紙には、学校はつまらないから愈々退校した事から、この二月の初めには上京する。そして新しく身の振り方をも考へる積だと言ふ風なその消息が細かく書いてあつた。その上に、状況の途《みち》には湖水の家に寄つて、一年振で会はふと言つてある。おみよはそれを見ると喜んでお君に話した。しかし心には不安をも感じた。野田との新しい仲が、今手が届きかけて居る。田辺を邪魔にも思つた。で、その手紙にはすぐ返事を書いた。簡単に自分が東京に居る事を知らせてやつた。

その後、野田は如何したのか、ばつたり来なくなつてしまつた。正月も半ば過ぎになつた。おみよは何と言ふ事もなく現在の状態に倦み疲れて、心が□るく底に沈んで行くやうに思へた。

二十日も近くなつた頃、おみよは或る日カルタ会をすると言ひ出した。そして、二三枚のはがきを書いた。その中の一枚は勿論野田にあてたものだつたが、中には今迄東京に来て居る事をさへ知らせて無かつた、井生《いはら》と言ふ横浜の某会社《なにがしくわいしや》に居る男に宛てて出した。

その他の人は俊ちやんが病気になつた時から行きつけた医者の代診と、浩一の友人を二三人呼んだ。――それに就《つい》てはお君もひどく乗り気になつて居た。

其日の朝になると、おみよ達がまだ寝て居る中に井生が飛び込んで来た。軍人などにあるやうな、立派に発達した身体の若い目のきりつとした青年である。

来ると、玄関口から、子供のやうに蟠《わだかま》りの無い調子で、
「姉《あね》さん、姉さん………姉さんの家はここかい？」と呼び立てる。そしてづかづか上り込んで来て、座敷の中におみよ達が寝て居るのを見ると、呆れたやうに目を見はつて、
「相変らずだね。」と言ひながら、おみよの枕元に来た。
「私達は昨夜おそかつたから」と、おみよは髪の乱れた顔を枕におし当てた儘下から井生の顔を見上げた。そして、起き上らうとする俊ちやんを、床に引き入れるやうに抱きしめて顔を上げると、
「清さん（井生の名）あつちに往つておいで、女の寝て居る処に入つて来るもんぢや無い。」と言ふ。その顔が青く汚れて居る。

井生は次の室に出て往つた。井生もおみよを姉さんと呼ぶ男の一人である。おみよにはこの姉さんと呼ぶ若い男が幾人《いくたり》かある。

その中におみよは青い疲れたやうな顔をして起きて来た、そして四畳半の窓の下に坐ると、井生が頻りに近来《ちかごろ》の様子を尋ねるのに、答へて居た。

その半日おみよは井生を相手に元気よく笑つて暮した。けれど、此頃からの調子で顔がひどく青い。

その晩のカルタ会は野田は来なかつた。浩一の友人が二人と、医者の代診が来た。この代診と言ふのは二十七八の田舎ものらしい無遠慮な調子の男で、銀縁の眼鏡ばかりを光らせて居た。それが非常なはしやぎやで、家の中は夜更けるまで、破《わ》れるやうな騒ぎをした。

お君は始終しなく〳〵した身体付をして男達の中に交つて騒ぎ廻《ま》はつて居た。細い人にからみ付くやうな声が一入際立つて聞えた。井生はそれを猫が人に身体を擦り付けるやうな感じを《(が)》して、お君を悪《にく》んだ。その目がふとお君の目と出逢ふと、お君は何故か、おみよに対して言ひ様の無い不快でたまらぬ心持が起つた。おみよがその親しい男達をそゝのかして自分を追ひまくるやうに思つた。で、尚ほ、故意《わざ》とらしい声を出してはしやいて《(で)》見せた。

宵の中《うち》には俊ちやんは皆と一緒にはしやいで居たが、夜が更けるに従つて、寒さうに独りぼつちになつて、座敷の隅の火鉢にかじりついて、ふらふらと眠り出した。そして時々はふと目を開けて風邪をひいて居たのでシオールで襟巻をして、黒目の大きい目で、母やお君が、無中になつて、若い男達と戯けて居る様子を見て居た。

夜明けに近い頃に、皆、騒ぎ疲れて、男も女も無く、いぎたなく寝てしまつた――俊ちやんはそつとおみよの傍《そば》に来て寝た。

次の日は、その儘ひつそりとして、午《ひる》近くまで皆寝て居た。午近くに目を覚すと、浩一の友達が慌てゝ帰る。代診は調子に乗つてお君をつかまへて、はしやぎかけたが、お君は疲れたやうに茫《ばう》とした顔をして居た。その中に、代診も帰り、井生も帰ると、午后の日が倦んだやうに、黄い色をして四畳半にさし込んで来る。そこにおみよとお君とは対《むか》ひ合つて坐つて居た。

おみよは時々お君の顔を見た。お君は何か心に思つて居る事があるやうに少し俯向いて居る。おみよは今にもお君が何か言ひ出すかと思つて、心で待つて居る。――凮の無いよく晴れた日だ。

処へ玄関の方へ人の気配がした。おみよは急いで立つて行くと、珍らしく野田が立つて居る。

おみよは少し急いた風で
「何故来なかつたの？」と聞いた。すると野田はそれに答へずに、何となくそはついた風で、

「あの家のね…………」（と静子の家の…………と言ふ事を目で知らせて）あの家の阿母さんが死んだので……」と言つてぽつと立つて居る。

「え？…………静子さんの？」と、おみよはぢつと野田の顔を見詰めて言つた。野田は一寸うなづいて見せたが、暫く黙つて考へるやうにして居ると、

「又来ませう！」と言つてフイと帰らうとする。おみよは是非上つて、も少し話せと言つて止めたが、野田は聞かない。何処か喪心して居るやうな足と《(ど)》りで出て行く。

おみよは急いで下駄を突つ掛けて、外に出ると、野田に追ひ付いて、何か二言三言慰めを言ひながら、通を二三町も一緒に歩いて来た。


帰つて来ると、お君はやはりぽつねんとして居る。おみよは黙つて、元の座に坐ると何とも言はずに煙草をふかした。

「野田さん？」

暫くしてから、お君は気の無い声で聞いた。おみよは頷いて見せた。夫《それ》だけで二人は又無言に返る。おみよは遂に舌打ちして立つた。そして縁側に出て、野田が送つてくれた画《ゑ》の雑誌を開けて、無意味な顔をして見出した。

お君は夕方から大塚の家に出て行つた。

次の日も半日は斯うやつて、睨み合ひをして居た。

で、ふつとした機会で、お君は口を切つた。「みよちやん！、あのね、悪くとらないで聞いて頂戴、一体、私達は如何するの？。何時まで斯うやつて居るの？」

「私にも分からない」

おみよは声に応じて言つた。

「私にも的《あて》が無いんだから」と繰り返して言つたが、これは独り言のやうにつぶやいたのだつた。

「でも………」お君が追ひかけて言はうとすると、

「まあ待つて頂戴、さう言つても困るんだから……」と、おみよはもうぢれて居た。

お君は黙つた。やがて、気まづい顔をしながら、俊ちやんを連れて大塚の方に出て行つた。


で、おみよも急に思ひ付いたやうに、湯島の伯父さんの処に行つた。伯父さんは案外に種々とおみよの相談に乗つてくれるし、おみよの事情も、球突屋をする、……おみよはさう言つたのだ……と言ふ事も、聞き分けて呉れた。ともかくも、家では何《ど》う思つて居るのかと聞くから、大抵は承知して居ると答へると、考へて置くと言つた。——その事から、おみよは引続いて、四五度も湯島に出懸けて行つた。


或日、——四度目位に外に出た時に、帰つて来ると、お君は俊ちやんを連れて大塚に行つて居る留守で、家は戸が閉つて居るのを開けて居ると、四畳の窓格子の桟《さん》に、玩具を入れた箱が、ぶら下げてあつた。そして、其箱に野田の名刺が挟んである。見ると俊ちやんに、「……又留守ですか？」と鉛筆で名の左傍《さはう》に書いてある。おみよはそれを見て嬉しさうな顔をした。心には湯島の老人の不得要領な物の言ひ方を思ひ出して、何だか人に釣られて居るやうな心持がしながら座敷の戸を開けると、北側の……外に向つた窓の下にも一枚、名刺が投げ込んであつた。拾つて見ると田辺一《たなべはじめ》のだ。戸を切つて、留守中の郵便入れにしてある処から、投げ入れて行つたものらしい。おみよは久しく、遠くに離れて居た田辺がすぐ間近に来た……と感じた。其顔が胸に浮ぶ。

そして、野田と二人の男が前後して、この家に来た事を思つた。


翌朝、田辺が来た。——少しかすれた幅の広い声で、投げ出すやうに、

「みよちやん！」と呼ぶ声を、おみよは久し振りで聞いた。北海道の時分、其儘の心持がした。

おみよは玄関に行くと、田辺は目で微かに笑つて居るが、口を堅く結んで外に立つて居る。男は顔も様子も少しも変つて居なかつた。全体に肉の薄い、何処か尖《とが》りのある顔だ。上まぶたが直線をして、目が険しく、唇の薄く、鋭い顔に見える。おみよは男をせかしたてゝ引き上げた。

玄関から四畳にゆく間で、おみよは立ち止まつて、田辺の手を堅く握つて身を慄はした。

「久し振りだね。一さん。」と囁いた。

「久し振りだね。」と田辺も言つて、女の手を握り返した。

二人は何でもない顔をして、四畳に入つて行くと、田辺はお君と顔を見合せて驚いた。

「や…………お久しう」と言つただけで、次の句が出ない。お君はしなしなして、

「お久しうございます」と。言つたが、目の底には冷い光があつた。

田辺は坐ると、ぐつとおみよの方を向いた。

「それから、如何《どう》したい！」と言ふ。

「如何したつて、斯うしてるぢやないか。」

おみよは全く男のやうな物の言ひ方をする。田辺はぢつと、おみよの顔を見詰めた。

その時に、お君は横から、

「田辺さん、学校はおよしなさつたさうですね。」

と言つて立つて身づくろひをした。田辺は振り向いて、

「えゝ」と言つて、その顔をじろ〳〵見た。お君は田辺には冷淡な顔をして、おみよに、

「みよちやん、私は又阿母さんの処に行つて来るわ。」と言つて、外に出て行つた。後で、

「いやな奴と一緒に居るぢやないかと。」田辺が言ふ。

「この頃はほんとにいやになつた。」とおみよも眉をひそめた。

で、二人で対《さ》し向ひになると、おみよは第一に田辺の様子を気になるので、学校は何故止したのかとか、これから如何する方針かと尋ねた。田辺は札幌で自分が放縦な事をし尽したので、学校の方も評判が悪くなり、自分ももとから農科大学の課程をそんなに面白く思はれて居ないので止した事から、これ

からは東京で会社にでも入らうと思つて来た事を話した。おみよはその後に、自分の今の状態――黒田とも断ち、母からも、ともかくも独立して、自分の身を立てやうと思つて居る事を話した。二人は互に自分達の境涯がひどく似て居る事を感じた。

終におみよは斯う言つた。

「一さん。これから私の相談相手になつて下さい。私ね、一さんあなたが来てくれたのですつかり心強くなつた。」

其調子が如何にもしんみりして居た。田辺はたゞ「うん」と言つた。

田辺が一度来てから、おみよとお君との仲が益々冷たくなつた。お君はこの頃から折ふし思ひ付いたやうに夫の権藤にあてゝ用事以外の……恋しく思つて居るやうな手紙を書いて送つた。

竹早町の家は日一日《ひいちじつ》と荒れて行く。座敷にでも居間にでも新しい新聞一つ無い。野田が折ふし持つて来て置いた画の雑誌は土瓶敷の代りになつて、表紙も破れて汚れて居た。

権藤の書いた「田うこぎ草」の看板は紙が破れて、骨の出た儘、台所の壁際に投げ出してある。その中でおみよは田辺か、野田かと二人で人交ぜもせず話した。

俊ちやんは、もうすつかり投《ほう》り出されたやうな児になつてしまつた。おみよは大抵の事はお君にさせて居る。子供の事を気にしたり、かまつたりする隙が無いと言つた調子で居た。それで、俊ちやんはこの荒れた家からお君に連れられて出るか、さも無くば、近所の子供達の中に交つて、一日の大部分は母にその顔を見せなくなつた。

だがおみよはまだ野田を待つて居る、心では野田の心を追ひかけて居た。

或る日、野田が来ると、引き止めて、夜、例の様にお君と俊ちやんとで本郷に出た。お君の従妹の店の前に来ると、お君に俊ちやんを預けて、いそ〳〵と野田について行きながら、

「今夜ね、少しお話がありますの。」と言つた。

「え、僕も話し度い事があります。」と、野田も言つた。で、二人は電車には乗らずに、後にもどつて、赤門の中に入つた。道が暗くなると、

「君ちやんがね、私たちを変に思つてますよと。」言ふと、おみよは猫のやうに、自分の身体を野田にすり寄せた。そして闇の中で男の顔を見上げた。男は、

「何故です？……」と言つたが、おみよの二の腕を握つた。そして左の手を廻はして、肩を抱くやうにしながら歩いた。

　おみよの身体は神経的に慄へて居た。

　その夜、この二人は寒い風が吹くのに、不忍《しのばず》の池の周囲《まはり》を廻《まは》りながら話した。おみよは何かなしに、自分の薄命なのを訴へた。二人は話しながら池を二度廻つた。

　夜が更けたが、おみよはまだ飽きないやうな気がして、野田と一緒に電車に乗つた。そして、山王下で降りると、野田を引つぱつて、又氷川公園に入つた。

　二人はそこで夜更けるまで、身体をもたせ合つて居た。


　次の日に野田から手紙が来た。二日したらば行つて、も少し話す事があるから、誰《た》れも居ないやうにして置いてくれ……と書いてあつた
　おみよは前夜、夜更けまで寒い処に居た為めに、軽い持病の神経痛が起つて居たので、家の中でじれて居た。お君にも俊ちやんにもひどく当つて、やたらに罵つた。俊ちやんは一縮《ひとちぢ》みになつて、縁の隅に居た。お君は冷い顔をして、心の底に怒つて居たが、やがて、俊ちやんを連れて出て行つた。

　夜お君が帰つて来て見ると、おみよはもう病気も治つて居たし、心も凪いで、留守に来た浩一を相手に例のはしやいで居た。と、お君は言ひ様も無く腹が立つて来る。で、打解けずにぢつと考へて居た。

　そして次の日からお君は、朝からなるべく家を出て、大塚の家に行くやうにした。

　野田が来ると言つて来た日になつた。おみよは、今日は外出をするからと言つて、俊ちやんをお君に押し付けて出した。そして座敷と玄関の戸を閉めて、独りで四畳の窓の処に坐つて、野田の来るのを心

待ちに待つた。

　十一時近くになつた頃、人の来た足音がした。おみよは、四畳の窓に寄りかゝつて、ぼつとして居たが、その足音を聞くと、野田が来たと思つて、急に目が光つた。

　玄関に飛んで出て見ると、田辺が立つて居る。

「一さん？」と、困つたやうな低い声で言つて立つた儘で居る。

「如何したんだい？」田辺は妙な顔をして聞いた。

「これから一寸出るところ」とおみよはいまさき自分が妙な顔をしたのを隠す積りで、身体に品をして見せた。田辺は、

「でも、一寸用がある……」と言つて、上つて来た。

「何さ？　………用つて。」

おみよは急ぐやうに坐るか坐らぬに聞く。

「今日、吉沢ね、植物園の園長の処に行つたのさ。」

「えゝ」

田辺の話をを聞きながら、おみよは如何にも落ち付かない返事をする。

「僕は、植物園に入ろうかと思ふんだ。それで吉沢さんに頼みに行つたらね、午後来いと言つた……みよちやんこれから何処に行くんだ？」

「一寸ね、湯島に行かなければならない。」と言つておみよは田辺の顔を見た。田辺は、今度退校したのも、父には無断だつたので、帰つて見ると、学者肌の峻厳な父は非常な不機嫌だ。で、如何かして、職業にでも早く就くやうにと思つて居ると言ふやうな話をした。

　田辺の話を聞いて居る中に、おみよの心が静まつて来た。何となく田辺に同情されて来て、何時《いつ》か、その両手をしつかりと握つた。そして、目に媚を見せた。田辺は昔の干係《かんけい》を思ひ出した。

　午後の二時頃まで二人は茫然として向ひ合つて居た。すると、野田が来たらしい靴の音がする。おみ

よはさつと顔の表情がしまつて、立ち上ると身軽く出て行つた。障子を開けると小声で待つて居たやうに、

「さ。」と言ふ。

もう二月の半近くで、風の無い暖い日だつた。野田は、急いで来たと見えて、額に汗ばんで居た。そして上つた。四畳の室に行くと、色の浅黒い、険のある顔の田辺と見合つた。心にはつと思つた。

おみよは野田に、

「私出やうとする所ですの。」と言つて、目で何か合図をした。

「はあ。」と言ふと、野田は臆病らしく、田辺の顔を見た。おみよはその時に、軽く気がわくわくするのを、平気な様子をして、野田に、

「あ、これは田辺つて言ふのです。私の札幌時代の友達ですの。……」と言ふと、次に田辺に、

「一さん、この方は野田さんつて、美術学校の……」と紹介した。二人は挨拶をしたが、互に黙つて居る。

とおみよは田辺に、

「一さん往つておいで早く往つて早く帰つておいで。」と言つて、その顔をぢつと見た。

「うん。」と、田辺は立ち上つて、野田に、

「ぢや、ごゆつくり。」と、一寸頭を下げて出て行つた。

おみよは玄関まで送つて行くと、何か囁いて、

「一さん、帰りに寄るね。」と大きい声で言つた。

室に入つて来ると、おみよはいきなり
「宗《そう》さん！」と宗一と言ふ野田の名を呼んで、情が激して来たやうに、野田の両手を握つてしまつた。そして身もだえして、膝と膝とを突き合せて坐つた。

野田も身の中が慄へた。無言の儘で、その握られた手を引いて、強く握り返した…………と見ると、女の目がぢつと自分を見て居た。女の身体が熱の高まつて来るやうに慄へて居る。そして無言の儘で身

体をすり付ける様にする。

野田は夢のやうな境に引き入れられて行くやうで、女のする儘にさせた。

暫くして、野田は坐つた儘両手で強く顔をおさへて、ぢつと俯向いて居た。今、目の前に垂れて居た幕が切つて落されたやうになつた。そして静子の顔を思ひ浮べて、自分の身体が何の為めに、何をして居るか分らなかつた。

そこへ、台所からおみよが入つて来た。濡れた手拭で自分の顔をふきながら、野田の後に来て、肩越しに覗き込んで、

「如何したの？……………宗さん」と、軽い、前の無言で居た時とはまるで変つた調子で、その手拭を渡した。野田も顔を拭いた。

「何を考へてらつしやるの？」

と、物馴れた態《たい》で言つて野田の顔を覗き込んだ。

野田は顔をそむけたが、思ひ返して、沈んだ、物に憚《はばか》るやうな目をして女の顔を見た。おみよは又急に身体が興奮して、神経的に慄へ出したやうで、強ひて口元に笑を含ませた。

二人は暫く無言で《で》居た。野田は心が静まると、急に思ひ立つて、おみよの膝にぴつたりと膝を付けて、そして熱心に身のきまりを付ける事を忠言し出した。

自爆自棄のやうな生涯に入つてはならぬ事を繰り返して言つて、何かしつかりした仕事をしろと言ふ。おみよはそれを聞いて居ると、次第に興奮した心が醒めて来る。そして、もうとても自分の身体を引戻す事の出来ない事を言はれて居るやうで、それがうるさくあつた。

野田が繰り返し繰り返し言つて居る中に、お君が帰つて来た。不思議さうな顔をして二人を見た。続いて田辺も帰つて来た。おみよは野田を突き出してしまいたくなつた。

その後に野田は二三度続けて来て、おみよの決心をうながしたが、おみよは何にも決つた事は言はなかつた。すると、又来なくなつた。

おみよは湯島の老人に頼んだ事も、もうとつくに全く不得要領で物にならなかつた。ただ茫然と日を送つて居た。すると、突然、湖畔の母の処から帰つて来い——東京で商売を始めやうなどと言つて居るさうだが、それは止《よ》して帰れと言ふ手紙が来た。

おみよは心の底からじれた。世の中が自分の心を破る様に思つた。そして、愈々《いよいよ》じりじりして日を送つた。

田辺は毎日のやうに来る。おみよの母からの手紙を見ると、東京に居ろ……そして、自分が職業を得たらば、俊ちやんを黒田の処に返して、同棲しやうと言つた。おみよはさう決めた。

（をはり）

山上より

一、旅へ出る前夜

T――兄

今、机の前に坐つて、この手紙を書き始めようと思つてると、隣の室の時計が十二時を打ち出した。僕は、この三十分ばかり前に、××座のイブセン劇を見て帰つた処だ。

「それは珍しい！」

君はすぐ、眼の縁に皺を寄せて、微笑しながら、僕の顔を見詰めるようにするだろうな。僕が芝居を見に行つたと聞いたら

「何のまあ気紛れ……」と君が思ふだろう。さう思ふ君を、僕は面白いやうな顔して見返して、二人で、じつと二分間ばかり沈黙して、向ひ合つて見たいな。さうなると、必ず僕の心持が君に通じるからさ。

それでね。今夜は大分疲れているんだが、この手紙だけは是非書いて、君に送つて行きたいと思つているんだ。今夜思つただけの事を言つて了はないと、気持が治まらないからね。そして、僕は明日夜が明けたらすぐ旅にでる……今、はつきりと噛み切つたやうに、斯う定めてるんだ。

九月の中頃にしては、今夜は少し寒い程だつた。夏の服だと、身体に何処となく、寒い風が滲みて来る。この心持は闇と、闇の中の水とを見て居る心持である。渋谷の停車場で電車を降りると、町の裏の暗い坂を上つて来たが、自然と昂奮して、熱くなつて居た頭が覚めて来た。今夜の印象がはつきりと、又眼に見えて来る。

僕がその見物席に入つた時には、丁度、第一場の中程であつた。案内の人につれられて、見物席の入口に立つて見ると、一番後の列に、学校時分の友達の珍しい顔が見えた。互に「ほ！」と眼で合図をし合ふと、その人が隣の椅子のあいてるのを手真似で知らせてくれたから、そこに入り込んだ。

それで、僕は正面の舞台を見たんだ。イブセンの書いた言葉を、日本語でやつて居る ACTOR AND ACTRESS の声を聞き表情を見て居た。その中に僕は感情がこの場の空気に集中してしまつて、頭がほ

つと熱くなつてしまつた。

幕は二度ばかり降りた。その間に廊下に出て見ると、久しく見なかつた友人の顔に、幾人か出逢つた。此処でも、僕の癖の通りに、夢中になつて喋つた。

イブセンの劇が終ると、舞踊劇と言ふのが始まつた。これは「美しい絵」である。僕は又、それに見惚《みと》れて居る。杵屋の三味線と、吉住の声とが耳に入り、僕にはその意味を抽象して来る事の出来ぬ踊が演じられる。だが、芸術の力は人を抱擁してしまふものだ。僕は何も考へないで、それに感情が強く集められてしまつて見てゐた。

その舞踏劇の第二回目の場になつた。プログラムを見ると「お七吉三」と書いてある。幕が上ると、金屏風に向かつて、まだ子供の骨格をした――しかし、何処かにもう、肉が成熟しようとして、円味を持つて来た、しなやかな身体が後向いて立つて居た。その金屏風の絵模様になつて居る女の身体はやがて、ぬけて出て、舞台に出た。僕はそれを凝視した。思はず凝視した。

だが、唄と三味線の旋律に連れて、例の蛇のやうな、身体のこなしを見て居ると思つて居た。自分でもその積りで居たが、僕は何時とはなしに例のものを凝視して居た。と、その踊る人は、美しい画のやうな化粧をした身体――顔、その髪の中で眩しさうに眼をしば〱させて居た。

「あ！」

僕は思はず、指をささうとした。

『自然』がそら……」……都会の真中の、音楽と、舞踊とで熱し切つて居る席の中に、木の葉が一枚ひら〱と舞ひ込んで来た……それが、正直になり切つて居る心に、はつきりと、種《いろ》んなコントラストを持つて、野の姿を思ひ浮かばせた。まあ、僕に欺う説明するやうな心持が起つたんだ。

それは綺麗な人だよ。神経が種々な音にすぐ共鳴しさうな……まあしかし、そんな事は如何でもいゝ。その人の美しさも又は芸術も如何でもいゝんだ。実は、僕はこの一呼吸の間に、心の全体が、向を変へてしまつた。

今迄、この空気の中で作つて居たイリュージョンは、蝋燭の火を一息で消してしまつたよりも、簡単になつてしまつた。色彩も、音楽も何にも無くなつた。僕は眼の前に立つて居る少女が、十重二十重と重つくるしい色彩のくどい着物で包まれて、身体を動かして居る奥に、何にも芸術と有機的に同化して居ない**HERSELF**が胸を躍らせて、眩しさうな眼をして居るのが見えるのだ。人間の肉体が生きて居る儘の姿を見せられたのだ。そして僕の頭の中の連想は、山の頂のあの湖面に漂つて居る、TWILIGHTだ。

僕は思はず讃嘆の声を発しようとした。

「あ……」

そして、人に知れない吐息が出た。何と言ふ我儘な奴だらう？……人が熱心にやつて居る為事の前で、自分の空想に耽《ふけ》つて、それに向つて讃嘆の声を発しようとしてるなんて！

僕の此処に来たのも、決して気紛れからでは無かつたのである。この団体の人たちの芸術について、或る友人から切に話されたからであつた。来て見ると、その方の感銘は、たつたこの一つの事で打ち消されて了つた。これはこの人達の芸術が関係した事ではない。僕の本能がこの場の空気に、同化されて了はなかたつのだ。

あの目がしばたゝいて居る。少女らしく――今自分は芸をして居ると言ふ気持はしながら、本当の気持では、この場の観衆の顔がまぶしく、自分の心が生真面目になつて居る。その影には、臆面もなく、心臓が早くなつて居るんだ。必ず手の先きが冷たくなつて、身体が熱してる事だらう！……

僕はそれを感じてしまつてたんだ。

僕はその時すぐ、芸術を見て居る……も少し直裁《ちよくさい》に言ふと、人間が意識して作らうとして居る空気の中に心を沈めて、見せられて居る訳には行かなくなつた。僕はそれよりか切実に「自然」を思つたんだ。もし、それが出来た事なら、隣に坐つて居た友達の顔を、君の彫刻を見るやうに、臆面もなく振り返つて見て見たかつた。

「何しろ旅に出てみよう！」その時に独りで欺う思つたんだ。この一月ばかり前から、是非とも、東京を出て何処かに行つて見ようと思つてたから、早速これを機掛に出る事にしよう。

「成程、いゝきつかけだ」

僕は電車を降りて、暗い町を通つて来ながら、頻りに、今夜の少女の目をはつきりと胸に思ひ浮かべて居た。

とにかく、僕は明日夜が明けたらすぐ出発する。僕には神秘に思はれる赤城に行く。「自然」の呼吸する息を聞きに行く……

二、汽車の中にて

T――兄

僕は、今朝七時幾分かに、遂々上野から汽車に乗つて了つた。東京の濁つた生暖い空気の中から出て、あの冷たい荒い山の上の風に吹かれようと、そればかりを思つて停車場の中に入つたのだ。

今、身体がボギー式の車の弾力で心持よく揺られて居る。僕は半分目を閉《つぶ》つたやうにして、じつと身を動かさないで居る。僕が今、何を考へてるか、君にはよく分かつて居るだらう。

僕はこの旅に出る四五日前に、珍しい人の訪問を受けた。君も山の上で一度逢つた事のある筈の人だ。僕は、この次何によらず一度是非この旅だけはしたいと思ひ込んで居たのだから、その人から偶然訪問された事が、その時には非常に感情を刺激した。極めて通常《あたりまへ》に僕を訪ねて来た人の、身体の周囲に、自然と種々な想像の影を作つて見た。僕はその人の口から必ず、あの山頂の一軒家の中に集つて居る、或る神秘な話を聞く事が出来るのだと予期して居た。しかし、その日には、あの人は極くあつけ無い話をして、その儘帰つてしまつた。僕はまだ、目の前に、自分が攫む可きものが、何か残つて居るやうな心持がして、その人を見送つた。たゞ一つ、例のヒーロインが、山の上に一人で帰つて居ると言ふ事を聞いた。それだけで僕は鋭く胸を引き締められるやうに感じるのだつた。もしその次の日でも君に逢つたら、必ず二人は斯う言ふ調子で話し合つた事だらう。

「山に帰つてるさうだ。」

「それは面白い。又、永い旅でもして来やうな顔をして居るんだらうな。」

「さうだらう。疲《くたび》れた……と言つたやうな様子をしてね。今度は又、この人の周囲に如何な事が起つてたんだらう？ ……」

「何れ、一寸は想像のつかない事があつたに違ひないよ。そこが、あの人の神秘の力だ。」

「……」

「……」

そして二人は必ず笑ひ合つたに違ひ無いよ。

僕は今、胸の中では、あの人の上について、或ゆる知つて居る限りの事を思ひ浮べて、一つのものを一心に見詰めるやうにして考へて見て居る。すると、僕の胸には此間訪ねて来た「山」の人の顔が案外平穏であつたやうにも思はれ、又、恐ろしく複雑したものを含んで、その平穏を装つて居たやうにも思はれて来た。

とにかく、僕はこの疾走して居る汽車の勢と一緒になつて、今、その処に突進して行くののやうに思はれる。

僕は全身が、今にも痙攣を起しさうに思はれる程、あの人の事を思ふと昂奮して来る。


此頃の山の上は嘸静かだらう。もう、白樺の葉はあの特別な白つぽい黄葉になつて、淋しさうに、日光にきら〱して居るに違ひ無い。

僕は、今日の夕方か……殊によつたら、明日の午後には、あの湖畔の外輪山のスローブ(プ)の上に立つて居る。そしてあの寂寞の中に照つて居る日光と、あの中に湛へて居る湖水と、その木とを見るんだ。

僕は夢を見るやうに、今それを思つて居る。僕は初めて、此山に旅をしてから、七年経つた。その初めての時にも、君に、あの日との事を聞いて、恐ろしい胃儉(冒険)でもするやうな好奇心を以つて、この汽車に乗つた。今はそれとはまるで違ふ。自分の心の為めには唯一の懐しいあの自然の中にこの埃まみれになつた身体を投げ込みに行くのだ。そして一方にあの人に逢ふ事については、もし許されるならば、あの人の恐ろしい程、の力の籠つた凄い生涯の話の一片を見せて貰はうと思ふのだ。

　君は一昨年、日本に帰つて来てから初めてあの人に逢つた時に、斯う言つて話してくれた。

「T――さんと後から呼んで、僕の前に立つたのはあの人、××さんだつた。なんと言つてい〻か解らなかつた。僕は××さんはこの山に居らぬものと思つて居たので、如何にもいかにもだしぬけのやうな気がした。君、××さんは変つて見えなかつたよ。不思議な程、前の通りだつた。少しふけたとも見えるが、その白い顔の色、白い真中に黒く見える強い鼻の影、あの眼、あの眉、そしてあの飽く事をしらぬやうな紅い唇。例の通りの引きしまつた服装で、乳の処をふくらかし、少し上すぎる位に、帯を巻いて両手を胸にあて、肩の中に鬢を埋める程に顔を仰向けて、歯を見せながら、少しかすれた甲高《こふだか》の声で話す其調子……」

　僕は今、その君の言葉を、鮮明に胸に描いて居る。君が、外国に行つた居《（こ）》た間、あの人に逢はなかつたよりも、僕はもつと永い間、あの人の消息を聞かなかつた。そして、今その人に逢ひ《（綴）》に行くのだ。

　僕は斯うやつて、山の或ゆる事を想像して見て居るのだ。あの湖水の色から、草の平の淺いスロープ、白樺、林の中の恐ろしいやうな下草……そろつと吹いて行く風までが、深い沈黙を守つて居るやうで、そこに世間に出て、さんざんに身をもがいて来た。あの人が、じつと坐つて居る事を考へて居る。あの人の顔には、多少の疲労はあるとしても、弱い衰へた影はある可き筈が無い。必ず恐ろしい力の籠つた沈黙があるのであらう。

　僕は、その顔を心を集めて思つて居る……汽車はたゞ走つて居る。もうあと三十分だ。この次の次の停車場を越したら、山が見えるかもしれない。赤城！……僕は胸がこみ上げて来るやうになつて来る。身体がじり〱するやうだ。

三、山上より

T——兄

昨夜は前橋の旅舎《やどや》に泊つた。やはり知らない旅舎の室は寝苦しい。

今朝、成る可く早くと思つて、旅舎を出た。例の桑畑の中を歩いて、木暮に着いた。あれからは案内者を雇はうと思つたが、この山にのぼるのなら大抵の道は迷ふ筈は無ささうな気がしたので、一人で出かけた。僕は丁度、久しぶりで郷里に帰つて来た学生が、路傍の草木の一つ一つを、振り返つて見ずには居られないやうにして歩いて行く、丁度あれと同じやうな気持が頻りにされる。勿論、何一つとして覚えて居るやうなものはない。年月は七年、その間に、山中の自然には雷電が騒ぎ、雨風が荒れた。僕の小さい記憶の跡などが、その何処にか残つて居よう筈が無い。だけど、何んだか、凡べて自分の知つて居るもののやうな気がする。

僕は今、午後二時に新坂の上に立つた。目の前に草原の緩いスロープ《（プ）》が……三方から山の裾が、自然と低くなだれて行く。

僕はたつた一人で此処まで来た事が実に嬉しかつた。

「……」声は出さなかつたが、胸一杯に誰かを呼んで、駆け出したかつた。やたらに気がわく〳〵して来た、僕は待つた《（て）》居る人があつて、それに近づいて行くやうに、足早に歩いた。そして、懐かしくつて湧き上つてたまらない心持をじつと抱き締めるやうに、静めて目に映つて来るものを見ようとした。此処で見る日光も、空の色も、何と言ふ美しい事だらう。平地で見る濁つた。だるい色などは影程も無い。

僕は耳を聳てた。「シユー……」と何処かで微かな、やつと顔に触る位の風が吹いて過ぎる……それが深い沈黙の中に消ふ《（へ）》て行く。僕は立ち止つてしまつた。

君！……僕は何と言つたらよからう。心底、一人で此処に来たのが嬉しい。何より先づ斯う言ふんだ。僕は身体の全感覚が、水晶の球のやうに清純透明になつて、この自然の中に立つて居る。目を閉つても、自分の周囲を取り囲んで居る或ゆるものが。じつと立つて居るのが、明かに見へて来る。日の光が、大《おおき》い山の腹に、草が薄く錆びた色をした、その上に縦横に走つて居る。そしてその光が極めて微かな、しかし早い振動をして居る。

あゝ、光つて居る。空気が光つて居る。

僕はさう思ふんだ。人間が自然の中に立つて居ると、何時となく、その土の中から生えた樹と同じ様な心持になつて来る事がある。同類の群集が作つて居る社会の凡てのものから、離れてしまつて、たゞ生きて居るそれだけ感覚に帰る事がある。その時に見る日光も、空気も、周囲の有ゆるものが、皆光る。極めて鋭い力を以つて、各々の光を発する。僕はそれを信じる。今、特にそれを信じる。

僕はそこに暫く忘我の姿をして立つて居た。その時には、自分が呼吸して居る事も忘れ、自分の背にある種々な人間の社会との関係も忘れて居た。それの幻がふと消えた。僕は寒さと寂しさとが、一時に身を襲つた。

自分の世界が俄かにこの心から離れて、遠くなつた。僕は神秘を感じる力を失つた。

と、前の方に自然と歩き出した。五里の山を歩いて来た疲労が感じられた。やがて、白樺の林が見える。白つぽい、底に赭《あか》の色をした幹が、淡黄色の葉の中に立つて居る。淡い、薄い、冷い色が、しんとして立つて居る。僕は一種の悲しみが胸の底に起つて来るのを覚えた。

そして、極めて沈んだ涙もろい心持がした。これだ、この悲哀が昔の「和歌」が伝へて来て、僕等日本の人に教へた悲哀だ。

「湖！」

僕は自然と歩いて居たと見える。その林を出たと思ふと、あゝ、「オパアクの実を敷いた」やうな、光つた水が見える。

僕は、此処まで来て、我に返つたやうに、これから行く先の家と、家の人とを思つた。今一時間の後には、SHE の前に立つのだ。

僕は、今夜、あの二階で、「湖畔より」の第一の報告を書かう。

雑録編

晩餐

　食卓は出された、ランプの光が、この机も本箱も運び去られたあとの、心淋しい、広く冷やかに見える、一間をてらして、はかなく見まはされてゐた中に、煮物の蒸気は、華やかに立ちのぼつてゐる。今無言の中から、自分達は醒めた様に首を上げて、目と目とを見合せた、誰の唇のあたりにも、一様におとなしやかな微笑が浮んで来る、けれど、声低く、重く、鋭い悲しみは、人々をとりまき、追つて来る様に、その瞬《（め）》、その唇、その頬の上に、かくさうとしてもかくせぬものがあるではないか、夜深けて、橋の上に、ゆるく流れる、河の音を聞く様に、月下、広野をすぎて行く風の音の様に。座は、それ〳〵《（ぞれ）》の便宜にまかせて定められ、三人は軽く箸を取つた。卓上のものは、自分が初めて、一緒に住むだ日、不器用な自炊の夕から、好みしたしんだもの、牛の肉と、馬鈴薯とを煮たので、そのわきには、誰もきらはぬ甘い煮豆、この粗末な、貧しいもてなしの前に、三人は幼児の様に喜んで向ふのである。

　卓も、皿も、茶碗も、すべて、幾年か見なれたものである。自分達はこの彩もなく、偽りもない晩餐の卓に幾年か、なつかしい思ひ出の歴史を築いて来た。心ない一日の興は、幾年のきえぬ思ひ出となつて、今、遙かに見える過去は、清く、美しい、うすもやにつゝまれて行く、それを見送つて、たのしげな微笑、苦しい悲しみを取りまぜた思ひは、いつも胸の底から湧く様にして来るのである。此晩餐の卓に三人で、箸を取つたのも、やがて長い思ひ出の一として残るであらう。

　今日、自分達は、日曜の礼拝に行つて、教会で、例の通り出逢つた。礼拝がすんで、そこを出る時、友は自分を誘つてくれて、三人がこゝの家に集つたので、その道すがら女は、今夜こゝで久しぶりに三人で晩餐をし様と云つた。

　この家に最後まで残つてゐた、一番年上の友も、友がその学校を卒り、花が落ちて果実になる様に、戦ひと呼ばれてゐる世の中に、ふみ出すと、この家を去つて移ることに成つた。この家の人、自分達に仕へいたはつてくれた人々も、それと共に、その荷物をまとめて、ここを去るといふので、吾等が年久しく迎へられ、待たれるものゝある様に思はれてゐた処、安らかな思ひのまゝに、我家にも似たものとして、往き来してゐた処は、空しくその魂をぬき去つてしまうのである。その終りの記念にといふので、今夜の晩餐の卓は備へられた。

自分達は、無言で、常のまゝに箸を取つてゐる、人々の心が極めて事なく、静かな夕は、いつもかうであつた。年上の友は、箸の上の方を持つて横にして、その肉を飯にそへながら、急ぐ心もなさゝうに口に持つて行く。中の友は、身体をすこし曲めて、乳をすふ様な口つきをして食べてゐる、此等は、長い間、見なれた友の習《ならはし》であつた。やがて肉はほゞつくされ、薯もたゞ二つ三つ皿に残つて、脂《あぶら》と澱粉とで、濃くされてゐる汁は、コーヒー色をして、その薯を漂はしてゐる、新しく、すがすがしい、青づけの大根の色と、音とが心よく、終りの茶の香がなつかしく、遂に食事は終つた。心満ちて少しくつかれた様な色は、人々の顔に上つた、何時も、興がわき、話が栄えるのは、此の皿も、箸もそのまゝ卓によつて、茶をすゝる時から起るのであつた。

自分は、この時、つくづくこの室を見廻した。そして、このなつかしみ、安らかに座る楽しみのあつた室も、今名残りの時になつてゐるのを思つた。残りをしく、心ひかれる思ひは、障子にも、壁にもある。ことに、その障子のガラスに残つてゐる、いたづらがきはかつて中の友がした筆のあとで、その日そのまゝの墨の色ではないが。かう思つて来ると自分の胸の中に、幾年の移りかはりが、急しく往来する。自分は目に見えては消えて行くものゝ急しさと、華々しさに醒される様であつた。

自分達二人は、幾年か相倚つて、一つ家に住むで来た。丁度三年前、秋の風が吹く頃、新らしくここの家が見出されて、信濃から運ばれて来た荷物、相模の旅から帰つて来たはゞきがこゝの椽《たるき》でとかれ、三人はまた一つのねぐらに集まつた。二月も、相見ずして相対した時は、この交り古るした人々の顔にも、言葉にも、新しい力があつて、例へば、新しい花が咲き含んだ様であつた。久しく一つ家にゐると、心と心と相接し、銘々がその明かな自分の境を去つて、相近づいてゐたのも、離れて住むまゝに、生れながらに築かれたその人々の傾きと、生れながらの力とを示して、一人々々、明かにその色と光りとをあらはしてゐた。その夜の興は如何に深かつたか。その時、人々が心勇まれて、各々机をするゐたのは、この室と、隣の室と、も一つとであつた。そのころは、今の隣の家と両方つゞけられてゐて、今の二階の広さがあつた。この二軒は同じ作りの家で、六畳が二間と三畳とである。その六畳は南と北とに向いてゐて、南は座敷、北は居間といふ作り。この室は、その南の方の部屋である。一番年上の友は隣の家のやはりこゝと同じ部屋に机をするゑ、中の友は、この部屋と隣の部屋、自分はこの部屋に座つた。あゝ自分はこの部屋の一番初めの主人であつた、そのころは、隣の方にいつも食事に出かけて行つた、そこでやはり今夜の様に、食後の卓を囲みがら、様々の問題が論ぜられた。今その一つ、一つを、思ひたどることは出来ないけれども、若い、勇気のある、偽りない言葉であつた。その問題は、多くは文芸の上で、詩歌の批評はことに華やかであつた、こゝの一夕の物語の上に主人公とされた人は、夢にも都のこのかたほとりに、自分をその様に見てゐる人々があるとは見えなかつたらう。或る時は信仰の問題であつた。神を見たことのある人は、必ず思ふであらう、その衣のすそと、その息のかゝる処とには、必ず力を抱いて、眸に若く強い光をつゝみ、喜びが心をめぐるものゝあるのを。友はその時、その胸に種がまかれたのであつた、或る時は人生の問題であつた、恋愛の問題であつた、或る時は遙かに闇をすかして見る生涯の問題であつた。

秋はやがて、柿の実に色づけ、新しい林檎を運んで来た。人々は力をつくして、文芸の前に立つてゐた。自分はその静かな、なつかしい境を今もしたふ。今も、もし夢が前にかへすなら、その道を歩むことを切に思ふのである。けれど、ここに一つの出来事があつた。

それは自分にとつて淋しく、苦しいものである。けれど、運命は人に疑ふべき余地すらも与へずに、人を運んで行くもので、自分は、或る感情にふれて、遂にそこから分離することになつた。温い部屋を出で、木枯に吹きさらされる様に、自分はこのたのみある園を去つて、淋しく寒い思ひの中に居を定めた。その時から、自分はこの晩餐と、食後の興との座の主人ではなく客になつたのである。

月が、広い前の運動場をくまなくてらし、その先きの森を、動き出す様に。見せてゐる時、自分は、旅なれぬ子が、旅立ちする様な思ひがして、思ひよわるのであつた。けれどこの心を友はしらず、自分も、吾を限りの思ひを、そのまゝにして、露の深くかゝつた朝二十町ばかりの処に移つた。

その家は森の中の一つ家で、老人夫婦の隠居家、そのはなれの三畳が自分のであつた。かうして処は移つても、心は一つにつながれてゐた。すべての時、必ずその家のこの室に自分も交つてゐた。

春が来た。この家は縮小されて、今の一軒だけになつた、中の友は、自分の部屋に、上の友は、そのあとにかはつた。一年は自分の胸の中に、ことに疾走してすぎた。自分は、吾をわすれて、花の下に立つてゐた夢をさまされた。悲しい、いたましい、人の営《な》める第一の嵐は来た。心の力を呼びかへすいとまもなく、美しいものは奪ひ去られた。自分はそのいたみを抱いて、母に帰つて来た。それで、自分はこの家と、都の端と端とにまで隔つた。

その冬、中の友は、洗礼を受けた。そして冬の旅から帰つて来て、やがて、こゝを去ることになつて、また、自分の営てゐた、森の一つ家に移つた。それはたゞ互の便宜によつてせられた事であつたらう。けれど、この家の、みどり葉が秋風に吹きさらされる様な思ひがされた、けれど、尚、残つた年上の友の室は昔のまゝに吾等の心を安からしめる処であつた。そしてあとに、新しい人が一人来た。自分は、その冬の日の光の様に、悲しんで、ふるえて、凍つて行くのかと思ひながら、また春に逢つた。新しい運命は、新しい春につれて自分を引いて行つて、昔はたゞ、かへり見て思ふものに成つた。そしてその時、上の友は校を出た。

その前に幾度自分達は、この部屋に集つたらう。中の友が去つて後、この部屋は上の友のものとなつて、三人はこゝに昔の様に茶をすゝりながら、友が言ふ、問題に、実に実に、胸ををどらせたのである。友はその時、戦の前に望んでゐるので、自分達二人は、その道を思つて見ながら、半ばは、勇ましく、ましいものゝ様に、半ばは、危くおそろしいものゝ様にそれ〴〵の絵を画いてゐた。

やがて時は充み、果実はみのりして、友は一歩世にふみ出した。かつて、自分達と卓を同じくしてゐた一人は、早くも戦ひの中に入つて行くのである。半《(ば)》は、夢の様に、半《(ば)》は現の様な思ひは、自分の胸にみち〳〵た。

かうして一月、二月はすぎて、夏の初めの今日になつた。今日は、このすべての思ひの結びの日である。自分は、かつて、自分に来たすべての思ひを、くり返してみる時、今夜はたしかに、長い日の間、月を重ね、年を重ねて来て、かくなるべき時の終りの日であつたらう。一つ巣に育てられた雛のその翼がのびて、その胸のあこがれる方に飛び去る時が来たのであらう。自分の胸の中の追懐にも一つの境が出来たのでやはり結び目になつたのである。

　今夜、三人はさして華やかな興もなく、静かに相対して居た。膳はいつか引き去られて室はまた始めの様に、空室の淋しい姿になつた。たゞ幾年か相倚り相親しんで来た三人の顔が、ランプの光にてらされてゐるばかりである。自分は、ふと、自分の思ひを止めて、人々の顔を見た。その時自分は、すぐ友の顔に表れてゐる、真面目な成年の力を思はせられた。嘗て中の友が持つてゐた、よく動く心は今静かにせられて、プラウドなぞの《(その)》眸にも何処となく人生の波動の影が見える。上の友はまして。華やかな夢が消えて、重く、深い悲しみをつゝみ、水を湛えた様な力ある姿になつてゐるではないか。吾等は不知不識の間に、この道にまで運ばれて来てゐたのであると思つた。三人はそのまゝ、暫く沈黙を守つて居たが、中の友は自分を見て微笑した、自分も年上の友もそれにつれて微笑した。今は別れである、けれど三人の胸の上に、この過去を葬つて、それを追懐の国に送つても、自分達には、少しも苦しみをおぼえることはないのである。このかりそめな、室につながれた記念は、たゞ遠くうつくしい、薄絹の様な靄につゝまれて、長しへに心の蔵に置かれるのであらう。

　夜はやゝふけた。中の友が帰るといひ出したのにつれて、三人とも仕度して、庭から出た。中の友は、門をすぐ右に曲つて、老人夫婦の居る、森の家へ帰つて行く。自分たちは左に、これから、二人とも遠く、この家をはなれて行くのである。

　怱忙《さうばう》として、来る日も来る日も、静かに考へる隙《ひま》もなく暮して行く時に、思ひも掛けず半日ばかりの隙が出来た程、嬉しい事はあるまい。そういふ時にはほつと、吾に帰つた様な心持がされて、四辺《あたり》のものを静かに見廻す事が出来るのである。

　私は此特別の歓喜《よろこび》を、今朝味ふ事が出来た。

　朝日の華やかな光を浴びて、裏畑の樹の下に立つて見ると、少しの間見ない中に、畑の中の草や木が、凡て変化してしまつた様に見えた。恐ろしい程、春の生ひたちの力が表はれて居るのに心づいて、そこらを見廻はして見ると、私は長旅をして帰つて来て、久し振りで、見馴れた園に来た様で、吾ながら、こうして居るのが、物珍しく感ぜられる。

　この裏畑と言ふのは、半分は花壇で、半分は果樹園になつて居る。花壇には今、樓斗菜《をだまき》、パンゼ、一八《（いちはつ）》、桜草、なでしこ、が盛りで、その間々に一群づゝ夏咲く花の草が根をはつて、まだ若々しい綺麗な葉をして繁つて居る。其中に早咲の緋の牡丹が一輪、勇ましく、晴やかに日光を浴びて居る。そしてその花壇の四隅には、白と赤の躑躅が一株づゝ、花で埋められて居る様に、真盛りだ。果樹園の方には、桃の若葉が、柔かく長く伸びて居て、柿、無花果の芽が漸く二葉三葉づゝ、幼い色をして、手を伸さうとして居る。私は其柿の樹に寄り懸かりながら、四辺が小児の心の様に、活々として居るのに、見とれてしまつた。

　こうやつて居ると、騒がしい思ひは忘れられてしまつて、身も心も静かになり、口に出しては言はれない一種の情が湧いて来る。

　あゝ、静かな思ひ深い朝だ――――と思つた。

　今は風もない。花も、若葉も少しも動かず、たゞ日光が、其上を勇ましくはげます様に照らして居る。それを見ると、この草木の上に、或る力が加へられて、育み助けられつゝあるので、たゞ膝まづいて、感謝したい様な心になる。

其日光を受けて居る花は、静かな姿をして居るが、尚ほ心を静かにして見ると、盛に声を発して、其光にものを言ひ掛け様として居る様に見える。緋の躑躅は、萌える熱情に心もはり裂そうなのを、一種の沈黙の間に漲らして居る。白い花は気高く、紫のはやさしく、そして、それらの凡ての花も葉も皆天を向いて居る。

私は心を籠めて、その花を見た。

私は、今感ずるこの思ひを、こう言ひ表はし度いと思うのである。――私の見て居るこの花や葉は、大自然の真の姿の中に並べられて、其有る可き運命の前に、その心の凡てを尽して咲いて居るのであると――

見れば見る程、この花は心を尽して咲いて居る――。花の営《いとなみ》は、秋の落葉の時から、長い冬の間、沈黙の苦闘を重ねて、準備を積まれて来た。そして其来る可き天の命を待つて居たのであらう。其時、春の光が暖かく照らして、凍えて居る空から冬の雲が押し移されると、其等のものは、呼び醒まされた様に、其力に満ちた働《はたらき》が初められる。更らに戦ふ可き時が来るのである。人の眼で、軽々しく花を愛らしい、やさしいと言ふ様なものではなく、花自からは、先づ心を満し、力を充実さして、自からの職分の前に、営み働く可き時であらう。

静かに見ると、花の姿には全力を挙け(げ)て、営み戦ひつゝある心を表はして居る。

生活の真の姿は戦である。戦はいまはしく残酷なものではない。戦は神が生物に求めたまう要求である。学者は石の原子にも、不断の振動があると言ふではないか。それを開けば生物に止まらず、世の凡ての物に向つて、神はそれ自からを、完成せしめる為めに、奮闘せよと命ぜられるのであらう。

花は其命のまゝに咲いて居るのだ。こう思つて居る時に、緋の牡丹の花が、少し動《ゆ》らいだと思ふと、はらはらと散つた、散つた花弁《はなびら》は地の上に重なつて、其跡に、三つに別れた、子房が緑色をして顕はれた。そして、其周囲《まはり》に老い凋れた雄蕊が着いて残つて居る。この牡丹の散つた時、私は花の散る音を聞いたと思つた。それは耳に聞えた音ではあるまい。心に響く響であらう。しかも天地に響き渡る音の様であつた。

あゝ、Real life! と私は心に深く沁み渡つた。この花は、この花としての職分を終つて、天に感謝して散つたのである。これはたゞ死のはかない姿ではない。勇ましい最後である。――見よ其戦ひの印が確《しつか》りと残されて居るではないか。

こう思つて立つて居ると、やがて私は自分のこの数週間のことを思ひ浮べた。一時間と、静かに自分の書斎に座つて考へる事も出来ずに、心身共に疲れて、乱れて居た事を、静かに思ひたどると、私は全力を挙げて、あえぎあえぎして居た様である。しかし、今その狂濤の中を脱《ぬ》けて、それを見返る可き処に身を置いて見ると、何と言ふ浅ましい姿であつたらう。

私はそれを一つ一つ検査して見ようとした。はかない事だ。私は神様の前に立つて、一日、一日、失敗して退いて居る。何と言ふみぢめな心であらう――私は何事の為めに、その様に心をも身をも疲らしたのか。とわれと自分に問ふた。私はそれに、「何の為め」と曇りなく答へる事が出来ないのである。

値なき日！ 私は自分の現世に於ける生涯の中から、幾日かをこの「値なき日」と言つて捨て去らねばならないのかと思ふと覚へずうなだれて、天地の間に、有かなきか、分らぬ様なものと自分を思はざるを得なかつた。私は甚だしくこの数週間が惜まれる。

悲しむべき我よ！

私は、この思ひに堪へがたくなつて、吾と吾心を呪つた。私は何を求めて居たか。私は何に心を疲らして居たか。――こう思つて、私は痛切なる悲しさを覚えた。

Real life! ――人は時として、夢を見る。夢を見て幻を追ふ。その時、その人は、屡々《しばしば》、このリヤル、ライフの道を離れてしまふ。偽り、欺いて、心に様々の幻を見て、自から誇つて居る。これは不具者だ。人は幾度か、神を見失ふものだ。其と同時に自分をも見失ふものだ。

其悲しみ、其願ひ、その恣《ほしいまま》な心が、自からの慾にあこがれて居る、残忍な姿、あゝこれこそ、殺戮の心であらう。猛獣の心であらう。

あゝReal life! ——と、私はこう深く思って来た時、心もはれた。疲れた心にも勇気が出た。私は再び、膝まづいて、感謝したくなつた。

静かな心には、真の戦が起る。勇気も生ずる——

輝ける日光——。喜び勇める花——。静かな朝の光景!

十月十九日
部屋の窓から上野の森の方を眺めて居た。今日も空が曇つて居る。灰色をして、低く人の頭の上に圧《お》し掛かつて来る様だ。この曇つて重くるしい日が幾日続くのだろう。僕は悲しく疲れはてゝ覚えず、『あゝ例の秋が来た』――と言はずには居られない。

来る日も来る日も空が曇つて、暮秋《くれあき》のこの頃なると僕は深い底の底から沁み出す様な悲しみを感じる。絶間なしに悪夢に襲はれてでも居る様である。僕の目に見えるものは、凡て恐ろしい悲しい光景だ。――窓から近くに見える樹の葉なども、まだ緑の色はして居ながら。何処となく凋れて、力がなく見える。風が来て其葉を吹くと鈍い悲しさうな音をさせて、はたはたと幹を打つ。何たる淋しい音であらう。曇つた空に押しつけられて声を立てゝ叫ぶ事も出来ずにうめき、吐息を漏して居るのだ。まるで死にかゝつて居る人の呼吸の様だ。――孤寂《こせき》、その声を聞くと僕は曠野の中に立つて居る様な感がされる。――今もゆるい風が来て木の葉を吹く。耳近くその淋しい音が響く。

僕は心に堪へられなく感じられて来たので外に出た。街頭は雑踏して居る。雑踏の中に入ると一層淋しさを感じる。僕はあてても無くそこらを歩いて見た。

僕は或る造花店の前に立つた。種々の花が美しく並べてある。それを茫然と眺めて居た。すると、僕のすぐわきに来て、一人の女が立ち止まつた。其間があまり近いので、僕は一歩退いて、女と間を遠くした、さうすると女は大きな潤いを持つた目で、ぢつと僕を見返した。年ごろは十八九であらう。髪のこい、口の少しとがつた、色の浅黒い小作りな女だ。

其女は僕の顔を見ると、かすかに口もとに笑みを含ませて、身を返して歩き出した。僕は其儘後を見送つて居た。四五間行つたと思ふと、振り返つて一寸僕の方を見る。又四五間先きに行つた頃振り返る。僕はやはり立つて見送つて居たが、其の素振りを見ると何か引きよせられる様な気がして、其女の行つた方に歩き出した。

四五丁も行つて或る曲がり角の処で、其女が、こちらを向いて立ち止まつた。其を見ると僕は何か合図でもされた様な心持がして其方に急いで行つた、不思議に胸がをどる。急に芳烈な酒が身体中をめぐつて来た様に、頭に血が集まつて身体がふるへる様に感じられた。

僕が近づくと、女はぷいと横を向いてしまつた。何にも知らない様な顔付をして、ずんずん歩き出す。僕は何の目的もなしに、たゞ其跡を歩いて行くのである。大学の前から、森川町を通つて行くと、その女は少し行くと振り返つて見る。見ては又知らず顔をしてせつせと歩いて行く。

――かうして西片町に入つた。人通りの少ない生垣の静かな所に来ると、其女は急に立ち止まつて、少し遅れて居る僕の方に向いて二三歩ほどあともどりをした。

僕との間は一間許りも隔つて居たが、鋭い眼をして、唇をゆがめながら、早口に

『何か私に御用でございますか！』

と言つた、僕はこの問に対して何も答へる事は出来ずに、あつけにとられてしまつた、黙つて其儘立つて居ると女はにはかに笑ひを含ませた眼付をして、

『ほんとに何か御用ぢやございませんか？』

と言ふ。何と言ふ烈しい表情の変化であらう。僕はたゞ

『いゝえ』と言つたきり二の句がつけなかつた。すると『では失礼します！』と言つて女は急ぎ足に角を曲がつて行つてしまつた。

僕は茫然と自分の下宿に帰つて来た。帰つて来てからも、ものに憑かれた様になつて、あてもなく興奮して居る。今迄の考へは何もかも心から追ひやつてしまつて、酒に酔つて、一時を快くして居る様な心持だ。日が暮れてからはその心持が一層烈して（く）成つた。

其処へ高木君が入つて来た。其を見ると僕はいきなり

『君！　人間なんて馬鹿なもんだね』と大声を出してしやべり掛けた。高木君は、まじ〳〵僕の顔を見ながら

『何故だい』と相変らず落ち付いたものゝ言ひ方をする。僕はそれを見ると、急に腹が立つて来るので

黙つて居ると、高木君は
『君どうかしたね、妙な顔をして居るよ』
『顔なんかどうだつていゝじゃないか、僕は顔で生きてはしないよ』とつゝけんどんに言ふと
『だつて何て顔だい、まつ青だぜ、そして其目付きは！　――君酒をのんだね』
とあくまで落ち付いて居る。
『酒なんかのむものか。――だが飲まうか、飲まうか。』
僕は、調子づいて手をたゝいた。――高木君は笑ひ笑ひ一処に飲んで居た。僕はひどく酔つてしまつた。高木君が何か話してくれて居た様であつたが、半ばは忘れてしまつて居た。しかし恐らく酒の酔いでも無かつたら、夜中眠る事も出来なかつたらう。

廿二日
今日もまだ晴れない。朝買物に行かうとして門を出ると、家の前で二三日あとの例の女に会つた。顔を見合わせると、其女はわらひかけたが
『まあこゝに居らつしやるの？。先日は失礼いたしました。』と親しさうに挨拶をして、其儘行つてしまつた。
僕は十九日から、其女を忘れる事が出来ないで居る。決して美しく静かに思つて忘れられずに居るのでは無い、たゞ雷光の様に僕の心を刺激した、その感じがどうしても忘れる事が出来ないのだ。僕は絶間無しに考へた、或は夢をたどる様な処もある、しかしそれを考へると胸がをどる、不思議なものに出会つた後の感情の興奮と、自分にも判断のつかぬ或るものとが一つになつて、今迄気候の圧迫を蒙つて居た心持ちが別の方に転じられてしまつた。
この不思議な感じは、今日又その女の顔を見ると、更らに烈しくなつて、様々な想像までが加へられた。何なんだらう、あの女は何ものだらう、これが第一に起こつて来る疑問であつた。僕はともかくも出来得る限りの事を考へた。――僕は外に出かけ様としたのも中止してしまつた。
午後になつた。三時頃だと思ふころ下女が入つて来て、山村といふ人が来たと言ふ。

『山村？　僕はそんな人は知らない』といふと
『でもあなたの処ですよ、若い女の方よ。』

僕は此時、不意に今朝の女が来たのでは無からうかと思つた。それで『不思議だね、まあ通して見てくれ』といつて待つて居ると、やがて襖を開けて、女が入つて来た。果して例の女だ。

『や！』

僕は驚いてかう言つたが、女は落付いて、物馴れた風におじぎをする。

『先日は――今朝お目に懸りましたもので伺ひましたの』

顔を上げると小さな声をしてかう言つた。

見ると厚い唇に濃い紅をさして居る。

『あ、さうでしたか、まあこちらに』

僕はどきまぎしてかう言つた。すると、案内をして来た下女の顔を一寸見て、取りすました風をしながら、親しさうに
『え、では』と言つて、火鉢のわきににぢりよつて縁に手を置いた。白いしなやかな手であつた。二人とも暫く無言で居た。下女が四辺《あたり》の取り散らしてあるものを片附けて下りて行くと。僕は
『よく来てくれましたね』と言つた。其を笑顔で迎へながら
『私先日はね、ほんとに失礼しましたわ。初めは何だかこわい様でしたの』

『僕も変でした。あなたが僕の知つて居る人によく似て居たもので』と僕はこんな口実をつけた。

『まあ！　此間も私そんな事がありましてよ。年とつた方でね、通りで私をお呼びなさいますの』と言ひかけたが、急に僕の顔を見て、笑ひながら
『でも私先からあなたを知つてましたわ。あなたは法科の町田さんを御存じでせう』

『町田？　――えゝ知つてます』

『そら！　私、それであなたの事はすつかり知つてましたのよ』と言つて勝ち誇つた様な笑ひ声をする。

『どうしてです』

僕は弄ばれて居る様につられてその顔を見ると、女は一寸首をかしげて、目を細くしながら
『どうしてゞもいゝわ。それよかあなた尺八がお上手ですつてね』とはぐらかしてしまつた。

『あなたの名は？　教へて下さい』

『私の？　たよつていひますのよ』

女は平気な顔をしてかう言ひながら其身の上話などをした。父を失つた事、母と弟達と一所に暮して居る事などを親しさうに打明けて言つたので、僕はこの女と初対面である事なぞを忘れてしまつた。

其中に日が落ちて行つた。次第に薄暗くなつて来た。僕はランプをつけ様とすると、女は
『まあようござんすわ。私もうおいとましてよ、燈火《あかり》なんか用《い》らないわ』

と言つて止め様として、火鉢にかざして居る僕の手の上に柔らかい其手をそつと置いた。

僕は何となく其が身に沁む様に思はれて、急に自分の手を引き込めた。すると女は軽く笑ひ声を立てる。

笑つたかと思ふと、にはかに調子を代へて、居ずまいをなほしながら、

『大変長話をしましたわ、ではもうおいとま致します』といつて挨拶をする。僕が止め様とすると、此度は幼い顔付になつて
『遅くなると母がやかましうございますから』といつて立ち上つた。僕も送らうと思つて立つた。すると不意に僕によりそつて、低い声で、

『また伺つてもよくて？』といふ。僕もつい誘はれて、

『よござんすとも、いつでも』と小声で言つた。

『では、二三日うちにね』と言つて出て行つた。

女の帰つた跡、僕は茫然として居た。しまひに小さな声で言つたことが殊更胸にしみて居る様に思はれた。僕はまるで今迄知らなかつた処に連れて来られて、追ひ放なされた様であつた。――にはかに薄暗い黄昏の思が身に沁みて来る様である。

二十四日

この二日の間、僕はたゞこの女の事ばかり考へて居た。其紅を濃くつけた唇と、大きいうるんだ目とが、深く心に刻まれて居て、何を思ふともなく、不意に目に浮かんで来る。目に浮かんで来ると一種異様の感じを起させる。この女が僕の目の前にあらはれて来たと一所に僕の心は、まるで悪酒に酔つた様になつた。その酔いが心を騒がしくかき乱して行く。今日は其女の来る約束の日だと思ふと、僕は少しも落ち付かないで居る。かうして朝は過ぎ去つてしまつた。

時がたつに従つて、僕の心は騒がしく成る。僕は動機が烈しく打つ様にその女の来るのを心を踊らして待つて居た。

『何故来ないのだらう！』幾度《いくたび》かうつぶやいたが、それでも来ぬ。もう遂々来ないのだと思ふと、室の中が寂然として、白けた様な思ひがされる。

そこへ下女が郵便を持つて来た。それを手にとると、裏に小さく山村と、書いてある。僕は急いで封を切つた。

手紙にはかう書いてあつた。

『今日は伺ひたいと思つて居りましたらば、生憎な事が出来まして。もし待つて居て下さいましたらと思ひますと心懸りですから、お断り致します。一昨日は誠に嬉しうございました。私の胸の中で思つて居りました事を、丁度あなたに見破られた様な心持が致しまして、お嬉しく存しました。ほんとに、私は夢の様で。

今日お約束にそむきました事は、どうか幾重にもおゆるし下さいまし。そして此次に伺ひました時にも、どうか此間の様に御親切にお話し下さいます様に。きつと近い中に伺ひます。』

僕はこれを見ると、非常に物足りなく感じられたが、しかし何故か心の底で安心した。

十一月九日

もう例の曇つた、わびしい時節は過ぎ去つた。寒い風が吹いて来ると一所に、空はからりと晴れてしまつた。碧の色が澄みきつて、実に計る事の出来ない高さ深さを感じる。

昨日たよ子から手紙が来た。此前たよ子に会つた時に（たよ子は二度ばかり訪ねて来た）今度は目白の奥にある小松原に一緒に行かうと言つて居たが、其手紙に今日其処で待つて居ると言つて来た。それで僕は「小松原」に言つた。

道々様々の事を想像しながら、目白に来た。武蔵野によくある櫟林をいくつかぬけて、広い小松の原の中に入つて行くと、小さな池のわきの四阿《あづまや》にたよ子が独りで坐つて居た。

僕の来たのを見ると、たよ子は立ち上つた。満面に情を動かして、眼をみはつて、心の底からうなづいた様子をした。僕も笑つて近づいた。

道わきの草にはどれも小さな実がなつて、重さうになびいて居る。四辺はしんとして人の影も無い、小高い松の葉にも何処となく、衰へたさびた色が見える。かすかな虫の声が聞える。午後の日の光が黄く倦んだ様にその上を照らして何処となく、天地が眠さうに見える。近づいて僕は、

『待ちましたか』と言ふと、たよ子はたゞ笑つて見せた。様子を見ると僕は何んとなくこの女が僕より年上の様に感じられた。

四阿は松林を後に受けて、前に広く畑が見え、森が見える。日光が斜めにこゝを一ぱいに照らして居る。はでな色の織物の衣服が日にかゞやいてまぶしい様に思はれた。

たよ子は僕を見返したが、甘へる様に笑つた。そしてわざとらしく下を向いた。――二人は暫く無言で居た。其時、たよ子は僕に横顔を見せながら遠くの方をながめた。其額から背にかけて何となく年とつた若若しく無い表情が見える。僕は妙に不快な感じがされた。

たよ子は初めて逢つた時よりも次第次第に年をとつて見えると感じた。

こんな思ひをして居ると、たよ子は不意とこちらを向いて
『佐々さん……』と重くるしい声で言ふ。――僕は何んて年よりじみた声だらうと思つた。

『あなたは私をどうお思ひになつて？』と首をかしげる様にして言つたが、眼は冷やかに動かしがたい光を放つて居る。僕はどきまぎして、

『どうつて、あなたをですか』

『えゝ――（少しさげすむ様な声つきをして）だつて私はこんなにひどい人間だわ』

『何故？』

『まあ！　もつと露骨におつしやつてもよくつてよ。私なんて、自分でも愛想がつきてるんですわ。あなたはもう町田さんに皆聞いてしまつたくせに。』

『いゝえ何にも聞きはしない。』

　僕は打消して言つた。

『ぢや、何《いづ》れお聞きになるわ、西片山の山村の娘つて言へば誰だつてあいつかつて言つてよ。そんな女よ。私は。』

僕は黙つてたゞ女の顔を見て居た。すると、

『嫌！　そんなやさしさうな顔をしてお出でなすつても、もう三日も経たうものなら、その顔がまるで変つてしまふわ』と言つて、嘲る様な、人に迫つて来る様な力のある眼付をする。潤つた唇を少しゆがめる。そして暫く無言のまゝで居たが、急に調子をかへて軽く笑を含ませながら、

『私どうしたんでせう。こんな事を言ふつもりぢやなかつたのですわ。私ね、ほんとに一度あなたの尺八を聞かして戴かうと思つて、それがお願でしたの』と白々しく感情を隠してしまつた。

『僕の尺八なんぞ面白くはないんですよ』

『そんな事を言ふものぢやないわ』と言つたが、前よりも一層冷淡な顔をして下を向いて衣服をなほした。僕は冷淡な顔が非常に堪へられなく苦しく感じられる。さうされると尚ほ更引きよせられる様だ。

　話が一寸とぎれた。するとたよ子は
『一寸、私いくつ位に見えて』

　此度はふざける様な調子で言ふ。

『僕にはよくわからないが、廿二三位ですか』

『まああなたは、ほんとうにさう見えて？』

あはてゝかう言つた。僕は
『初はもつと、若いと思ひましたがね』

『さう？　夏、房州に行つてました時にもさう言はれましたよ、始めは十七八だつてさう思われてましたのが、口をきくと非常にふけて見えるのですつてね』と何にかなしに得意さうにかう言つた。
　二人はそのまゝ黙つてしまつた。僕は遠くの方を眺めて、日光にかゞやいて居る森や畑を見て居ると、後で虫の声が聞える。珍しく風も吹かないから、四辺は木の葉のそよぎも無い。たゞ陽炎がもえたつて、心もうつとりとしてしまふ。僕は今迄言つた事や感じた事などを不意と忘れてしまつて、恍惚となつた。
――覚えず、
『あゝ静かな日だ！』と独りごとすると、女は急に顔をさつと赤くしたが
『何を考へて？』といふ。
『別に何も考へてないんですが静かではありませんか』
『静かなのも嬉しいですけれど、好きな人と話して居ると、尚ほいゝ心持だわ』と言ふ、僕はもう何にも考へるいとまもなく
『あなたは僕をさう思つてはくれないんですか』
と言つてしまつた。すると女は私の顔を見返したが、にはかに冷笑を含ませた眼付して
『好きだつて、私の様なものが何になるものですか』と言つたが
『もう帰りませう』と急に立ち上がつて、さつさと歩み出した。僕は跡を追ひかけたが、松と松との間を女はさつさと歩いて行つて見むきもしなかつた。
　僕は失望してしまつた。其儘又四阿に引き返して腰をかけて、茫然と考へ込んでしまつた。――何故僕はあの女がこんなに気になるのだらう。かう思ふと僕は覚えず重い吐息をもらした。まるでこの幾日か僕は他の事は何にも考へて居なかつた。頭の中は暴風雨の様にあれて居る。そして心の底の底には何処となく不愉快な汚れた感がわだかまつて居る。――これでも僕はあの女を恋して居るんだらうか。あの狭い艶の無い額をした女が何故恋しいのだらう。
　僕は疲れた様になつて帰つて来た。悪い酒に酔つて足もとがふら〱して居る人の様に頭が重くつて、息がはづむ。自分の部屋に入るとその儘あほむけになつてしまつた。その上夜中に何か夢に襲はれた。

十一月十五日
次第に寒く成つた。なんとなく心が霜気た様になつて居る。たよ子は其後手紙もよこさないし来もしない。

十一月十九日
今日四丁目の角で、たよ子が電車から降りる処に逢つた。

『あら！』

たよ子は四辺を見廻してかう言つたが、若々しく顔を赤くして、おどおどしながら
『ごぶさた致しました。遠くから親しい友達が来て居ますので、忙しくつて忙しくつて、つい伺ひませんでしたの』と一寸顔に皺をよせる。

『ぢや今これから来ませんか』

僕は急ぎ込んでかう言つた。

『いゝえ今日はどうしても』と言つて、止める事も出来ないやうに行つてしまつた。

十一月廿二日
博物館に新しい品が陳列されたと言ふので見に行つた。

するとたよ子が、華やかに装つて若い男と二人で話しながら上野の森を歩いて居た。二人で顔を見合せる、

『あら！』と言つて、たよ子がつかく僕の方によつて来た。と思ふと丁寧に挨拶した。冷やかな形式的な、そのそぶり！

僕は茫然として。何となく永い夢を見て目が醒めた様に感じられた。それで博物館には入らずに、谷中の墓地の方に歩いて行つた。歩きながらちもない考へをした。考へても考へても、考へがまとまらぬ。

其時、風がさつと音をさせて木立を吹いた。すると、落葉がはらくと落ちて来る。その音を聞くと

僕はまるで、夢から覚めた様な心がされて、覚えず自分の身体を見まはした。それが何となく珍しく感じられた。それと同時に急に自分の部屋が恋しくなつた。――僕は急いで引き返へした。

○　○　○　○　○　○

嫌な夢が覚めた様な心持ちがする――僕は明白にこの自分の日記にこの一句を入れずには居られないのである。

この心持

僕は今――午後六時半頃だ。――信州に帰つて居る、空穂君に手紙を書かうと思つて居る処。

一日心忙しく暮して、今頗る疲れて居る。何にも忙しいのぢや無い。心に余裕が無いのだ。それで疲れて行くのだ――其で書かうと思つて。ペンを取つて見たが、ぼんやり考へ込んでしまつた。

「信州――と……一体どんな処かな。」と先づ思ふ。……窪田君は大方今頃は家中大勢で集まつて食後のお話でもして居るだらう。いつもの話上手だから、きつと東京の事を面白さうに、珍らしさうに話して居るだらう。……信州つてどんな処だらうよ。

それから僕は、今の僕の斯うやつて居る姿と心持と、何もかも知らせ度い。何だかだるい、疲れた、……そして心の底の方には寂しみ恋しみがあつて、……心細さやら、はかなさやらで心がしんとなつてしまつて居る。……この心持をだ。

何時までも、何時までも、ぼんやりして居る。――ふと、空を見た。黄昏の空を……空に暗色が流れて来て、何処かひつそりした処が見える。

「あー」と覚えず吐息が出た。

この心持をさ、このまゝにすぐ空穂君とこへ持つて行つてくれないかよ。……と思ふ。そして、郵便！

……と言つて、空穂が奥から出て来て、あのそれ叔父さんくした目付で
「やー、よく来たね」と言つたら……と思ふと、此度は可笑しくなつて、独りで笑つてしまつた。それなりで手紙も何にも書かずじまひにしてしまつた。

（大久保にて）

前の年の冬の初めごろ、私は大きな森のわきに移り住んだ。——この話は、一夜その家で起こつた事柄である。

この家といふのは、まるでこの武蔵野の平原を吹き廻つて氷りきつた風に吹かれて居る様な小さな家だ。間数が五間ある。だが、その中で一間は薄暗い室で、その室に入ると陰湿な冷めたい気がせまつて来る様に思はれる。何となくこの家の床の下に非常にふかい穴があつて、その口がその室に開いてゞも居る様な心持がする。私は職業が医者なのだが、競争の烈しいこの頃だから、一つこの郊外に出て一旗上げたいと思つて——此処に移つて来たのだ。——それで、私の家族だが外見には極平凡な、順当な家族の様だけれども、一家の人々が静かな晩にでも互に顔を見合せて居ると、成程人生と言ふものは、寂しい孤独なものだと言ふ感じがされる。方々からはぐれて来た人達が假《か》りに集まつて、互ひに慰め合つて居る様な有様だ。だから、私の妻なども、まだ若いくせに、次第ところの陰鬱な空気に化せられて、初めの様に大きな声を出して笑ふことも少なくなつてしまつた。

私の家族と言ふのは若い妻と、私の叔母と妻の姪の五つになる女児との四人暮しだ。叔母といふのは、もう六十三で、早くから寡婦になつた人である。若い時に、さる高家の召使になつて居たといふ人で、いつかその儀式ばつだ、沈静な空気が、骨まで沁み込んで居ると見えて、如何にも、つゝましい人だが、何処となく冷え切つた心から笑つた事のない人である。しかしその顔には、何処となく力がある。眼などもも年には似ず澄んで居る。それよりも、その高い鼻の工合から、口つきの何処かに、何となく人の心を押しつけて、其の沈んだ静かな心に同化《えん》してしまはうとする力がひそんで居る。よく静かな午後などに、ふいと座敷に入つて行くと、叔母は椽の柱にもたれて、例の様に口をかたく結んだまゝ、うなだれて居る。

『おばさん如何したのですか。』

ときくと、顔も上げないで、

『えゝ？　又好一の事をね。』

と言ふ。好一といふのは叔母の一人息子であつたのだが、十八の時に死んでしまつた。叔母はその為めにどの位その心が冷めたくなつたかしれないのだ。――言はゞ叔母は私の家のかゝり人だ。だから自分でも随分遠慮をして居るのだが、しかしその陰鬱な表情は誰の胸にも、食ひ入つて一種の恐ろしい感じが刻みこまれると見えて、妻などは私に叔母の噂をする時は、どんな事でも小さな声でこつそりと話す。それが全く恐いものにさはる様な態度だ。――叔母の声は低く澄んで居て重々しく、ゆつくりものを言ふ。

妻の姪と言ふのは、妻の姉の子だ。姉は陸軍の大尉と結婚したが、その夫は旅順で戦死した。その前から姉は長らく病気であつたが、夫の死ぬ少し前に衰へて死んでしまつた。それでこの孤児《みなしご》は私達の手で育てる事になつたのだ。妻もよくさう言ふが、私も、この子――俊子と言ふ名だ、俊子の顔を見て居ると、不意と死んだ兄や、姉の顔が目に浮んで来る。まるで、姉夫婦が始終俊子の後に居て、時々私達と俊子との間をその顔でさへぎる様だ。――しかし小さい時から一所に住んで居るので、俊子は私達夫婦を父母と思つて居るのだ。私はおとうちやんで、妻はかあちやんと言はれて居る。はきはきした鋭い子だ。それに私の様な資本のないものには、東京の様な激しい競争の中には、とても堪へて行けない。つまり私からして落武者なのだ。まあこんな人達が集まつて居る一家なのである。

で、移つてから間もない一夜の事、それは十二月の半ばすぎだと覚えて居る、極く静かな闇の夜であつた。例の様に、私達は黙つて坐つたまゝ、夜を更かして居た。何といふ馬鹿気た、うつとうしい習慣だらう。私達はいつの間にか、こんな風で互ひにろくに物を言はずに居ながら、まじ〳〵と夜を更かす事が幾度となくある様になつたのだ。そんな時には叔母はいつでも、ちやんと坐つて口の中で念仏を唱へて居る。その声がんだんだん耳に入つて来ると、悲しい、暗い地の底に入つて行く様な感じが漸次と私達の胸に伝はつて来る。と、私はいつでも息をのんでしまふのだ。妻はそつと私の顔を見て恐ろしさを訴へる様な眼付をする。そのくせ誰れも寝やうといひ出すものが無い。――その夜も丁度さうであつた。夜が更けて行くにつれて、何となくこの小さな家をとりまはして、闇がおしよせて来る様だ。すると遙かな処で、不意に鶏が鳴き出した。それにつれて、近くの百姓家でも連れ鳴きに鳴く。かれた、悲しそうな其声が静かな闇の中に響きわたる。其時に次の室で俊子が不意に声を上げて泣き出した。

『俊ちやんが。』

妻は非常に驚いた様なそぶりをして立つて行つた。するとすぐ泣きやんでしまつた。

　私達は、わづか呼吸をする間何にも思はなかつたのだ。俊子が泣き止んだと思つて居ると、其処に、不意に隣の室から出て来た。ふらふら歩いて来て、私の顔をぢつと見て居たが、またふらふらと次の室の方に行かうとする。――その眼、何物かゞ今俊子の魂を自由にして居る様な眼だ。

『俊ちやん。』

　私は鋭く呼びかけた。すると叔母はいつになく大きい鋭い眼をして私をちらと見た。俊子は聞こえない様に室の入口に立つてむかうを向いて居る。

『俊ちやん。』

　妻が不意に私のすぐ後から呼びかけた。私はおどろいて振り向うとしたらば、叔母が又私の顔を見た。すると妻は、吐息をしてそのまゝ坐つてしまつた。その時叔母は不意に立ちかけた。すると俊子は次の部屋に入つてしまつた。私も立つた。それと一所に、

『俊ちやん。』

とまるで遠くに居るものをでも呼ぶ様に呼んだ。

　玄関の障子が開いた。――私は急いでその方に行つた。俊子は玄関の障子を開けて外に出様として居る。

　私は俊子の肩に手をかけた。

『俊ちやん。』

と其肩をゆすつて見たが、その儘抱かうとした。俊子は黙つて私の手を押しのけ様とする。私は力をこめて抱いた。するとけたゝましい声を出して泣き出した。その声に驚いて妻はラムプを持つてで出て来た。見ると私は驚いて凝立した。誰れの恐ろしい経験と言つても、とてもこれ以上の事は決して有《(け)》るまいと思はれる。――いつの間にか私の右手の処に叔母が立つて居たのだ。……何かものを瞰みつめて居

た目が、きらつと光つた。――その叔母の顔こそ全く残忍な嫉妬のかたまりだ。血の気の無い老人の顔が尚ほ青く見えて、その反対に眼が言ひ表はし方の無い程の恐ろしい光を放つて居た。猛獣が人を覘《ねら》つて居る様な眼付、それでも足りない。私はたゞ『悪魔！』と口にまで出かゝつた。

しかし、ラムプの光が近づいて来ると。凡ての光景が一変した。叔母はうつむいてしまつた。俊子はばつたりと泣きやんで、

『おとうちやん！』

と言つて、初めて眼のさめた様な顔をしながら笑つた。妻は私の後から息をはづませて、

『俊ちやん。』

と言つた。――私は、暫く黙つて居たが、

『皆であつちに行かう、叔母さんもいらつしやい。』

と言ふと叔母はいつもの様につゝましい歩き振りをして、皆もとの室に入つて来た。それから皆でわざと快さうように話し合つた。――だが、誰の声も上づつて居て勢が無い。

私はよく人の話す、猛獣はどの位人に馴れて居ても、不意にその野性が表はれると言ふ話を聞く度びに、心から戦慄してこの記憶を思ひ浮べる。丁度それと同じ様な調子で、人間は時に悪魔の影を心に映す。

三人

一

其朝は、何時になく、室に籠つた儘、彼は何かに気をとられたやうに茫然として暮した。

両親の意見に合はない結婚をして、家を出てから、此頃、彼は始終生活の為めに、追つ立てられるやうにして日を送つて居るので、この伸々と、自分の心の行くまゝにして居ると言ふ時が、殆んど無かつた。それが今朝は、何の拍子かで、ふと昔――親の家に居て、よくこの空想に親しんで居た時そツくりの心持になつた。

彼は自分の身体が、冷い、透明な、水の底にでも入つたやうに、漸次《だんだん》と気が沈んで行くのを覚えた。顔はぢツと壁に向つて居る。目は当もなくだるさうに、その壁について居る雨の滲を見て居た。茫然として、何となく涙ぐんだやうな顔になつて居る。


心はものに抱き締められて居るやうに強く集つて居た。此頃の彼の胸に起つて居た様々の問題も、消え去つたやうになつて、彼はたゞ湧き出すやうに起る或る感情で心が充ちきつて居る。

長い過去の種々な記憶が、雑然と胸に浮んで来ては消え去る。彼ははてしなくその跡を追つた。

「瀬尾さん」と、聞き馴れた声で耳の傍で呼ばれたやう思つた。吸ひ付くやうな甘えた、綺麗な声で……。床の傍《わき》の柱に、白い鬚の生えた老人の小さな写真が懸けてあつて、それが何時もその室に入る毎に、丁度彼の目の正面に向つて居た。左手の壁には自分の描いて送つた水彩画が、少し釣り上げられたやうになつて懸つて居る。その前に小さい机があつた。机掛けの隅の処に黒いインクの滲《しみ》が一つ……よくその女の室で退屈して居たが、まじまじしてそれ等を見て居た、……黒い染みのあるその女の目と、甘えるやうな、美しいが毒のあるやうな唇が目に浮んだ。その女が今、ぢツと自分を見守つて居るやうだ。

彼はふとその女の顔や、室の有様がまざ〳〵と目に見えると、微かに身体を慄はした。軽く吐息をすると、鈍い目をして天井を見た。

女の顔はすぐ消えて、天井の節が彼の目に入つた。が、彼の目は何時となしにもとの壁の処にもどつた……やがて、彼の頭には日が白く照らして居る川の砂原が見えて居た。砂の小高い処には丈の矮《ひく》い姫茅が一帯に生えて居る。それはもう、処も名も知らない、年も分らない程、昔の事だ。彼には自分の姿は見えないが、まだほんの子供の時分で、その砂原で姫芽の根を採つて居た。

四五人の子供の声が聞える……彼は、その姫茅の根の柔い処を噛んで、甘い汁を喜んで吸つた、その味を思ひ浮べて居た。と、ぢッと涙が染み出て来た。

「子供の時は晴れぐ\して暮した」……と心で言つた。そして乾いた唇を湿した。が、舌も乾いてばさく\して居た。彼は苦しさうに唾を絞り出した。そして疲れた、熱のあるやうな息をした。

と……今度は又この瞬間に、彼の胸に閃めくやうに映つたものがある。

昨日、出版屋の番頭が、或る小説集の口絵を頼みに訪ねて来た。その時に彼は……その無智な、あくどい、趣味などの解りもしない男をつかまへて、自分が最近に書き上げて、得意で居る画を見せた。そして、

「一つ批評をして下さい。」とやつた。……その時の自分の顔が、卑しい男に媚びやうとした自分の顔が目に見えた。

彼は身体の底から身慄ひした。自分で自分の神聖を汚したやうに思つて、急に、両手で顔を覆つた。強い恥が心に起つた……

二

はてしなく、彼は自分の心の行くまゝにして居た。雲が通りすぎるやうに、様々の記憶が心に映つたり、消え去つたりする中に、彼の心には何処かに当もなく恋しいものがあるやうに思はれて来た……彼はぢッと身体も動かさずに、やはり壁を見詰めて居る。

その時に玄関がガラッと開いた。今迄、人の居ないやうに静かだつた奥から、女が小刻みに擦り足をして玄関に出て行つた。

「まあ、」と驚いたやうな声がする。

「兄さんは？」永い事病気をして家に居る荘三郎の……彼の弟の声だ。立つた儘で、親しさうに笑ひかけて居るらしい。

「居ますよ。」……

「荘《しよう》さんか？」と、彼は室の中から声をかけた。喉がからびついて居たので、その声はしやがれたやうだつた。

「ハア」と言つて、荘三郎は兄の室の障子を開けた。開けると散々取り散してある室に、書きかけの肖像画が正面に見えた。テレビンの臭ひが強く鼻をついた。

彼は振り返つて弟の顔を見たが、待ち焦れて居たやうに笑ひかけた。

「よく来たね。」

「えゝ、兄さんが何処か悪いッて言ふから……」と、荘三郎は兄の顔を見詰めた。平生から弱々しい兄の顔には別に変つた処も無かつた。

「なあに、もう良いんだ。冷えたんだよ。少しばかり下痢したのさ……今日はいゝ天気だなア、散歩には丁度よからう。おれよりか荘さんの身体は如何だい？」

「僕？、もう大抵いゝんですよ。今日も赤十字まで行つたんだが、もう大丈夫です。」

荘三郎は元気よく言つたが、彼は弟の顔を注意深い目をして見て居た。何処か皮膚に少年らしい活々した処が消えて居る。彼はそれを見て居ると、弟が死にはすまいかと言ふ不安が起る。

「まだ駄目だよ。そんな顔をして居ちや……荘さんの血色はほんとによくないぜ。」

「さうかなあ……」荘三郎は寂しく答へた。

彼は荘三郎の顔を見て居る中は、父親の顔を思ひ浮べた。彼は久しくその父の顔を見ずに居る。

「家ぢや、皆丈夫か？」暫くして聞いた。

「えゝ……今朝ね、僕、叱られちやつた。」荘三郎は何か思ひ出したやうに言つた。

「如何して？……又何かやつたのかい。」

「いえゝ、例ので……此頃はね、父《とつ》さんは少し御機嫌がわるいのさ。よく皆が叱られるんですよ。今朝のはね、僕が兄さんの処に行くつて言つたら、余計な事だつて怒られたんです。僕が黙つてればよかつたのですが、余計な事ぢやありませんて言つたので、大変になつてしまつた。」と、言つて荘三郎は薄笑ひをした。

「さう言ふ時は黙つてればいゝんだ。父さんの叱言と来ると随分ひどいからね。おれも散々やられた。今度はお前達の番が廻つて来たのだね。」

「何かしらないが、随分ひどいから、後で考へて見れば、夫程では無いのだけれども……今日だつて随分ひどいんですよ、汽車賃を使つて遊びに行く事はいらないつて、斯うだもの。」荘三郎は父が自分の卑めて居るやうな事を言つて、自分に加へたのを思ひ出して、悔しさうな顔をして来た。

「あれはいけないね。おれもそんな事がよくあつたぜ。殊に例の問題の時には……。」と自分の結婚の時の事を言はうとしかけたが、彼はまぶしさうな目付をして言葉を切つた。

「母さんだつて、ひどいのですよ。」荘三郎は煽られたやうになつて調子が付いた。

「お前が病気をした為めに、幾ら金が要つたなんて言つて、だから何をするな、斯うしろつて僕を自分の思ふやうにしやうとするんだもの……僕は、こんな事を言ふなら一層何にもしてくれなくつて死んぢやつた方がいゝつて言つて了つたのです。」

「母さんの癖だよ。おれもその為めに、どの位泣かされたか。あれは実に不徳だ。」と、彼は言ひ切つた。

するとと、荘三郎は
「家は実際ひどいや。母さんなんかは此頃、金の事ばかり考へてるんだもの……そして、僕達の中にでも、好き嫌ひがあつて、甘い調子に行くものは可愛がられるんだ。」

「そんな事をお前達が言ふやうに、馴《なれ》が廻はつて来たんだ。」と言つて、彼は冷いやうな悲しいやうな笑ひを漏らした。その顔を見ると荘三郎は心に思ひ当つた。兄が両親の見た事も無い女と、深い関係が出来て、切つても切れなくなつたその時に、母が言葉を極めて兄を罵つた。その女を――それは家は貧しかつたが、何でも無い処女だつたのを、非常に身を持ち崩した女のやうに言つて居た。兄がいくぢが無くつて、その女に迷はされて居るんだ……と言つた。

それを母は口を極めて罵つて居た。母の感情を遠慮会釈なしに自分達に漏らして居たのだ。処が、その母の言葉を聞いて自分達は揃つて兄に悪感を起した。卑しめた。

兄は遂々無理を通して、その女と婚して、家を離れてしまつたが、次第に時が経つて見ると、母の言つて居た程、兄は堕落しては居なかつた。それを今も思ひ当つた。

暫く黙つて居たが、荘三郎はさう言ふ感情が群々《むらむら》と起つて来た。「僕はね兄さん、兄さんに対しても、ずゐ分ひどい事をした。此頃になつてやッと分つたのだけれど、姉さんとの事だつて……」

「まあいゝよ。」兄は遮ぎつた。

「あれだつて、母さんがあんまり兄さんをひどく言ふので、僕達は皆さうだと思つて居たのです。小兄《ちびにい》さんだつて今はよく分つてるんだけれど……。」

「いゝよ。おれ見《み》たいな絵かきなんかは、とても両親の気に入りはしないよ」と、言つたが、彼は弟の言葉で、胸の中にしまつて居た或るものを突かれたやうに思つた。そして、情が迫つて来るのを覚えた。何となくもうそんな寛容な言葉が出せなくなつた。

「それは、今だから言ふが、母さん達は残酷な事をしたのさ。」と、彼は急に言葉の調子を変へた。古い怒が又心中に燃え上つたやうに「おれの事だつて、およしを何もあんな田舎の井野の家になんぞ預けなくつてもいゝのさ。それは実に残酷なものだつたらしい、おれは自分で如何にも拙かつたのを思ひ出して、その頃の事を嫌になる程後悔して居《た》るよ。一体、あの井野の叔母さんて言ふ人は奸婦だね。およしの日記を見て知つたのだが、いやに性の悪い事をする人だ……」彼はふと思ひ付いた。

「それに可成淫奔な人らしいね。叔父さんは尻に敷れてしまつてるのだし隠してある種々な経歴を持つてるので、周囲ではさう随分悪評があるさうだ。一昨年生れた子だつて或る人はよく無い噂をするのだとさ。そんな事はいゝが……母さんがもつと物が分るやうになつてくれなければ困るね。」

斯う言つて了ふと、凡ての事が彼の胸からは消え去つた。彼はたゞ愛して居る。弟が前に居る事だけを思つて居た。

三

「それで、黙つて来たのか?」彼は笑ひながら聞いた。

「えゝ、だから今日来た事は内所ですよ。」荘三郎も笑つた。彼は斯うして居ると、この弟が両親に内所にしてまで、自分の処に逢ひに来るのが不思議に思へた。彼は総領で、兄弟は七人もあるが、彼が家を持つてからこの方沁々《しみじみ》遊びに来る弟達も妹達もなかつた。それが今……この弟は従来、彼とは仲のいゝ方では無かつた。この弟は彼とは兄弟中での反影になつて居た。感情的で、放縦で、芸術家肌の彼と、几帳面で、勉強家で、きちくやるこの末の弟——荘三郎は七人の兄弟の中の三番目に当つて居た——とは、年は可成違ふけれど、いゝ対象だつた。それで互に一種の反感を持つて暮して居た。彼には荘三郎に対して別の兄弟達よりも友愛の情が薄かつた。

荘三郎は目的の兵学校にも首尾能く入学した。両親は一番この弟を愛した。丁度その時に彼はそれまで隠れて居た女の問題がばれて、両親と争つて居た。斯う言ふ事が、二人の感情を更に傷つけた。

その後、荘三郎は激しい盲腸炎に罹つて、江田島から帰つて来た。が、彼は心では狼狽して居る両親を見て、それも運命だと言ひ捨てゝしまつて居た。荘三郎が死にさうだと言ふ噂も聞いたが、彼の心はさう動かなかつた。父は彼の冷淡なのを見て、「親がこんなに心配して居る病人があるのに、見舞にも来ない。不都合な奴だ。」と言つて怒つた。その時には彼は「おれにはもつと外の心配がある。」と言つて居たが父の言葉は彼の弟に対する不快の感を増長させた。その上に彼は始終生活の為めに追はれて居るので心がやきもきする時には、親を怨む心が一層募るのだつた。

「荘三郎の奴、一層死んぢまへばいゝぢやないか。」と言つた事さへある。荘三郎の病気はだらくよかつたり悪かつたりで、前の年の暮から一年もぶらくして居た。

処が、夏の中頃だつた。或る日こんな事があつた。彼はふとした心持で、親の家に帰つた。門を入ると、行きつけたやうに庭の戸を開けた。左程、広くはないが薄暗く見える程、樹が生茂つて居る正面の離室の障子が開け広げてあつて、そこに荘三郎が白い毛布を敷いた布団の上に坐つて居た。彼が入つて行くと、寂しいさうな顔をして、軽く頭を下げて笑つた。顔が臘のやうな色をして居た。

其時は丁度三度目か四度目にぶり返したあげくだつた。彼はその顔を見ると、何も言はずにたゞ涙ぐんだ。

「荘さんは死ぬ……」と何と言ふ理由もなしに考へてしまつた。さうすると、今迄彼の心には浮ばなかつた愛情が湧き上つた。これで、彼が荘三郎に対するあらゆる憎みは消えてしまつた。荘三郎の心はそれより前に解けて居た。

二人は他愛もなく話し合つて居た。およしが不細工な手料理の菓子も大分荒されてしまつた。外には秋の日がぢッと照らして居る、窓から黄い悲しさうな光が、室一杯を、明く寂しく照して居る。彼はやがて身体を起して、

「荘さん、林の方を散歩して見ようか？」と言つた。

「えゝ、行きませう。」荘三郎も気軽に言つたが「そして、僕ももう帰らなくッちや。」

「まあいゝだらう？」

「いゝえ、又叱られるといけないから」と言つて笑ひく、荘三郎は身支度をした。

彼は実に沁々した心になつて、弟の様子を見て居たが、やがて、連立つて家を出た。

この家は林に接して、道から少し入つて建つて居る。隣は畑を離れて見える。二人は全身に斜になつた日を浴びながら、街道に出た。ぶらくと話しながら、西の方に行つて小高い丘の櫟林の処に来た。

——此処は目黒の奥である。彼は立つて

「この丘から、林の工合《ぐあひ》が武蔵野特有の景色だね。」、と頻りに眺め入つて居た。日の色はもう少し赤味を帯びて居た。二人が立つて居る。影が長く草の上に落ちて居る。彼はそれを見て、深く心に感じさ

せられた。

四

一週間経つた。

彼は東京の友人を訪ねると言つて出て行つたが、帰つて来たのは夜だつた。

帰つて来て洋服を脱いで居ると、前に坐つて居た細君のおよしが、小声で斯う言つた。

「今日、お留守に阿母様がいらつしやいました。」

「ふむ。珍らしいな」彼はその顔をヂッと見た。

「私に、少し聞きたい事があるつておつしやるのです。そして、あの井野の子供の事はほんとかつて……少し考へがあるから聞かせろつてゞした。」

およしは不安らしい目をして居た。

「で、お前何と言つた?」彼は口の辺に冷笑を浮べたが、心では同じく不安だつた。

「存じませんッて言ひました。」と、およしは又夫の顔を見上げた。「うん、よしよし……」と彼は軽く言つて。

「母さんの険幕は大変だつたか?」と、戯言のやうに笑つた。

「えゝ、何ですか、私びつくらしてしまつて」と、およしの顔も解けた。

「荘さんが余計な事を言つたんだらう?」

「あなた、荘さんにお話しなすつたの。あんな事を言ふもんぢやないわ。」

彼はたゞ笑つて居た。しかし自分がつい口をすべらしたので、又何か問題が起りはせぬだらうかと言ふ心配が心に残つて居た。

で、その夜寝る時に、細君に向つて、

「母さんは、如何な調子だつた?」と、それとなく聞いた。無口な細君はたゞこれだけ言つたが、彼には母がカッとなつて、何時にも来た事もないのが、飛んで来た様子がよく感じられた。

「えゝ、そんな話を聞いたから、すぐ来たんだが、一体本当かつて、繰り返してお言ひでした、私は全く存じませんつてたゞさう言ひました。」

彼は「ふん」と言つたゞけでその夜は眠つてしまつた。

五

十一月の末に、彼は母に呼び寄せられた。久し振りで親の家に往つて見ると、荘三郎も、妹達も留守だつた。

彼は、何気なく庭口から入つて行つた。すると、丁度縁側に母が立つて居た。その顔を見て、彼は何の気もなく微笑した。

「大変、御無沙汰しました。」

「あゝ、此間はお留守だつたね。」と言つた母の調子の中には、何となく皮肉な処がある。彼は初めて自分の忘れて居た罪を思ひ付いた。だが、別に何とも思はなかつた。

「まあ、此方にお出で」と、言つて、母は彼を離室《はなれ》に連れてつた。そして改まつて坐つて、

「私は聞き度い事があるんだがね。」と言つた。唇を堅く結んで、その窪んだ目が少し検相に見えた。

彼は、

「あの事ですか？」と、訳もなく言つた。

「あの事さ。あれは一体本当かい？」と言つて、彼の顔を繁々と見た。

「如何ですか？」

「いゝえ、あの子をね、吉田の方の相続人にしようと思つてたのだが、そんな事があると調べなくつちやならないからね。」

母の顔は何時か和らいで居た。

「調べるつて、その事実をですか？　そんな事が出来るものですか。叔母さんが自分の子だつて言つたら誰れが嘘だつて言へます。そんな事は水懸け論さ。」と、彼は他事のやうに言つた。

「さうさね。とにかく、そんな事を荘三郎なんかに話してはいけないよ。」

「いやあれは、僕が悪うございました。」

と、それでこの話も消えてしまつた。

その日彼は久し振りだと言つて、御馳走になつて帰つて来た。

二日

七月二十二日

今日は珍しい客が、引き続いて来た。日が暮れる頃に、牛込に行かうと思つてると、前田木城君が来た。久し振で綺麗に髭を削りたての、円い前田君の顔を見た。

元気のいゝ、パッパッと跳ねるやうな調子の言葉も三月振りで聞いた。久し振りの談やら、用談やらをして居ると、門が開いて、母が入つて来た。続いで妹が二人……と見えたのは実は見違へたのだが……入つて来た。木城君は入り違ひに帰つた。

その一人が、（二寸見た時には上の方の妹だと思つたのが、）玄関の格子外から無遠慮に私の室をぢつと覗いて見て。そして入つて来たのを見ると、まだ見た事の無い娘だ。

「成程、この娘か？」と私はすぐ思つた。東北の方の縁続きの家から、親父の家で、預けた娘があると聞いたが……

今日は風が通さない。西日に照らされて、室の外側の壁で焼けて居るので、室の中はむッむする。自分でも今日は特別に暑い日だと思つてると、母は室の中に入つて来てから、暑い〳〵と不平の言ひ通しだ。

そのお春さん――と言ふのださうだ、お春さんはお客さんらしく座敷の一隅に坐つて居る。今度、初めて家を離れて、全く知つた人の無い東京に来たのださうだ。だが、見た処ではそんな様子も無い。私は母と話をして居る中に、「如何です？、東京は？」と言葉を懸けてやらうかと思つたが止した。何か、唖のやうに黙つて居る、細い鈍い目をした女を見ると、そんな気が消えてしまふ。

夕方のごたすたした中に、お客様があつたので食事が後れた。やッと膳が出た時に、少し前に頼んでやつた、ひやむぎが来た。それをお春の前に置いて食べろと言つたが、如何しても箸を取らなかつた。何処までも細い目を一処にぢッと据ゑて、さも苦しさうにして居る。私はそれを見て居るのが頗る不愉快だつた。

一所に来た末の妹は、明日から軽井沢に避暑に行くと言ふので、何か持つて行つて読む書をくれと言ふ。一体避暑なんて贅沢だと言つてからかつてやッた。それを何とかかとか言つて徳田君の「生ひ立ちの記」を持つて行つた。

母は「大久保は涼しからうと思つて来たのにちつとも涼しかない。家の方が余程涼しい」と言ひながら帰りかけた。そこまで一所に行く事にして家を出た。出て少し行くと、お春さんは妹と並んで何か声をあげて笑つて行く。私は今まで二時ばかりこの笑ひ声に閉鎖されてたんだよと思つて苦笑した。

新宿で電車に乗つた。母達は塩町で広尾行に乗り換へた。私は神楽坂で電車を降りた。

今夜は縁日だと見えて、神楽坂は大賑《おも》ひである。上り口から草花の店がずッと続いて見える。カクタス、ダリヤだとか、秋草の寄せ植ゑが重に並んで居る。私は雑踏の中を縫つて上つた、矢来の窪田空穂君を訪ねる用事があるのだ。坂を上り切る右手に、デパートメントストアが、盆栽の陳列場に化けた処がある。そこの前に来ると、奥に白い百合が咲いて居るのに目が付いた。入つて見ると、白い花弁に一点も斑の無い、立派な為朝百合だ。

それに暫く見惚れて居たが、そこを出て坂の上の毘沙門の前に来ると、バッタリ二人連れで来る三木露風君に逢つた。三木君は

「ヤ！」と、歯を少し見せて、感動のある声を出して、帽子を取つて立ち止まつた。帽子を取つた拍子に獅子の鬣のやうに緩く巻いた長い髪が、少し波を打た。私はそれを見て、思はず笑を含ました。この髪の工合が三木君の顔には、仲々良く似合ふ。……そして帽子をかぶるとその下から房々《ふさぶさ》を見えるのも詩人らしくつてい〵。

「何処に？」……才子らしい、そして優し味のある調子だ。

「一寸、矢来まで、君は？、散歩ですか？」「え」

「ぢや、僕もも少しぶら〱歩いて見ようか。」

と、三人で引き返して阪《さか》を下りた。三木君には外に話す事もなかつた。私はたゞ何と言ふ事もないが、この雑踏の中を歩くのが楽しい。暑つ苦しいが、この人垣を築いたやうな、騒々しい、その中に、何か面白いものがありさうで、私は一種の人の肉の暖味と、香との中に心が蕩《とけ》て行くやうに思はれて、心が

賑かになる。

坂の中途まで行つて引き返した。そして、ぞろ〳〵と無数の下駄の音の中に交つて自然と阪を上つて来ると、三木君は少し前に行く人を覗いて居たが、

「如何もよく似てる。先刻からさう思つたが、如何も永井君によく似た人だ。」と、独語のやうに言つて、感嘆した。三木君は非常に人に感じ易い人で、その言葉を聞いて居ると、始終その心が波を打つているやうだ。

「その人？」と、私は一寸前に行く人を指した。三木君は頷いた。私はまた永井君に逢つた事がないので、その非常によく似た人の顔を見るのには、中々好奇心が盛んだつた。

その人を通り越す時に、注意して、見た。身体が衰へた勢いの無さうな人だつた。顔は皮が薄く、滑らかな人で……此頃の人は、誰を見ても顔の皮が荒く厚い。如何も戦争をして居さうに見える人が多いが、中には、しなやかに、薄くがつかりしたやうな人がある。今見る人も、その方だ。

……私は特にその人の鼻の恰好がしつかりと胸に映つた。痩せて長い鼻だつた。私は黙つて、何かの雑誌で見た永井君の顔を思つて見た。似た処があるが、この似顔には品が無かつた。

やがて、三木君に別れた。矢来の暗の中を通つて、窪田君の——路次の奥の袋のやうな中に入つて行くと、窪田君の家は玄関も、唐紙も開け広げて、外から一目に見える坐敷の真中に机を据ゑて、主人はそこに坐つて居た。上り込んで、二言三言話し始める中に話が栄えて、夜が更けてしまつた。私はびつくらして出懸けた。だが、私はよくこゝから夜更けて大久保まで歩く事がある。

柳町の交番の阪を上ると、何処かで二時が打つた。余丁町の処まで来ると、巡査は交番の前にベンチを出して、それに腰を掛けながら、道に向つて頻りと敬礼をして居る。私の足音が聞こえると、眠さうな目を開けて一寸見たが、通り過ぎて振返ると又、敬礼が始まつて居た。

私も暗の中に入つてしまつた。

七月廿四日
一昨日、高村光太郎君からはがきが来た。「もし暇があつて気が進んだらこの土曜日の午後あたりに

来ませんか……云々」と書いてあつた。無論行くとも、その時もさう思つた。

暑い中を朝は仕事をした。蔭が少し出来た頃から家を出た。鷹見思水君に逢はうと思つて東京社に行くと、二階に阪本の紅蓮《ぐれ》さんが居る。しかもあれは、俠《いなせ》つて言ふのか、芝居の出方でも着さうな格子の浴衣を……も一つ、しかも筒袖と言ふのを着て居る。私は一寸呆れた顔で、それを見た。

「紅蓮さん、それは何だい。」と暫くしてこんな事を言つた。

「これか?、うン、これか?」と言つてその着物を引つぱつて見せた。私は苦笑した。

「芝居の出方のやうだぜ」と言ふと。

「なに、家だけで着るんだ。ビール二本だぜ。安いもんだ。な。」と言つて笑ふ。「ビールが二本か、それは安い」と、私も言つた。だが、私にはこのやうな着物を着る趣味は如何しても感じられぬ。

鷹見君に話をした、紅蓮さんと二人で東京社を出た。そして二三日中に遊びに来る約束をして、私は三崎町から小石川行きの電車に乗《さす》つた。

車の中は一杯に混んで居た。指ヶ谷町で降りると、私は久し振りで、追分から団子坂に行く細い通りを歩いた。此処らにも東京の膨脹の跡が歴々と表はれて、場末町の開けていく変化の有様が著しく見えた、以前は寺の町に、涼しさうな小さい植木店があつたり、がらッとして埃まみれになつた店が続いて居たのに、今来て見ると急に血が環り出したやうに、雑踏して居る。商店にも艶が出たやうだ。私はその中を歩きながら高村君の家の近所も嘸《さぞ》変つたらうと思つた。私が千駄木の方に行かなくなつてから、あしかけ四年になる。

団子坂の上の少し前を左に曲つて、細い道に入ると、四年振りで又その門の前に来た。開けて入ると、門が立派になつて、入り口に日が通さない程、おッかぶさつて居る木は、前日の通りだつた。私は以前の通にして入つて行つた。

入ると、右手にある離室から、高村君が私を見付けて出て来た。「や、暑かつたでせう? 随分待て居た。此方に」と言ふ。

「さう?。暑いから少し遅く出て来た。」と、言つて、その離室の方に通された。

室の様子がすッかり変て居る。此室は二間になつて居たが、入口の方は西洋間風に装飾がして有て、大い花瓶に花が一杯挿さつて居た。隣の間との境にはカーテンが下がつて居て、それが絞つて上げてあつた。

「すッかり西洋風になつた」と思つて通された椅子に腰を掛けた、腰を掛けて隣の室を見ると、その室も板敷になつて居て、新しい書架に一杯本が並んで居る。彫塑の台や道具もある。窓や、壁は前の儘だが、中の様子はすッかり違つて居た。

私が此室に初めて来たのは、たしか十九の年だつたらう。九年前だ。その時に、この奥の室はこの人の勉強室だつた。それから久しくして、室が母屋の方に転され、さて又、この友が洋行したので、今来て見ると、昔の事がすぐ思ひ出される。

私は上衣を脱いだり、チヨッキの前をはずしたりして、椅子に腰を掛けて居ながら、永い間の二人の友情の変転を思ひ浮べられた。

そこへ、高村君の阿母さんが出て来られた。私はこの方にも久し振りの挨拶をしながら、この変つて居られるのに驚かねばならなかつた。思ひ切つて年をとられたやうに思つた。

頻に、暑からうと言つて世話をやかれたり、私の身の上の事など言はれた。私はそれに丁度合ふやうな答へが出来なかつた。たゞ私は東京の中で、このやうに自分を待たれる家があるのを心に深く感じた。そして自然と子供の時のやうな心になつた。

私達の前にはビールが置かれた。他に人が居なくなると、私は心では永い事別れて居た事などは忘れたやうになつた。たゞ、久しく別れて居たので、話す事が山程あるのが、何よりも嬉しく思はれた。私は一語を発するのにも、凡ての感情が活々して居るので、心が止められないやうに嬉しいのだ。

そこへ、肥つた、長い髯の老主人が出て来られた。久し振の挨拶をすると、

「もう、お子さんがおありださうだね。何よりお目出度い事です……光太郎《みつたろう》もともかく……業をすませて来たから、」と、私が喜びを述べ後れて居ると、斯う言はれて、何とも云はれぬやうににこ〳〵された。私は親が子を守つて居る心持を見るやうに思つた。それから、立つたまゝ簡短《かんたん》に、情愛の深い調子

で、私の仕事の事を聞かれたりして室を出て行かれた。

私は友の多幸なるを思つた。

私達二人の話はとりとまりの無いものだつた。互に心がとりとまりのある事を話す程、順序がついて居ない。たゞ抒情詩を歌ふやうな心持で向ひ合つて居た。

やがて、二人は満腹し、快く酔つた。私は
「遅くならない中に、本郷の通でも散歩しよう？」と言ふと、

「僕もさう思つてた。僕は彼地《あつち》から帰つて来て、如何も寂しくつてたまらないで始終賑かな処に出て行くんだよ。」と言ふ「不思議だね。君がさうかな変つたもんだ。」

「ぢや、一つコーヒーでも飲で行かう。」と、言つて、高村君はコーヒーを輓く道具を出して来た。それに豆を入れる。私は「僕が輓かう」と言つて、それを椅子の上に置いて、輓き出した。がら〱とハンドルのやうなものを廻すと、車の歯で豆を砕く音がする。と、椅子の傍に立つてそれを見て居た、高村君が
「巴里で朝起きると、その音が方々でするのだよ。」と言ふ。それから快楽の多いフランスの生活を頻りと話す。私はそれに答へて、吾々の生活に快楽の求めにくいのを不幸だと言つた。

コーヒーは少し薄かつたが、黒く出た。高村君はポケット入のコンヤツク《(コニヤツク)》の瓶を出して来て、それを入れて飲んだ。

で、私はもう出ようと言つた。高村君はまだいゝと言ふ。

「夜更けると駄目だよ。街で寝ちまふから。」

「さうかい。ぢや早く行かう。人が居なくなつては寂しいから」と斯う言つて出た。私はこの友が、こんな心持になつたのを、心から不思議に思つた。もとは木像のやうに独でぼつねんとして居る事が大好きだつた人だ。巴里の洗礼だと思つた。

二人して本郷の通をうろついた。人は賑さうに往来して居るが、本郷の通はそんなに面白い処ではない。私は高村君をうながして、もッと何処かに行かうと言つた。

「何処にしよう？」

「川つぷちに行つて見ようや。」

「両国？」

「何処でもいゝから橋の上に立つて水を見よう。」

で、二人は本郷本所行の電車に乗つた。

廐橋の手前で降りた。そこから、電車の道に沿つて歩いた。狭い人道には町の人が沢山出て涼んで居る。向ひ側には夜店が並んで居た。

私達の話は何時までも尽ない。歩きながら浅草橋の処まで来てしまつた。喉が乾いたからアイスクリームを一杯飲んで、河岸を歩いた。水は黒く、水面を吹く風が涼しい。

壁画

一

夜、書斎の中をすッかり整理した。長く懸けて置いた宇津《うつ》さんの写真をはづして、井生の写真に挿し代へた。しかし、何方にしても今はもう生きて居る人ぢや無い。たゞ消えかゝッたやうな記憶がなつかしいのだ。

あの少女《をんな》！

今夜も、室の中で一人、落付いて坐つて居ようとすると、ふと心に浮んで来る。一種、言葉では言はれない嫌な色に光つたものが目の前にぶら下つて居るやうなあの少女。今日帰り道に前島と并《なら》んで歩きながら、僕は熱心に話して居たが、その時にも幾度となくふッと心に浮んで来た。

前週の土曜日に、城戸達と汽車で帰つたら、渋谷から二度目に乗り合はした。僕を見ると取つて付けたやうに声を出して笑つた。そして、籠に人の顔がさし付けられた時の小鳥のやうに、一緒に居た女達と騒ぎ出したあの女。水色の絹レースの長いシオールを首に巻いて居たあの女が、あまり騒ぎ立つたので、僕は思はず度を失つた。それを城戸達は意外な顔をして見て居た。

あんなに上品な、初々しい顔をして居るくせに、あの目は如何したと言ふのだらう。恐しいやうに濁つて、何か人を憚るやうな、さうかと思ふと、ものゝ隙から、人を覗ふやうに見て居る。僕は、こんな風に恐しく女に心を動揺させられたことはない。あれからは絶えず、僕は嫌な想像を心の中に描いて居る。

僕が全力をあげて、勇気をふるひ起して、あの女の手を捕へたら?!。あの女を自分の力で、自分の方に引き寄せて、女の心をすッかり見透した上で、「さようなら！」と言つて、帰つて来たら?!。僕はさうして見たい。さういふ、機会を見付けてやらう。

だけど、僕は自分の嫌な心の底を友達や、あんな女達の前に晒してしまッた。あの時程、はしたなく度を失つた事はなかッた。その自分の馬鹿気た顔が自分で見えるやうだ。それを思ふと、身体がゾッとする。あの浅ましい自分の見せた姿を皆の記憶から消してしまひ度い。

何故、僕は欺うすぐ心が騒ぐのだらう。如何しても冷い、重い、ぢッと動かない、石のやうな心が僕にないのだらうか。僕が年が若い故《せい》だらうか。

だが、不愉快だが、如何もあの女の顔は忘れられない。美しいけれど、濁つて泥のやうだ。その泥のやうな中に何かが隠れて居る。あの女は独で何を思つてゐるだらう。あの女の目には、この世の中が……僕の顔が如何な心持をして映るのだらう。僕は如何かして、あの女を自分の力で捕へたい。一度でいゝ、一度でいゝからあの女の心の奥が見たい。あの女と人の居ない処で二人だけで話して、その心の奥が見たい。あの女は謎だ。人の心を暗い処に引つぱッて行く謎だ。

二

前島が病気ださうで、昨日学校に来なかッた。今日は朝からその見舞に行く。前島の枕元に坐つて、午後の二時まで遊んだ。

前島がこんな話をした。子供の時分に、前島は自分が阿父《おとう》さんと言つて居る人の子では無いと言ふ事を発見した……或る日、蔵に入つて、何心なく祖父に当る人の日記を見て居ると、如何しても、自分の生れた土地が阿父さんの昔から住んで居る、今の郷里では無い。如何しても、何処か別の処で生れて、この土地に連れて来られたと言ふ事が分つた。「それから、暫くの間、僕は毎日学校から帰つて来ると、蔵に入つてその祖父《ぢい》さんの日記を出して見ては、考へてばかり居た。そして、如何してもこの秘密を嗅ぎ出さずには居られないと思ひ出した。それからと言ふものは、両親の一語言ふ言葉までに、疑り深く心をつけ廻した。如何な事でも、一寸の手懸りになる事があッたら、それから奥の奥まで入つてやらうと思つて居た。その時にはね、一時は身体が衰弱した程だッたよ……。」

「すると、或る時に、親類ぢや無いけれど近所で昔から親類見たいにして居る家に行つて居たのだね。

そのときに、そこの叔母さんがふッと、こんなことを言つた。妙なものだね、幾さんの阿父さんには如何して、一人も子が出来ないのだらうね。広島の叔父さんの方には余る程、出来るのに……と、それで僕はすッかり分つちまッた。それからは一緒に居る弟もやはり阿父の子では無いんだと思ふと、前よりか一層可愛くなッて来てね。本当の阿父は広島の叔父だッて言ふ事も分つたし……」と話した。自分は驚きながら、前島が十二、三の時分に、暴風の中に捲き込まれたやうな、その事を聞いて居た。前島はその話をしてしまッても、案外平気な顔をして居た。

僕はそこから別れて帰る途に、この話が胸に刻み付けられたやうに残つて居た。そして「もし、僕の両親が本当の親でなかッたら？」と、ふと思つて見た。慌てゝ「そんな事があッてたまるもんか」とすぐ自分で打消した。

けれど一度こんな事を思つたら、心は何故かその方に走らうとする。何故か弟や妹達の中で自分の顔だけが、如何も、両親に似て居ない。母が僕に対する態度は、何処か憚つて居る処があるのぢやないかしら。親子と言ふけれど、僕は今の母の子ではないので、別の女の人から生れたのでは無いかしら……でなければ、母だけが自分の親で、阿父《おやぢ》は他人か……と、方途《ほうず》もなく思つて見たが、そんな僕の母の貞操に疑がある筈が無い。自分ながら、自分の想像が放縦なのが不愉快になッた。家に帰つて、母の居間に行くと、母は裁縫をして居たが、妙に青い顔をして、自分の入つて来たのにも気が付かないらしく、ぢッと一方を見詰めて居る。僕はこんな時には、いつも母の身体が冷い青い臘で作つたものゝやうに感じられるのだ。今も、それを見るとぞッとした。何か自分の家に恐ろしい、不測の禍が襲ひかゝッて来て居るのでは無からうか……。

「阿母《おつか》さん！」と低い声で後から呼びかけて見た。母は黙つて振り返らうともしなかッた。僕はそれをぢッと見ると、心の中が、寂しく暗くなッて来る。

「ね、阿母さん」と二度目に呼ばうとしたが、ふと「おれはこの阿母さんの子だらうか？」と疑つた。心の中で、何となしに「今だ！」と身体を押すやうにする。この後を向いて僕の立つてるのを知らないで独りで思ひにふけッて居るやうな母……今だ。この母が隠して居るものを見表はすのは……と思つた。自然と目を据ゑて、ぢッとその背《せなか》を見ようとした。と、母がふッと振り返つた。

「お帰りか？」とこれを低い声で言つて、僕を見上げた。その顔！。

　僕は思はず、

「母《かあ》さん」と子供の時に呼び馴れた言葉で言つて、母の傍《わき》に坐つた。母の顔は、青く皺がよッて、如何にも思ひ疲れたやうだ。その何かしらないが、悲しさうな顔を見ると、自分の空想が破れてしまッた。だが、今日は夜まで、この嫌な想像になやまされた。

　今日は小雨の降る陰鬱な日だ。伊東勝《いとうかつ》君が頻りに電話をかけて呼んだけれど、行かなかッた。人の顔が見度くない。


　夜、羅馬書を読み出した。其第一章にこんな節がある。これは大に吾々人間の肉慾から来る罪悪について、深い信仰からの叱咤の声だ。羅馬の世の恐ろしく乱れて居た姿が見えるやうだ。

「自ら智《さとし》と称《とな》へて愚魯《おろか》なる者となり、朽壊《くちはて》ざる神の栄光を変へて朽壊つべき人および禽獣《とりけもの》、昆虫《はふもの》の像《かたち》に似す。是故に神は彼等を其心の慾を縦肆《ほしいまま》にするに任せて、互に其を辱しむる汚穢《けがれ》に付せり……此に縁《よ》りて彼等が恥づべき慾をなすに任せたまへり。其婦女さへも順性の用を変へて、逆性の用となす。此の如く男子は亦婦女の順性の用を棄て互に嗜慾の心を熾《もや》し、男と男と恥づることをなして、其の悖戻《よこしま》に当るべき報を己が身に受けたり……」僕はこゝを読んで、静かに思ふと自分の身が追ひまくられて行くやうだ。身体がほてるやうに熱して来る。僕らは一体、青春の情と称して何をした。情熱は美しい靄のやうに世界を包んで、燃えて居たか。目に見たもの、手に触れたものは汚ない、卑しいものであッたではないか。その汚いものゝ中に溺れて居るではないか。肉だ、肉だ。人間は浅ましい汚いものだ。汚い血と肉とで出来て居るものだ。口だけで、いくら如何な事を言つたッて、この目が見る処は、溝泥《どぶどろ》のやうな汚いものだ。

　ポーロが言ふ通りだ。僕もこの言葉の前には言ひ逃れられない身だ。実に汚い事を僕のこの手はして居た。願くば神よ！。


　今日、前島に本郷辺の女学生の話を聞いて、その行為があまり色めいて居るに驚いた。自由な交際なとと言ふが、あれは人を誤りやすいものだ。考へて見ると何時か途で前島が教へたＳ――などもその仲間の一人なんだ。

　だが、僕の浜子はそんな事はなかッた。僕等の恋は初めは極々、幼く長閑だッた。二人は仲のいゝ友達だッた。僕達は少しも、汚い心を動かさずに長い間交つて来た。平安な心が長く続いた。今、たとへ恋となッて、次第に二人の互に持つて居た境界線が消されて来ても、心の底は長閑だ。

　あゝ浜子！……僕は今日何故こんなに種々な事を思つて来ながら、浜子を力強く思ひ出さなかッたら。あゝあのふッくりと、花が咲かうとする時のやうに清らかな頬！。あの黒い人を魅するやうな目！。そして何時逢つても春の花園の中で逢つて居るやうに、蟠りも無く、伸々として居る。……………

……………………………………………………浜ちやん！。

　僕は今から、電車に乗つて麹町まで行かうかしら？。恋と言ふ者は美しい者だ。…………………

…………………………………………………………………。

　けれど、あの日から……あゝ罪悪だ。僕は自分のこの卑しい汚い心で、あの無垢の少女に汚点を付けた。あゝ身体が沈み入るやうだ。一点の汚点だけれど、浜ちやんの胸の中に円く堅い黒いものが、ちやんと置かれてある。しかも、僕は数限ぎりなく姦淫の罪を犯して居る。あの水色のシオールの女。前島が紹介したＳ――……僕の心はそれらの女を見るに従つて、罪を犯さうとする。罪深きものよ。罪深きものよ……。

　さらば、世の中は皆敵となれ！。僕は浜ちやんの手だけは離さない。

三

今日は晴れだ。

学校は大方休みになッたから、田中君の家に行つた。すると浜子がふッと入つて来た。田中君が此間病気だッたから、その見舞に来たのだと言つた。

僕は嬉しくッてたまらなかッた。……………………………………………暫くそこで話をして一緒に出た。だが何故か、浜子は今日はひどく冷淡だ。如何したのだらう。歩いて居ても、何だか僕の傍《わき》から身体を退《ず》らして、知らん顔をして居るやうだ。何か言ひかけても、素気ない返事をする。

僕は遂々たまらなくなッた。

「浜ちやん、これから何処かに行かう」と言つた。

「え？……私、今日は嫌。何ですもの早く帰いれッて阿母さんが言つたんですもの。それに帰つて吉村さんに英語のお稽古に行なければならないんですから」と斯うだ。僕は「だッて僕が頼むんだから、来たッていゝぢや無いか」と言ふと「それでも今日は嫌」と云ひ切つてしまッた。何故こんなに冷淡なのだらう。それに吉村の家に英語を習ひに行くと言ふ事を聞いたのも今日が始めてだ。

それから、二人はまた暫くは併んで歩いた。

「何時から英語の稽古を始めたの?!」

「此間からよ」と平気だ。

僕は余り冷淡だから、あの柳町の角まで来た時に、

「さよなら！」と言ふと、馳けるやうに来てしまッた。胸がかき廻はされるやうだ。嫉妬が胸を突いて起る。何の為めに僕に断りもしないで吉村の家などに稽古に行くんだ！。浜子の英語位なら僕だッて教へられる。浜子は僕の誇りを傷けてまで、吉村のやうな男にものを教へて貰はなくッちやならないのか？。

浜子は僕を忘れた！。僕との恋を捨てたのだ……と思はれる。今、あの女が僕から別れて歩いて居ると、あの女の心まで僕から離れて行く……僕は頭がぐら〳〵するやうな気持がして歩いて来た。

夜、又この事を思ひ出して、苦しくッてたまらない。外では風が吹き出した。裏の寺の杉木立が、恐ろしい音をさせて居る。外の事を思ふと闇だなと気が付いた。考へて見ると、何処もかしこも闇だ。浜子の居る周囲も闇だ。あゝ……風の音が、遠くの方に消えて行く。この宇宙の広さ、おれなんぞは小さなものだ。

だが、僕がこんな思ひをしたと聞いたら、浜子は後悔するだらうか?。そしてやさしい暖い心になッて、僕の心持を取り返さうとするだらうか?。

あゝ、おれは漂泊者だ!。心が始終漂泊して居る。しかし、如何しても近い中に浜子と逢はなければならない。

四

明日、又例の植物園で逢はうと言ってやッた。明日と言ったのは少し、気が急きすぎると思ったが、僕の今の心持には、無理でも、それをのばすことは出来ない。

で、その手紙をポストに入れに行った。「明日、々々」ともう胸が踊るのだ。暖い、薄紅の花が目の前に咲いたやうだ。

その誘ひ込まれたやうな心持で、明日の事を思って居る中に、ふッと清子さんの事を思ひ出した。あの人の心は寂しからう。男が死んで恋が壊れて了つた。築き上げた石垣が壊れたやうにその恋がめちやめちやになッた。と思ふと、感清がずッと胸に集まッて来る。情を尽した手紙を書いて送り度い。僕は瞑目《めいもく》して、ぢッと自分の感情の湧き立つて来るにつれ、歌でも歌ひ度いやうな心持になッた。哀しい歌だ……。

それで、手には浜子が一週間ばかり前にくれた手紙を開《ほ》いて居た。

「少女の恋する君」と初めに書いてある字が、石に大きく刻った字の様に目に見えて居る。

と、そこへ不意に母が入つて来た。何時にもこの室になんぞ来た事も無いのにと思つて、その顔を見上げると、母はぢッと目を僕の手の処につけて居た。

「なに？……それは」と低い重い声で聞いた。

「手紙です」僕はぼッとして居た。

「女から？」

「えゝ」

「どんな女、お前何かおしだね？」と言はれると、急に冷りとした。ぼッと蒸されたやうな心持が、吾に返つた。同時に胸が俄かに早鐘《はやがね》を打つやうになッた。

「何にもしません。大丈夫です。牧師の娘さんです」――全く浜子は牧師の家の末娘だ。僕はこれだけは本当を言つた。その外は母の疑の解けるやうな事を――皆偽《うそ》をついた。

それでこの事はすんだ。跡は珍らしく沁々と母と話をした。母が、その手紙を見せろとは言はなかつたので、大助りに助つた。

幼く、美しき人よ。静に眠りたまへ！。今夜は静かないゝ夜だ。

五

朝、気が気で無いが、時間が少し早すぎるので、一寸神田の野川のところに寄つた。何だか話をしたやうだッたが、心が外の事で充ちて居るので、上の空だッた。

やがて、植物園に行つた。上から下をすッかり歩いて見たが、浜子の姿が見えない。

丁度四時間以上待つた。身体がすッかり疲れてしまッた。浜子は遂々来なかッた。その中に日が暮れさうになる。冷い、湿気のある風がそろッと吹き出した。僕はそこを出た。浜子は遂々来なかッた。悲しいやうな、むしやくしやするやうな心持がして帰つて来た。つくづくくたびれた。

六

此頃は何にもしないで日を送つて居る。何て言ふ事だ。今日学校で聞くと、下田は外務省の練習生になツて、ペータースブルグに行くんださうだ。

おれは如何したらいゝんだ?。本当なら今頃はもう、一つや二つ位は、研究の報告が出来る問題がなければならないのぢやないか。おれの此頃思つてる事は、女の事ばかりだ。下田は行くのかなア。如何もあの目に強い処がある。

七

浜子から返事が来た。阿母さんが間違つて手紙を箪笥の上に置いた儘忘れて居たので、行けなかッたと書いてある。僕はそれを読みながら、四五日前、あの疲れて帰つて来た、あの自分の姿が見えるやうだッた。

何でもいゝ、近日の中に是非逢ひ度いと書いてある。日は僕に定めろと書いてある。この手紙でやッと気が落ち付いた。何処を捜したッて、浜子と二人の間に、冷い心持があらう筈は無いのだらうナ。

僕は早速、明後日やはり植物園でと言ってやッた。

八

例の約束の場所で待つて居た。一足おくれて浜子がやッて来た。僕があの広い花園の傍の桜の木の処に立つて居るのを見ると、浜子はパッと顔を赤くした。……………………女は目にも、頬にも、唇にも満足しきッた喜ばしさが見える。何処を捜したつて他意があるものか。僕は飽くまでも浜子の心を信ずる。浜子の感情に一点でも曇りがある筈が無い。

僕だつて嫉妬も何もあッたものでは無い。二人は斯うして居られさへすれば沢山だ。世間から隠れて、斯う自分達の心の満足だけが得られさへすれば。

帰る途に歩きながら、浜ちやんが斯う言つた。

「あのお清さんね。大変な事をしたのよ」

「お清さんが？」

「えゝ、此頃ね、家を飛び出して横浜に行かうとしたのですと」

「横浜に行つて何をするの」

「奉公をするんですッて」

「馬鹿な事をするね。誰かに欺されたんぢや無いの？」

斯う言ふと浜ちやんは「さうなんでせうか？」と言つて、不安心な目をして僕を見た。僕もその目を見ると、何となく清子さんの身の上に危険な事があるやうに思はれ出した。女が一人で、あの堕落した横浜のやうな処に、奉公に行く。まるで深い淵の側を歩いて行くのと同様では無いか。

僕は如何しても、この事を清子さんに思ひ切らせねばならないと思つた。浜ちやんも同感だ。浜ちやんは僕が、この事について不安を感じて居るのを見ると、一層、恐怖の念が強くなる様子だ。

「如何しても、お清さんを助けて上げて下さいね」と、祈るやうに言ふ。僕はこの浜ちやんが可愛くッてたまらない。お清さんと浜ちやんとは子供の時分からの親友だ。それで二人相談をして、明日にでも、お清さんによく話さうと言ふ事にした。

浜ちやんは繰返して、僕に礼を言つた。僕はきッとお清さんに思ひ返させると誓つた。

浜ちやんがお清さんに一寸でも逢ひたいからと言ふので、植村の家の門まで一緒に行つて別れた。

九

浜子から手紙が来た。二人の事が浜子の姉に漏れたらしい。姉さんが僕に逢ひ度いと言つて居ると書いて来た。もう終りだ！。

僕は恥を忍んで人の前に引き出される日が来た。朝、早速田中君のところに行つて、それを打明けた。すると田中君はぢッと僕の顔を見詰めて居たが、「一体如何する気だい？　君は浜ちやんと結婚する気かい」と言つた。「結婚」と言ふ一語を聞くと、僕は飛び上つた。僕は八方から嘲笑の目で自分を見据ゑられて居るやうな気がする。

「だつて、君今はとても駄目だよ」

「それならエンゲーヂメント」

「それだつて僕の両親が許しやしない」

「………」田中君は口を噤《つぐ》んでしまッた。僕の心の中では何か急に狂ひ廻るものがあるやうだ。僕はまだ一人の男では無い。家庭の中に居る息子だ。阿父《おやぢ》の顔がはッきりと目に見える。

それから、田中君に何とか彌縫策《びほうさく》を頼んだ。

僕の心には黒い大きな蟠りが一つ出来た。家に帰つて来て、母の顔を見ると、この自分がもう静かな単純な家庭の子としてだけの心持で居ない。僕は慄えて居る。母の決して知らない、関係の無い事で心が惑乱して居る……と思ふと、一言でも自由に言葉が出せないやうに思ふ。

僕は心が惑乱して居るのだ。僕は誰にも愛されないのだらうか？　僕の一生はこの困迷《こんめい》した心の続きで終るのだらうか？　……。

浜子！　僕の最愛の妻！。

浜子は僕の心にとつて美しい花園だ。甘い果実だ。泉だ。僕は終りまで浜子と手は離さない……夜室の中で又、その手紙を出して見る。この前に僕の送つた手紙を姉に見られた。それで昨夜は一晩、責められた。それ程、思ひ合つて居るなら、結婚をしろ、それが出来なければ、断然、二人の関係を断つて……神様に罪を謝して、二人の関係を断てと言ふ。浜子は泣いて居ると書いてある。僕はそれを読みながら不思議な想像を始めた。遠くにある浜子の家が、真暗《まつくろ》になツて見えた。暗黒《まつくろ》な中にその家が次第に沈んで行く、そこで、浜子の母も姉も恐ろしく鋭い目付をして、ぢッと自分の来るのを待つて居る。

僕は、如何していゝか分らない……たゞ目の前に迫つて来て居る問題に向つて、心が騒いで居る。

「勉強しよう！」暫くしてから、猛然として斯う思つた。そんな事ばかり思つて居ないで、僕には為なければならぬ事がある。僕は女の為めに生きてるんぢや無い。僕が兼て計画して居る経済史の研究は如何したのだ。

僕は浜子の手紙を抽出におし込んで、何もかも忘れてしまへと思つて立つと、書棚の整理を始めた。

此頃は始終気がそは〱して居るので、落ち付いてこの室の中に坐つて居た事が無い。書棚の中に乱雑になッて居る事と言つたら、言語に絶して居る。先づ、日本経済史の研究には、歴史類の書が第一着に必要なのだから、一番手近の処に置かなければならないと……そして、

十

此頃、頻りに心なやむは何故ぞ。何の深き処もなき言葉を吐くは何故ぞ。人を見て情の冷熱激しく起るは何故ぞ！。

僕は心も身体も、多岐に苦しんで居る。自分はまるでたゞ刹那々々の刺激だけで、心が躍つて居る。こんなことではたゞ徒らに自分の力が消滅されて行くだけだ。

僕は平生《ふだん》悲しい心持に取り付かれて生きて居るやうに思ふ。それは全くこの心の欠陥から来たものだ。

夜、

「兄さん遊びませう」と言ひながら、咲ちやんが入つて来た。僕は悲しい牢獄の中に居る人が、窓に来て鳴く小鳥の声を聞いたやうに、寂しい自分が憐れまれたやうな気がしながら、妹の言ふまゝに従つて、話をしたり、集めてあるやう〈洋〉画を見せたりした。

咲ちやんが可愛くッてたまらない。咲ちやんの心が、何の蟠りも無く、柔かく自分に寄り掛つて来るのを見ると、僕は自分の寂しい心持で何かを抱きしめる事が出来たやうだ。

十一

今日は学校は午後からだから、朝、田中君の処に寄つた。浜子の家からは、何の問題も起つて来て居なかつた。この黙つた儘で――底にものを含ませて居ながら――捨てゝ置かれては、充分不安な心持がする。

今日又、姉の手紙の事について田中君に相談したらば、一度教会に行つたらよからう。あすこで姉さ

んに逢つて見たまへ。と言はれた。僕は、「さうしよう」と答へた事は答へたが、姉に逢ふのは嫌だ。女の前に行つて、僕は何と言へばいゝのだ。女の口から自分の罪を裁判されるなんて……そんな恥に甘んじて、何処にだつて行かれるものか？。

だが、田中君は何故、あんな処に行けと言ふのだらう。

僕は何もかも、今が出発点だと思ふ。僕の経済史の研究でも今は Introductory の最初のページにも足が入つて居ない。今はまだ準備の時だ。思ふに、僕のこの研究は一朝一夕に解決を付ける可きものでない。僕の想像では、材料は恐らく従来の経済学者の手を付けて居ない、或る処にあるのではなからうか？、僕はそれを発見して来るのだ。僕の仕事は発見だ。アメリカの発見だ。

だが、僕は今度の日曜日にはあすこに行かなければならないのだらうか？。その女の前で、恥かしいと思ふ顔を見せなければならないのだらうか？。

おれには未来がある！、おれはたしかに、或る処まで歩いて行く事の出来る天才がある。学問は、書《ほん》を読んで、その中から一つ二つ拾つて来たものを集めると言ふだけで出来る事ぢや無い。一つの問題の緒を発見する才能が必要だ……僕はたしかにその才能を持つて居る。自己を信ぜよ。自己を愛せよ。自己の尊き事を忘る可からず……。

僕はずッと広い野の中に背《せ》を伸ばして立つて居る一本の若い、杉のやうにならねばならぬ。凡てのものよりは、僕のこの生命は尊い。僕は美しい夢は愛する。あの浜子の心持のいゝ微笑はなつかしい。しかし、僕はこの身を一女子の犠牲に出来るか。あの女の為めに、野の杉の頭が折られるか。何処までも伸びようとする杉の頭が折られるか。

僕は自分が歩かなければならぬ。と言ふ事を忘れてはならない。

十二

日曜日が来た。

僕は、朝目を覚すと、すぐ浜子の阿父《おとう》さんの顔が目に浮んだ。肥つた、頬の赭《あか》い、そして祈るやうな鋭い目で、ずッと一順聴衆を見る……。

「僕は今日あすこに行かなくッちやならないのか」と思ふと、急に心が曇つた。あすこに行くとすれば姉も居る。痩せたヒステリーのやうな母も居る。その目が僕に集つて来るだらう。あの会堂の中が冷い……自分を嘲笑つて居る目が集まッているやうだ。これは此間、田中君の処から帰つて以来、折ふし胸に浮んで来る心持だつた。

だが……僕は如何しても行かねばならないのか。何かしらぬが、僕はあすこに如何しても行かなくッちやならないやうに思はれる。何か細い糸だが、胸の中に深く根がはッて、僕の神経にずん〳〵響いて来る。僕は仕方が無く、従順に不安心極まる心持をしながら家を出た。

戦場に臨むやうな、罪の裁判を受けるやうな……僕は浜子の顔などは心に浮んで来ない。自分の心の弱いのが、自分を食つてしまひさうだ。

会堂の前まで来た。僕はそれでも自分のこの心持ちに反抗する気が出た。で、故《わざ》と笑ひを含ませて、ドアを開けた。すると、中には学校がすんだ跡で日曜学校の先生達が四人ばかりストーブの周囲《まはり》に集つて居ただけ。僕は「早すぎた！」と思つた。自分が心が転倒して居るのが、自分に見えた。僕はやりきれなくなッたので、そこに居たその友人——先生達に故《わざ》とはしやいで笑ひかけた。だが、胸が波を打つて来て、落ち付いた、心持のいゝ笑声が出ない。吾ながら声が上づッて、自分の胸の中の騒いで居るのが人に見られはしないかと思はれた。

すると、尚自分の心持をごまかさずには居られなくなッて、その人達の中に割り込んで坐つた。

音楽学校の生徒だと言う、唱歌の先生が、も一人の女の先生に、頻と話して居る。僕は坐つて見たが、男の友人達は、少し疲れた気味で静かにして居る。それが黙つて傍から僕のする事を見て居られるやうな気がして手持無沙汰になッた。

僕は仕方なしに、てれて黙つた。やがて、そッと振り返つて、入口の方の柱に掛つてる時計を見た。まだ九時が十五分しか過ぎて居なかッた。僕はこの広い会堂の中で一人黙つて坐つて居ることはとても出来ないと思つた。ぢッとして居れば、居る程、自分の心がまぎらされない……遂々両手でぢッと顔を覆つて、うつむいた。今、刑に逢はうとして居る罪人のやうだ。と、牧師館の方のドアが開いた。僕ははッとして顔を上げた。何だ浜子が立つて居る。僕の顔を見ると、思はずにッとした。平穏無事な顔をして居るではないか。僕もそれを見ると笑を含ませた。そして心が少しは凪いだやうな気がした。浜子は恐れ気もなく、すッとストーブの処に寄つて来て、一同に挨拶をした。そして音楽生に、

「根本さん、今日も一度さらッて頂戴な。お忙しくッて？」と言ふ。

「いゝえ、かまひません。お説教がすんでからこゝでね」

「如何ぞ。私あの歌は本当に好きだわ。聴いてると気が浮いて来るやうなの。今朝ももう二三度歌つたの。そうして姉さんにうるさいッて叱られたのよ」

僕はぢッとその顔を見て居た。何だか欺かされたやうだ。僕との事が姉さんに知れて、泣いて居る女が何処に居る……僕は、だんだん時が経つに従つて、気が茫《ぼう》となッてしまッた。

処へ入口の方でがやく\と三四人の声がした。

僕は立つた。そして浜子に、

「姉さんは今日此処にお出ですか？」と聞いた。浜子は不思議さうな目をして、僕の顔を見たが、

「姉さんはね、今日学校の方に、少女の会があるのですッて、それに行きましたわ」と言つた。僕はがッかりした。それで一寸眉を曇らせたが、

「さうですか……あ、田中君が病気だッて言ふから、一寸見舞に行つて来ます」と口から出まかせを、誰にと言ふ事なしに、言ひ訳をして、浜子に目ですんだら来いと合図をしてそこを飛び出した。

「何が何だか、分りはしない」と、自分が今朝から胸を荒した事が、ぼッと烟のやうになッた。道を歩いて行きながら、何にも心に残るものがない。

田中君の処に行くと、丁度、田中君が家を出て教会に行かうとする処だッた。僕は無理に中止《よし》てもらッて、家に上ると、ほッとした。

「今、浜ちやんも来るから……一体今日は僕姉さんに逢ひに行つたんだ」

「さうか。それで如何した？」

「姉さんは居なかッた。何処かに行つたさうだ」

「さうか」……田中君は何時だッていいと言ふ顔をして居る。田中君は冷淡だ！。暫く無駄話をして居たが遂々、言葉が絶えてしまッた。あゝだるい！。不愉快だ。こんな事なら、僕は何もかもよしてしまふ。

二時半ばかりもして、浜子が来た。

姉さんはたゞ何日かその中に、一度、僕に逢ひ度いと言ふんださうだ。僕は自分の馬鹿がいやになッた。

十三

今朝起きて、ほッと縁側に立つて庭を見て居ると、僕は自分がつくづく、何にも無い道を歩いて居るやうに思はれ出して、

「お前は何をして生きて居る？」と誰かの声が耳の傍でするやうだ。今日は此間浜子に逢つてから、丁度五日経つた。

僕は近頃、一日でも正直に学校の講義を聴きに行つて居ない。月曜日には、目黒に行つた。次ぎの晩には前島の家で遊んで夜を更かした。水曜日には………あんなに、人の留守ばつかりに行つた事は無い。駒込から、森川町から、湯島から、末広町………五軒も歩いて、一人も居なかッた。が、一体、僕は何を捜してそんなに歩いてるんだ？……。

あゝ、心が常に騒ぎ狂つてる！。僕は何か無いか、何か無いかと思つては歩いてるんだ。否！。何かに追ひまくられるんだ。あゝ……恋の為めだ。浜子を恋してる為めだ。僕は心の平安を失い、自分の胸の落ち付く処が無い。**Wandering soul!** あゝ……。

僕は……今胸の中に、何処をさがしたつて浜子の顔があるか？……僕は本当に浜子の事だつて思つてやしないんだ。僕は何と一つ決つて思つて居られない性分だらうか。

僕の心の中心は、まだ眠つてるのだらう。考へてみると、僕の心の底には、まだ何にも色の染つて居ない境がある。そこが眠つて居る処だ。僕の泣いたり、怒つたり、慄えたり、人を恋したりする処は、その外側の一部分だ。僕は何かの力でその眠つて居る中心の核が、割れる時があるだらう、その時に、

僕ははツきり目覚めたやうになるだらう。

今、目に映つて居るのは夢だ。空にぽツと映つて居る虹だ。僕は夢の中で生きてるんだ。夢の中で、泣いたり、笑つたりして居るのだ……恋も、夢の上に描かれた絵のやうな恋だ。

と思つた。僕ははてしもなく考へてみたが、要するにこんな水の上に浮いたやうな、自分の過去が嫌だ。で、最後に、「何もかも捨てよう！」と決心して、自分の室《へや》に入つてしまツた。今日は学校にも行かない。

朝の食事をすますと、弟達は気が急《せ》くやうにして、学校に出て行く。それを僕はぢッと見送つて居たと耳の傍で、

「お前は学校は如何するんだ？」と言ふ父の怒を含んだ声が聞えた。

「今日は休みます」僕はきッぱり答へた。自分では何か深く信じて居る事があるやうな気がした。父は黙つて、冷淡な目をして僕の顔を一寸見た。僕は気が苛ら立つやうになッて、自分の室の中に入つた。机の前に坐つて見たが、何から手をつけていゝか、一つも手がかりになるものが無い。暫く茫然として居たが、先づそこにあるノートを取らうと思つて、その前にしやがんで見た。見なくッても、自分のした事はすぐ分る。何にもありやしない。どのノートを開《あ》けたッて、今と言つて、今手のつくのは一冊も無い。たゞノートの背に書いてある題目だけが、ちやんと厳《いかめ》しく書いてあるだけだ。曰く社会主義研究。曰く経済問題研究、曰く日本経済史研究材料、曰く「スペキユレーシヨン」研究、曰く慾望論、曰はく何、曰く何、中にはもう二年も前から立てた儘のがある。僕は或る計画をして、それを置き放しにして置いて、他のことを考へて居る中に、時が移つて行つてしまッてるのだ。僕はどれに手を付ける事も出来なくなッて、たゞそのノートの背に書いてある字を眺めた。如何したらこの負債をはたす事が出来るだらうと思ふと、情なくなる。全く負債だ。首が廻らない程、たまッて居る負債だ。

身体がぢッと、ものゝ底に沈んで行く様な気がする。僕はべッたりとその書棚の前に坐つた。そして一つ一つ初めから自分の計画の計算をして見た。覚えず研究史研究材料を抽き出して開いて見た。第一

ページには丁寧に自分の研究の方針が書いてある。自分がこの計画を考がへた初めに、空想した方針だ。たッた一つ、古代の文学を透して、当時の生活状態を研究すると言ふ事が、この研究の最初からの自慢になつて居る。その思ひ立つた時の心持を呼び起して見ると、これも一団りの一寸立ち昇つた烟りだッた。

この計画を立てた時、すぐその勢に乗じて、手の廻りにあッた書や雑誌の中から、五六種の書名がぬいて書き連ねてある。その儘であとは一行も新しい字が書いて無い。

その儘で、半年の時が経過して居る。

其外のノートも同様だ。僕はこの半年の間、何をして暮したらう。何と定つた心もなく、あちらこちらとその瞬間々々の興味を追つて、自分の心をまぎらして居た。でなければ恋だ。女だ。僕の心が一番深く酔つたものは恋だッた。浜子の美しい目が伝へて来る力だッた。あんなに僕の心に重い響を伝へたものは無かッた。

なつかしき浜子――。あゝなつかしき浜子。斯して居る中にも心が自然と誘はれて行く。

否!。

僕はこの執着心を、自分の仕事の方に向けねばならぬ。僕はその薄紅の夢で身体が包まれて居るから、心が反対にそは〳〵するのだ。僕は人から断つ。人から断つて一人で自分の道を進む。

僕にはこのやうな重大な仕事の計画があるのぢや無いか。よし、この半年は誤つて烟のやうに消えた。しかし、前途は長い。僕はまだ廿一だ。今から、自分の心をこの一つに集めて歩いて行けば、自分の仕事は進歩する。既に、今日になッて見ると、半年前に立つた自分の計画の愚かで幼稚な事がよく分るではないか。自分はまだ一歩もその学問の中に踏み込まずに居て、計画を立てたのだ。一歩でも入つて見れば、その中の世界が全く違ふものである事ははッきりと分かるだらう。道はそこから開けて行くのだ。

僕は今日から、歩きかへよう!。あらゆる人から遠ざかッて、たゞ一人この狭い書斎の中で、第一歩を歩み始めるのだ。

あゝ、頭が熱くなッて来た。僕はいつでも、今日のやうにものに熱中して来ると必ず、頭が燃えるやうに熱くなる。そしてぼッと気が上つて来て、胸が波を打つ。この力で、僕は最後まで進み度いものだ。

今の時には僕の目標になるものは一つきりだ。

遂々、ぼッと考へて居る中に昼になッた。母が茶の室の方から、飯を食へと言つて呼んだから、出て行つた。室を出ると、頭に血が集つて居るので、悪い酒にでも酔つたやうに顔がほてる。唇は乾いてしまッて居る。食卓の前に坐つて、飯を一口、口に入れると、心持の悪い程唾《つばき》が粘つて居る。それでも腹は減つて居たので、急き込みながらよく食つた。

母は僕の興奮して居るのを見て居たが、

「お前、朝から何をしてお出でだッたい？」と聞いた。

「勉強をしやうと思つて、僕も大学ですからね。何か自分でも研究しなくッちや……。」母は黙つて僕の顔を見て居た。

食事がすむと僕はがッかりした。何となく疲れたやうになッて、三つも四つも欠伸が出た。で、外の風に吹かれようと思つて裏に出た。裏と言つたッつて十坪と無い。そこには僕が大切にして居る花壇がある。僕はその前にしやがんだ。もう三月も末だ。僕は幾日も朝出て、夕方帰来るばかりで、こゝに来て花に世話をしてやらなかッた。しやがんだ時、目を移して、植木鉢の并べてあるのを一順見ると、この頃気候が乾き切つて居るので、土がはしやいで、どれも生きて居さうなのは一つも無い。僕は急にいたましい気がして、その一つを取つて見た。まだ芽は出ないのかと思つて、上の土を少しかき退けて見ると、小さい芽が、逞しく出て居る。

「これは桜草だ」と言つたが、実は心底嬉しかッた。何となくぢッと、愛情が胸の中に湧き出て来るやうで、急いで台所から水を汲んで来て、その上にかけてやッた。そして、

「まあよかッた」と思つた。僕の仕事は何もかも荒れてしまはうとして居る処だッた。今一日でも二日でも遅からうものなら、僕は何もかも自分の周囲が荒敗し去つてしまッて居たのだ。

そのときに僕が心付いたとしたら、僕はどの位、泣かなくッちやならないだらう。それを思ひ浮かべた時には、僕は何とも言へないやうな、嬉しさと悲しさとで胸が迫つて来るのだッた。

僕は如何しても、今まで追ひかけて居た凡てのものを捨て去つて、一念専心に自分の仕事の為めにす

る。浜子の事も忘れる。学校も暫く欠席する事にする。

十四

昨夜、床に入つてからも、研究の事ばかり考へた。先づ今日は神田を歩いて岡博士の日本経済史と、藤井博士の平安朝文学史とを見付けて来る事。それから僕は経済学を研究する〳〵と言ひながら"Wealth of Nations"をさへまだ読んで居ない。それやこれやがあるから、阿父《おやぢ》に話して、経済の書を二三冊買つて貰はうと思ふ。それから帰りには上野に行つて、何か経済財政の辞典のプログラムを写して来る。

心を静かにして、心をぢッと重く沈めて、僕は此仕事の道に上らねばならぬ。

十五

今日で僕は、もう十二三日学校に行かない。図書館には毎日行つて居るが、経済の論文は面白くない。古代の風俗の研究の方がずッと興味があるので、そればかり読んだ。

三日ばかり前に、浜子から手紙をよこした。しかし、僕は暫く浜子との消息を断つ事に定めたから、開封しないである。

僕は今日、上野から帰る電車の中で、うと〳〵しながら頻りに、自分の仕事の事を想像した。僕が学問をするのは一体何の為めだ。何の目的の為に僕は斯して学問をするのだ。と思つて来ると、僕ははたと考へが窮した。歴史の研究などと言ふものは、この生きた生活とは、どれだけ直接の交渉がある？……。

僕は自分が間違つて居るやうな気がした。僕が仕なければならぬ事は、人間の為めにする事だ。ならば、古い世の中で、如何な生活をして居たかなどと、そんな事を考へたりするよりは、生きた今の世界を研究するがいゝ。僕は何処となく経済史の研究がつまらなくなッた。

もッと、今の世界の事、今自分が生きて居る世界の事……と思つて来ると、僕は又自分の方向を失つたやうな気がする。成程、僕の仕事には根拠が無い。僕は心細くなッてしまッた。僕は失望した。何故、僕の心は猛然として一つのものに集まらないだらう。電車の中で僕は考へた。考へて見ると、やはり僕の心は空虚だ。僕はその情ない自分の心を眺めては、種々と思ひ返したり、思ひ廻したりして居た。その僕を載せて、電車はどし〳〵と走つて居た。

夜、ゲーテの詩集を開けて見て居たらば"New Love,New Life."と言ふ短い詩があつた。それを読むと、僕はたゞ考へ込んだ。ゲーテは新らしい恋人が出来て、この歌を作つた。僕はたゞ心が風に吹かれて散つて行くやうだ。

あゝ、この心よ!。

僕はこんな事を思つて来ると涙が滲んで来る。僕は天才では無いのだからうか?。或は僕はこんな学問をして居るのが、間違ひかもしれない。僕は詩人かもしれない。もし、今無名の僕が一つ詩を作つて公にすると、天下の人が驚いて、天下の目が僕の一身に集る……僕の才能はそこにあるのでは無いだらうか。僕は詩人では無いのだらうか。抒情詩人ではないだらうか。

十六

今日は久し振りで学校に出た。丁度十二日位出ずに居たので、級の連中は、僕が病気でもして居たものと思つて居たらしい。前島とも久々で顔を合せた。丁度学校の門の処に行くと、前島が木村達と一団《ひとかたまり》りになッて立つて居た。久々で、制服を着た友達が一団りになッて居るのを見ると、気が晴々した。僕を見ると、一同、

「や!」と驚いたやうな声を立てた。何て元気のいゝ声だらう。

「如何してたんだ。病気か?」と丈の高い木山が先づ聞いた。僕は一同の顔を見ると嬉しくッてたまらなくなッたので、思ふ様に口がきけない。と、前島が、

「病気では無いんだよ」と何もかも呑み込んだ様に言つて、僕の顔を見てくれた。

「病気だッたのではない。家で思ひ立つた事があッたからね！」と、やッと言葉が出た。

「勉強か？」村瀬と言ふ眼鏡をかけた男が聞いた。

「なあに、この人は空想ばかりして居たんだよ」と戯言らしく言ふと
「ね、さうだッたらう」と、前島は僕の肩に手をかけた。僕は心の中では苦笑したが、

「此間ははがきありがと」囁くやうに言つた。

と、ベルが鳴つた。この団体は言ひ合はしたやうに、緩々と動き出して、学校の庭を通つて教場の方に歩いた。僕もその仲に入つて、身体を一同の手で支へられて居るやうな気がして、前島に肩をもたれて歩いた。僕は又、この心持のいゝ気の伸々した連中の中に入り込んでしまッた。斯うやッて居ると、昨日思つた事などはまるで烟のやうだ。僕は元気のいゝ、蟠《わだかまり》の無い友達の腕で、身体を支へられて居るやうな気がして、その日はレクチユアを聞いて居ながらも、夢を見て居るのでは無いかと思つた。

教場に入つた時に、僕はあゝ今日は金曜日だッたと気が付いた。


学校がすむと、僕と前島とは、一緒に帰つて来た。午後一時少し過ぎた位だ。神楽坂の下まで来ると前島は何処かに遊びに行かうかね、と言ひ出した。僕は二つ返事で、では向島の百花園にでも行かうか。もう草の若芽が出てるぜと言ふので、二人は赤坂、麻布の方向に乗るのを、今日はお茶の水行の電車に乗つた。

久々で逢つたので、前島とはきりが無い程、話がある。二人は電車の中でも、顔を寄せ合つて、遭はずに居た間の、種々な事について話し入つて居た。

その中に、前島がこんな事を話した。

「井上の奴に此頃、女が出来たんだ。それでね、よく二長町の方に出かけて行くらしいよ」

「何だ？　相手は」

「何でも、何処かの学生だと、郷里の方から来てる女なんだ。此間、君は来ないし、学校が昼ぎりだッたのでね。仕方が無いから、井上の家に寄つたのさ、すると、写真を出して見せるのさ。何でも××女

学生の生徒で七八人写つてるのだ。そしてね。井上が僕にどれがいゝと聞くんだ」

「へえ?!」

「一寸美《いい》のが居たから、これと言ふと、井上が、その隣を指してこれは如何だッて聞くだらう。その女さ」

「如何な女だい?」と僕は面白くッてたまらないものがある様な気がし出した。

「美《よ》かないや、ちッとも。あれならよく神楽坂通りで逢ふ女さ」

「教へ給へ、今度の時にね」

「あゝ……」

で、日の暮れかゝる頃まで、向島で遊んで帰つた。明日、学校で井上に逢つたら、嘸《さぞ》をかしからう。

十七

今日は本当に暖い日だ。このかッきりと晴れた日を見ると、僕はぢッとして居られやしない。今日は午後はフランス語の会話があるんだが、下読もして来なかッたしするから、休んで遊びに行かうかと思つて、前島に一緒に行けと口説いた。誰だッてこんな日に遊びたいさ。勉強家の前島まで二つ返事だ。

「今日は何処に行く?」ッて言ふ。雑司ケ谷に焼き鳥を食ひに行かうかと言ふ事にした。

外交史の講義がすむと、すぐ学校を出た。前島はどうせ、雑司ケ谷には甘い菓子なんぞはある筈が無いから、青木堂で何か持つて行かうかと言つて、馬場下の方から出た。

外に出ていくらも歩かない中に、僕はもう春の日で蒸されたやうになッてしまッた。身体が汗ばんで来る。前島は面白さうに話して居るのも、ぼッとなッて半分は上の空で聞きながら歩いて居た。やがて矢来の中まで来ると、

「オイ!」と、前島が、突然低い叱るやうな声で言つて、肱で僕を突いた。はッとして、見ると、横通りから二人連の女が来た。

僕はすぐ「あれだ」と思つて、気が改まッた。蒸されてぼッとなッて居たやうな心持がはッきりした。

「right?」と聞いた。前島は極く低い声で「left.」と言つた。

僕は心で頷いて、その女の顔を見た。髪の房々した、色の白い……頬が肥つて血色がいゝので、目も鼻も平凡な顔立ちだが、若々しく人の胸にふれる顔だ。

その女達は僕達の二三歩先きの処を行く。僕は女の後付きを見ながら、井上の事を思つて居た。肩が円く、ふッくらと持ち上つたやうになッて居る。その上を銘仙の着物が柔らかく包んで、…………………………僕はその心持を想像して居た。すると、「浜ちやん」と鋭く思ひ浮べられた。浜子とも久しく逢はない……。

ふッと浜子の事が頭に浮ぶと、僕は前島と一緒に遊びに行く興味が心から消えてしまッた。自分から誘ひにかけたのだが、もう嫌になッた。家に帰つて此間から封を切らずにある浜子の手紙を見度くなッた。

前に行く女の肩のふッくらしたのを見て居ると、浜子のすらッとした肩から、腕にかけて………。

今日程、つらかッた事は無かつた。雑司ケ谷なんぞは面白くもなんとも無い。僕はふッと気が変ると、実に嫌な処に引張つて行かれるやうで、たまらなかッた。

帰つてから、早速、机の抽出の鍵を開けて手紙を出して見た。三通ある。初めのはたゞなつかしい手紙だつた。二度目のには一寸急に相談したい事が出来たから、日を定め逢ふやうにしてくれと書いてある。

「何か起つたのだらう?」と、胸に暗い疑が起つた。出した日を見ると、三月四日としてある。もう二週間前だ。急いで第三のを見ると、非常に困る事だから、忙しいだらうが、一度逢ふやうにしてくれ「浜子は毎日泣いて居るのよ」と書いてある。これは十三日に出した手紙、それからもう五日経つ。

僕の心はくるッと変つた。僕は悪い事をした。僕が黙つて外の事を考へて居る間に、浜子の一身に大事件が起こッて居た。僕は南のよく日の当つてる方に向いて、夢を見て居る中に、浜子の頭の上には吹雪が吹いて居た。

僕の心からは何もかも消えてしまッた。急いで僕は返事を書いた。幾度も書きかけては破つた。この返事を今日までせずに居たのは手紙を開封しなかッた為めだとは、如何しても書けなかッた。で、たゞ簡単に次の木曜日の午後一時までに品川の停車場に来てくれ、委しくは逢つた上でと書いた。書いて終ふと、きッと姉さんの一件だ、あの事は遂にあの儘になッて居たからと思つた。

あゝ敵が僕の身に迫つて来て居るのだ。

十八

今日も、学校の帰りに、前島と井上の家に遊びに行った。此頃僕等は逢ふと必ず恋愛論をしないで別れる事はない。今日もそれだ。井上は恋愛神聖論者だ。前島は何時も常識論で、いつも調和的だ。僕は恋愛の門は人が必ずくゞらねばならないものだと思ふ。井上の議論を聞いて居ると、恋愛は崇高だの、美の極だのと言つて居るが、井上自身の意見では無い。誰かの書でも読んだ議論だ。だが、僕は井上の議論を聞いて居る中に、自然と自分の事を考へて居た。少くとも、僕にとつては恋愛は美しい夢だ。しかも夢だけでは無い。同時に僕の本能が命ずる慾望がその中にある………………………………………………………………。

で、この三人の恋愛論の終りは、つまり井上が自分の恋愛談をすることになッた。その話を聞いて居ると、青年は皆、恋愛の味をなめて居ないものは無い。

僕は帰り道に、前島と別れた。前島と別れると、すぐ道を転《か》へて、牛込見附から富士見町の方に入つた。そしてあの家……Ueda.の格子の前まで来たが、入らうとして、幾度となく躊躇した。

思ひ切つて格子を開けると、お清さんの妹が出て来た。

「まあ、お一人」と言つた。

清子さんは居なかつたが、僕は夜になるまで、此家で遊んだ。女の笑ひ声程、心をそゝのかすものは無い。僕は種々な事をよく話した。末ちゃんは家の咲子とまるで同じ様だ。咲子そッくりな無邪気な我儘を言ふ。僕はそれがひどく気に入つた。

だが、それとも一つ、僕は今日、このお末さんを見て居ると、何処か浜ちゃんに似て居る処があると思へた。何でもいゝ、僕はこの子が好きになッた。

十九

一時頃、約束の品川に行つた。それから汽車に乗つて、目黒に。今日の事はこの日記に書いて置く必要は無い。

浜子の用事と言ふのは、斯うである。姉さんの知り合ひの家から、嫁にくれろと言ふ相談が起つたのださうだ。

浜子はそれを言つて、如何しませう。私は他家にお嫁さんになんぞ行く位なら、死んぢまふ……と言ふのだ。そして僕をつかまへて泣いた。僕も驚いた。もしもこの浜子を人の手に取られるやうな事があつたら、僕も実に寂しい孤独な生涯を送らねばならない。だが……浜子の言ふた事が、虚《うそ》のやうな気がした。僕には自分が愛して居る浜子の身の上に、そのやうな事があらうとは、如何しても思はれない事だ。

虚だ。浜子の言ふ事は浜子があまり、心が幼いから驚き易いのだ。それよりも僕は今日浜子が泣いてばかり居たのが、物足りなかつた……………………………………。

二十

雨が降り出した。何時の間にか若葉が伸びて来た。

僕は又、十日ばかり浜子に逢はない。此の頃はすッかり会堂にも行かなくなッた。僕はこの四五十日の間何をして暮したらう？……。

考へて見ると、たゞぼッとして居る。心に残つて居る事は、お末さんと夜おそくまで話した事だ。それとも一つ、十日ばかりの前の晩、電車の中で見た女のあの目だ……光りと力との無くなつた目！。廿五六位の人の妻君らしい女だッたが、身体つきも、髪も何処もしやんとして居るが、顔を見ると一時に大きな力で驚かされて、魂を持つて行かれてしまッた、其儘で生きて居るやうな顔……僕はその顔を時々思ひ出す。すると何かの力で脅されるやうだ。強い大きい力が何処かにある。その力が不意に来て吾々人間の心を打つ！ 僕はそれを思はざるを得ない。

　それから第三には……斯うやッて静かに思ひ出して来ると、種々な事が心に映つて居る。しかし、日記を出して見ても、この四十七日間（四月五日から、五月廿一日まで）の間はまッ白で何の一句も無い。僕は其の間、何をして生きて居たらう。空虚か?!。僕の胸には何の形が映つて居た？……僕は烟のやうに生きて居たのか。

　浜子からも手紙がもう十二三日来ない。五月もいつか末になッた。夏になッた。外に出ると火が赤味を帯びてカッと押し付けるやうに照つて居る。身体が終始汗ばんで、何時も心持よく労れた様になッて居る。僕は此の頃、学校の往復、その他、外に出てこの日光の下を歩いて居ると、絶えず赤土を切り下げた大きい崖が、夏の日に照らされて居る景色が目に浮んで来る。その堤の土が恐ろしい爛れたやうな色をして、日光を反射させて居る。その堤に処々、ひよろッとした草が、この日光に焼き付けられて、枯れかゝッて生えて居る……そのカッと目にやけ付くやうな、陰も、水気も無い赤土の崖が、絶えず目の前に横はッて居るやうだ。烈しい日の光の色を見ると、目も身体も旋風のやうになッて回《まわ》り出すやうだ。

　こんな心持をしながら、僕は道を歩いて居る。歩いて居る、町の両側……埃で灰白くなッて、屋根や、板塀は幻のやうになッて目に映つて居る。頭に終始軽く眩暈を感じられながら、生きて居るやうだ。

　今日、昼二時間ばかり休みがあッたので前島と三人で、学校の裏門から出て、戸山の原に出ると、七八本松林になッてる処で、はるぜみが鳴いて居る。ジイイ、ジイイとだるい単調な鳴き声だ。それを聞くと僕は、

「あゝ……」と思はず、滅入るやうな声を立てゝ吐息をした。足下からはもうむんむするやうないきれ

が立つて居る。前島はこの僕の吐息を聞いて、一寸振り返つたが、なんとも聞かなかッた。

　僕はこのはるぜみの声と、やはり今頃よく高い声で鳴く鶸《ひわ》の声とが耳に入るとすぐ身体中が慄え出す。全身の神経が細く波を打て、悲しいなつかしい感じが、生き返つて来るやうだ。僕は毎年この頃になつてこの声を聞くと、独りで自分の心の震動するのを止める事が出来ずに、自然と涙が出て来る。

　古い、古い、古い、古い昔の事が目に見えて来るのだ。その時に僕は東京から南の方の田舎に移つて行つて、そして、やはり、今頃の気候の中で、この鳥と虫との声を聞いた。昔は何かなしに幸福《しやはせ》だッた。幸福な深いやさしい息が僕の顔に吹きかけられて、僕はゆつくりと眠つたあげく、自然と床の中で目を覚ました。そして、

「阿母さん！」と言つて、母の笑つた顔が目の前に出て来るのを待つて居るやうな……そんな心持で生きて居た。その時にこの鳥と虫との声が耳の奥に深く刻み付けられた。

　十年経つた後に、僕はその声を聞くと、昔の其幸福だつた事が、音楽のやうになつて身体中の神経と肉とを慄はせる……。

　夏！。夏！……。

あゝ、……。僕は又、空《くう》に浜子の姿を思ひ浮べて居るのだ。…………………………………………

…………………………………………。

「私……」と囁くやうな声をして、……………………………………………………。

あゝ、僕は飢えて居るやうに、女の美しさを思ひ浮べて居る。僕は心が苛ら立つて来て、悲しくなる。当もない空な処に向つて、自分の幻を……美しい女を思ひ描かうとして心が苛ら立つのを覚える。

僕は何にも無い空な処に向つて、……。浜ちやん！。浜ちやん！。

二十一

浜子の美しさは、夢の中に咲いて居る花のやうだ。僕はその花を尋ねて、限りなく恋ひ慕つて行く旅人だ。……………………………。イスラエルの人に降つたマナだ。神はこの清き愛を恵みたまふ。僕は昨夜、

熟睡して居たが目がふッと覚めた。すると、すぐ……………………………………………。

「浜ちゃん……………」と言はうとして、初めて気がはッきりした。

誰か居るものか！。僕は自分の室の中で相変らず一人で寝て居る。起きて電灯をねぢると、壁に沿つた書棚が目に入る。僕は身体を慄はせるやうにして、

「……………！」と思つた。このたゞ并べられてある書籍の中に何処に生きた人間の温みがある。………………………………。

僕はそのまゝ床の上に座つた。目を閉じても孤独の感にたへられない。「……………！」と又思つた。そして、矢も楯もたまらなくなる程、………………………。

二十二

今日は清子さんに浜ちゃんを呼び出して貰はうと思つたので、学校の帰り途に清子さんの家に寄つた。玄関の格子を開けると、すぐ腰ガラスの障子をすかして、長火鉢が見える。そこに清子さんの後姿が見えた。清子さんは一寸此方を覗いて見たが、僕が居るのを見ると、つッと立つて奥に入つた。と、お末さんが出て来た。

「お上がりなさいな」と愛嬌笑いをした。僕は手持無沙汰な感がして立つて居たが、思ひ切つて上つた。おかしい！。今日は如何も変だと思ひながら、お末さんの後について行くと、下のお末さんの室に通された。座るとお末さんがしかつめらしく、

「あのね、姉さんは今日一寸用がありますから失礼しますッて」と言つた。

僕は一種言ふに言はれない不快な感じがした。だが、その儘、お末さんと話をした。話をして居る中に、僕はお末さんの顔が、活々と何か非常に楽しいもので待つて居るやうなのに、魅られて了つた。で、次第に熱心になつて話した。やがて、外に出た。町は冷ゝした夜気を吐いて、身体が心持よく疲れて居るやうだ。僕は頭がぼッとなッて居るやうな心持がして、歩いて居た。

お末さんも美しい。あの人を吸い寄せるやうな目！……イヤ、不思議だ。思つて見ると、浜ちゃん

とお末さんとの顔には、何処か共通した処がある。僕がこの二人に対《むか》つて居て受けるチヤームの中には、何処か相通じたところがある。そこだ！。そこが僕の恋の中心だ。僕は或る人を恋するのでは無い。何と言つて捉へられないが、女が持つて居るあの……浜子も、お末さんも持つて居る、あのチヤームを恋するのだ。僕の恋の対象はそれだ！。

で、僕は今日計画して居た事は、駄目になツた。お末さんと話して居たので、少しは心が凪いたが、如何しても浜子に逢はねばならない。今夜手紙を書いて、二三日の中に例の処で……と言つてやらう。

二十三

僕は今日斯う思つた。……………………………………。……………………………………………………………………………………………………。

明日、浜子に逢ふのだ。僕は明日この心が飽きる程、浜子の美しい顔を見たい。

Sweet dream!　Sweet dream!

二十四

例の木の繁つた処に来ると、浜子は立ち止まツてしまツた。…………………。そして「……！　……！」と、言ふて泣き出した。僕は驚いて黙つてそれを見て居た。

浜子は泣く。今迄、引き締められて居た力が緩るんだやうに、見て居ると、次第に波を打つて来るやうに激しく泣く、肩で波を打たせて、身体を揉むやうにして居たが、その中に声を立てゝ泣き出した。

僕は黙つてその泣いて居るのを見て居た。が、終に、

「………」とやッと聞いた。

「…………、…………、…………、…………」と、漸く泣き止んだ。

「……？」僕は浜ちやんの言ふ事が、すぐ受取れなかツた。

「………！」浜ちゃんは怒つた目をして瞰んだ。「…………………………、…………………………」浜子は袖で顔を押へたなりに頭をふッた。

「……………。……………、……………」

「……………」だが僕は、この浜子と逢はずに居た間をさう長かッたとは思はない。僕も堪へられない心持がした事があッたが、女と斯うして逢つて見ると、僕はその別れて居た間の心持は忘れてしまふ。浜子はもう心細く、淋しく小さい心が砂漠の中に慄えてでも居たやうに、悲しがッて居る。僕はその様子を見て居ると、女の心が全く一つになつて自分に集つて居る事が思はれる。何処か心の陰になつて居るが、それが嬉れしい。僕の心はこんな調子だつた。浜子の泣くのが、すぐ「現実」が迫つて来る様に、心に迫つては来なかッた。

　僕は種々と言つて、浜子を慰めた。浜子は僕が困つて居る様子を見ると、泣いた顔からそッと笑つて見せた。僕はそれを見ると全身に何か光が閃いた様で、「浜ちゃん！」と言つた。歯を食ひしばるやうな心持がした。身体が「恋」で燃えるやうだ。「僕は浜ちゃん……」と言つたが口がきけなくなつた。僕は浜子の全身体に向つて、心が躍る…………………。

　浜子の話と言ふのは、結婚問題だ。前の時の問題は、有耶無耶の中に葬られたが、今度は姉さんの友人の従兄だとか言ふ人で、「姉さんが聞いて来て、それはよからう。それに学校の成績も立派な人だし、家は財産家だと言ふ事だから……ッて言ふのよ」と浜子は言つた。僕はそれを聞くと、何故かカッとなッた。不快な感が胸に蟠つた。

「それで、浜ちゃんは嫁《ゆ》くつもり？」と言つた。浜子は又た泣きさうな目をして「だから私し困つてるのだわ」と言ふ。僕はその顔を見て居ると、姉さんが憎くッて堪らなくなつて来た。浜子はあくまで単純だ。浜子の心は何処までも疑へない。何もかもあの姉が考へた事だ。「最後！最後！」僕は気がずッと遠くなるやうに感じた。で、黙つてつッと立つと浜子を離れて、林の木の間を、往つたり来たりした。

あゝ思ひ掛け無い間に、大事件が起つて身体に迫つて居るものだ。歩いて女の傍に近づくと、女は凋々《しほしほ》として俯向いて居る。それを見ると、僕はもう最後の時が来て居るやうに思はれる。「浜ちやん！……」僕の声は沈痛だッた。

「……」浜子は僕の顔を見上げると、懐しさうに笑つた。

「………。

……………………………………………………………………………………………………

……………………………………………………………………………………………………

……………………………………………………………………………

………………………。

僕はたゞ「運命だ！」と思つた。斯うして浜子ははてしなく泣いて居た。

帰る途には、二人は如何かしてこの結婚問題を破らうと言ふことを相談して来た。僕は胸の中で出来る限りの計画を立てて見た。が、浜子が、「私は斯う思ふわ。あなたの方から、申込みをして下されば、私一生懸命になッて姉さんを説いてよ」と言ふのを聞くと、僕ははッと思つた。僕は躊躇せざるを得なかッた。僕の両親が、今、僕がまだたッた廿一にしかならぬ身で、結婚をしたいと言つたとしたら、如何な顔をするだらう。阿父《おやぢ》があの鋭い目に冷笑を浮べて「好一、それは本気か？」と言ふのが見えるやうだ……僕の頭の中は混乱してしまッた。僕は黙つて歩いた。そして自分の力の足りないのが、情なくなッた。もし、今ここで僕が浜子に、

「では、二人で住まう」と一言立派に言つてしまッたら！。

僕には後を振り向くとすぐそこに家庭と言ふものがある。僕の父と母と弟と妹とは、僕がこの唐突な問題を持ち出したら如何な目をして僕を見るだらう。先づ驚くだらう。驚いて次ぎにはそれが何に代る。冷笑に代るには定つて居る。僕は今、とも角正直に他意なく学問をして居る筈なんだ。それに女……恋……こんな問題はあの皮肉な一徹な阿父をすぐ怒らせるだらう。阿父が怒ると、それに母は堪へては行

けない。母はそれ程弱い。それに弟達……第一きまりが悪いぢやないか。僕は今はまだこの家から離れて到底何にも出来ない……。

で、僕は言葉を尽して浜子を慰めた。だが、何にも言ふ可きことが無かつた。たゞ強く堪へてくれ。この恋は決して破つてはならないのだ。二人の生命だ……だから強く堪へてくれと、願つた。僕は自分の力が及ばぬので浜子に願つた。

そして、兎に角、お清さんに頼んでも少し僕等の間の仲介者になつて貰ふやうにし度いと話すと、浜子は一言の下に、

「駄目！……あのね、お清さんはこの頃はもう、人の事なんかしてくれはしないわ」と言つた。

「何故？」僕は驚いた。

「何故つて此の頃あの家に宿つて居る人があるの」

「ラブ?!」

「えゝ、私達のお友達で信州から来て居た人の兄さんなのよ。何処かの会社に行つてる人なんですよ。その人と……」

「その人があすこに居るのかい……さうかい。それだからだ」と、僕は此間の時のお清さんの様子を思ひ出した。それでかと心に頷いた。

「もう男が出来たのか。福島の人つて言ふのが死んだので、自棄のやうになッて居たのはつい此間ぢや無いか」と僕は言つた。

「だから、それを聞いた時には、私もあんまり早いと思つたわ。けれどあの人は人の忠告なんぞを聞く人ぢやないの」と浜子は言つた。

「何だ。何処に節操があるんだ。死んだ人の心を蹂躙するのにも程がある」僕は浜子の話を聞いて居る中に何故か自分の手の中にあッたものを落したやうな気がした。そして清子さんの行為が実に不快な感じを起させてならなかッた。

あれは実に賤婦だ！。深い高潔な愛情が何処にある。あゝ、僕は一句であの女が死ぬやうに罵倒をしてやり度い。実に死んだ人には気の毒な話だ。

二人は今日の話もまとまりが付かないでしまッた。浜子は妹が兄と併んで歩いて居るやうに、心置きの無い処がある。二人はあの××町の角で別れた。僕は江戸川の電車の停留所の方に行つた。

電車に乗ると、やがて飯田橋の処で僕の前に来て若い女が立つた。……………………………………………

……………………………………………と思つて居る中に僕は何時か目を閉つて居た。

二十五

愈々夏になッた。この半月は試験で目が廻るやうだッた。もう夏休みだ。僕もこの夏休と言ふ奴が、チットモ嬉しくも何とも無いやうになッてしまッた。今年は何となく一層気が急き立てられるやうでたまらぬ。

今年の夏は、何処にも旅行などはしないで、是非とも何か一つ論文を書き上げねばならない。浜子からも、例の問題でやきもきして居る手紙を度々くれるが、田中君にも相談して見たが、如何していゝのか困つて了ふばかりだ。

二十六

今日は試験の最終の日だ。今度の学年は国際法をしくじッた。如何したのか問題がうまく腑に落ちなかッた……。

今日は帰りに前島と一緒に来たが、お清さんに一度逢つて浜子にことづけをして貰ひ度いことがあッたから、別れて一人富士見町に来た。例の家の前まで来ると、格子の外に五六台車が併んで居た。僕は何かあるなと思つたので、その儘引き返してしまッた。

暑いので電車に乗るとぐッたりしたやうになッた。如何かしてこの夏には一つ論文を書き度い。僕は一生の仕事として、経済学の問題を心理的に研究して見たいと思ふ。これは従来の希望だ。人間の心理の状態が、どの位、経済問題の背景をなして居るか、これは考へなければならぬ問題だ。僕は生涯の中に、この問題について大きな著述をし度い。

この夏はこの研究の中の一問題について、論文を書かう。で、先づ心理学の著書を五六冊読む必要がある。僕はまだ秩序立つて心理学と言ふものを知らないのだから、その方の予備知識が必要だ。それからと……。

考へて居る中に、僕は電車の中でうと〳〵としてしまッた。

帰つて見ると、浜子から手紙が来て居た。例の問題は破れたさうだ。で安心してくれと書いてあッた。

「Triumph!」……と僕は思はず踊り上つた。顔中で笑つて居たに相違ない。

僕はその勢で、すぐ通街《とほり》に行つてノートを四冊ばかり買ひ込んで来た。これは今日思ひ立つた研究の覚えを書いて置く為めだ。先づ題は、「経済問題の心理的研究」とした。第一冊は心理学のノートだ。二冊目には経済問題に関する著家の論文の目次……と、第三冊は……僕はこの研究については非常に沢山問題が頭に湧いて来るやうに思はれる。第三冊は特に欲望の研究と書いた。

明日から朝起きると学校に行くと同様に、図書館に行く事と、それと、心理学と、何か経済問題の書を二三冊づつ買つて貰ふやうに、阿父を口説く事と……これは旅行せぬ代りと言へば買てくれるだらう。

愈々、研究に着手するのだ。

二十七

今日は書《ほん》を買ひに出かけた。

書を買つて歩きながら、今度の計画を思ふと頻りに愉快でたまらない。

経済問題の解決は如何しても、心理的の研究から入らねば駄目だ。人間の社会的の生存の根本は慾望だ。慾望の研究が徹底しないから、この学問が徹底しないのだ。僕は慾望の研究から入つて、経済問題の根本的の解決を付ける……今日はその第一日だ。

慾望の心理的、哲学的の研究……僕はこの夏はその中の一問題として、第一にスペキユレーシヨンの研究から始める。これは慾望の表れ方の烈しいものだ。と言ふやうな事を考へながら、前島の家に寄つた。前島は一週間ばかりの中に、伊豆の海岸に行つて、この夏は商法の勉強をする積りだと言つて居た。二人は互に夏中の計画を話し合つて別れた。

夜、室の中に坐つて、自分の周囲を見ると、種々な書籍が立つて居る。今、又その中に今日買つて来た書を七冊、併べて立てた。僕は人間の知り得る限りの知識を知り度い。僕は所謂文学者などが憧憬して居るやうな、自然の幻影なんぞを見て満足はして居られない。僕は目に見るものに向つては凡て疑が起る。それを解剖点検して見ずに居られない。僕は前に企てた博物学の研究ももッと深くせねばならぬ。僕にはまだ社会主義について研究せねばならぬ計画がある……。

今夜は実に愉快だ。僕はこの室の中に坐つて居ながら、自分の手が八方に伸びて行くやうな気がする。未来は永遠だ。僕の未来は限りが無い。今日はその第一日だ。

二十八

丁度、また書を買ふと言つて貰つた金が少し残つて居たし、浜子が是非逢ひ度いと言つて来たから、今日は上野から汽車に乗つて、利根川のふちに行つて見ようと決めた。

約束の処で逢つて、利根川に行く事に決めて早速上野に行つた。

空一ぱいの雲が風に吹かれて、緩く流れて行くやうに、利根川の水は黒ずんで流れて居た。その岸を歩るきながら、二人は汗ばんだ身体を心持よく風に吹かせた。僕はこのなつかしい記憶を生涯忘れない！。

浜子の今日の用事は、近い中に一ノ宮に夏期学校があるからそこに行く事になッた。と言ふ事と、僕が此頃教会に来ないのは何故だと言ふ事とを聞いた。僕は自分が今、計画をして居る研究の事を詳しく話した。

浜子は二十二日に発つと言ふ事だ。今日は七月の十八日だ。あと四日経つと浜子は東京に居なくなるんだ。

それと清子さんが結婚したと言ふ話を聞いた。僕は唖然として、繰り返して僕は淫婦と罵つた。

二十九

今日で丁度一週間、図書館に通つて来る。夏の東京と言ふものは、実につまらないものだ。何方を向いて見ても、灰白い埃ばかり立ち舞つて居る。大抵何処に行つても見える学生は殆んど居ない。僕はその中を毎日麻布の奥から上野まで出かけて行くのだ。

今日、例の書を借りて読んで居ると、もう浜子が一ノ宮に行くのは明日だナと思つた。前島も二三日前に伊豆に行つた筈だ。僕は何だか一人この東京の埃の中に残されるやうな気がし出した。浜子まで海岸に行く。僕はこの東京に残つて居るのが、つまらなくなッた。

帰る道々、僕も何処かに行かう。と、帰つて又阿父を口説く事を考へた。

三十

あの日は、旅行の事を流石に阿父に持ち出せなかッた。今日（あれから九日目だ）はもうとても堪へきれなくなッて、二週間ばかり何処か山の方にやッてくれと持ち出した。

「貴様、又気が変つたのか。此間は勉強するッて書を買つたぢやないか」と皮肉をやられたが、最後には行けと言つてくれた。

よし、此間前島の従弟が行つたと言ふ赤城山に行く。赤城山！　赤城山！。

夜、早速浜子の処に赤城行きを知らせてやッた。明日の朝発つ。何を置いても発つ。あゝ気が晴々した。

三十一

夜中、ふッと戸を開けて庭を見た。月が目の覚めるやうな色をして照らして居た。その光を見ると僕は胸が追つて来た。あゝ……思はざる事がすぐ戸の外にある。

僕は今夜は眠れないのだ。二三日前に首に腫物が出来て、痛んでたまらない。僕は歯を喰ひしばるやうにして、この月の光りを浴びて居る庭を見た。何とも名の付けられぬ哀愁が胸を襲つて来る。僕は「吾生幾何ぞ」と思つた。僕は死期が近づいたやうな気がする。僕は何をしてこの二十一の秋になるまで、日を送つて来た?。

浜ちやんにすまない。今夜は殊に僕と言ふ男が浜子に罪を負つて居るやうな気がする。あの処女が全心を集めて僕を思つて居てくれるのに僕は、僕の心はそれに報いて居らぬ。

僕は近頃折ふしこの名付けられぬ哀愁が襲つて来る。

「死ぬんぢや無いだらうか?」と思はれてならない。

「浜ちやん!、浜ちやん!、浜ちやん!」僕は此頃ひどく恋人に対して、冷淡だつた。忘れて居たのだらうか……。

この月の光を見て居ると、僕はたまらない。神よ!と、涙をながして祈りをしたくなッた。神を忘れ、愛人を忘れて、漂白して居た心よ!。

三十二

突然!然り突然だ。

浜子は結婚するのだと言つて来た。

僕はこれだけしか書けない。

三十三

その手紙を受取つてから二日経つた。

「そんな事があッてなるものか」と思つて。僕は両方の手に力を入れて、浜子を人にやッてなるものかと、心にしッかりと思ふのだ。が、浜子の手紙に遂に犠牲になるのだと書いてある。

僕は猛然と立つて姉に逢ひに行かうかと思つたが、それも止した。万事……皆すんだ跡だと言ふ気もする。

如何したと言ふ事だらう……これ程、思ひ合つて居た二人が……僕はしかし思つて見ると、浜子と、一月ももッと逢はないで居る。だがそんなこと位は………。

あゝ……僕は茫然として、浜子が奪ひ去られて行くのを見て居るばかりだ。

三十四

学校の方では、僕にセミナリーの順が廻《ま》はッて来た。僕は恋を失くした。しかし、其為めに自分の計画まで失してしまふ事は出来ない。僕はセミナリーの自分の問題には「スペキユレーシヨン」と言ふ事にして置いたが、問題が大きすぎるから、もッと小さいものを選ぶ事にして、富籤論に代へて置いた。

浜子が嫁に行くと言ふことになッたらば、僕は残骸のやうな気がする。頭が重い。消化器も悪いやうなので、此頃は毎日ひどく不愉快だ。

セミナリーの事で、又た図書館通ひを始めたが張り合いが無くッてしようが無い。

「浜子！」時々、突然心が叫ぶやうに思ひ出す。

三十五

今朝も、食事をすまして家を出ようと思つて居ると、母が不思議さうな目付きをして、何か妙なものを捜し出したと言つた様子でしげ〳〵と僕の顔を見て居たが、

「好一さん、お前心持が悪かないかい？」と聞いた。

僕はたゞ「いゝえ」と答へただけだッたが、母はまだ執念深く、

「お前、顔が大変腫れてるよ。兎に角お医師に見てお貰ひな」と言つて医師に行くことになッた。僕は可笑いやうな気がして、かゝりつけの医師の処に行つた。と、若い医学士も僕の顔を見て一寸何か捜すやうな目付をしたが、やがて僕の順番が来たので、その前に行くと、平生のやうに無駄口も聞かないで、

「余程、心持が悪いですか？」とものものしく聞いた。僕はその調子でドキッとした。で、一度は黙つて医学士の顔を見たが、

「僕の顔はそんなに変ですか？」と問ひ返した。

「変です」と医師はキッパリ言つた。

「さうですかね。今朝ね、母が僕に如何かしやしないかと言つて、強いて見て頂きに上らせられたのですよ。僕は何とも無いのです」と言ふと、医師は僕の言ふことにはろくに耳も貸さないで、尿をとれと

言つた。で、僕の尿を試験管に移させて、何かの溶液をその上にたらすと、

「ごらんなさい」と言つて、僕の目の前にさし附けた。尿水と、薬の液との間に白い結晶したものが見える。

「腎臓炎ですよ。この白いのが蛋白質です。もう一寸でも身体を動かしてはいけませんよ。いづれ後で伺ひます。そしてよく食物の事などをお話しますから、早く帰つて寝てお出なさい」と言つた。

僕は黙つてその家の門を出た。呆れてしまッて何も思はれない。たゞ茫然と歩いて帰つて来た。

「如何だッたい？」心配そうな母の顔が見えた。

「腎臓炎ですッて」僕は茫然として答へた。

「腎臓炎?!」母は叫んだ。僕は医者が後に来てよく話すと言つた事を、母へ伝へて自分の室へ入つた。何も考へられない……。

三十六

僕はもうすッかり病人になッてしまッた。

身体は全体が水腫に腫れて居る。鏡を見ると、顔などは自分ながら恐ろしい程むくんで居る……その身体を今日も日当の縁に投げ出すやうにして、坐つたまゝ、平日茫然と時の移るのを見て居る。

日がぢッと沁み付くやうに照つて居る。あゝもう秋だ。木の葉も日光も沈んだ凋れた色をして見える。僕は一日の時がずッと辷《す》べるやうに経つて行くのを見送つて居るのだ。

頭から日を浴びて、病獣が鈍い姿をして転がッて居るやうに、ぢッと身動きもしないで居る。墓所で煑《に》て居る、牛乳の臭がたまらなく不快な感じを起させる。

ふと振り返つて見ると、室の書棚の上に日が当つて居る。僕はそれをぢッと見入つた。此頃よくさう思ふが、僕は実に苦しい動揺した心で日を送つて来た。今斯うなッて居ると、初めてこの日が、僕の心の核まで照らして居るやうに思はれる。

空虚な心だッた。僕はあれだけ限りなく種々な事を企て居たが、今になッて見ると何一つもして無い。たゞ空な色も形もない心だ。成程、今になッて、始めて僕のあの何にも通さない、何にも染まないと思

つて居た心の核が割れて日に照らされたのだ。だが、さて斯うなッて見ると僕の心は空虚だッた。何にもしては居なかッた。

僕がたゞ心で追て居たのは恋だけだッた。いや女だけだ。恋とは言はれない。浜子の事は全く胸に沁々と忘れないが、しかし、さう思ふのは自分のもので無くなッてからだ。僕はただ本能の力に駆り立てられて居た、それより外には何も無かッた。そして今は獣が林の陰に病んで転がッて居るやうな姿をして居る。

あゝ――斯うなッてぼッとした心で、自分の過去を眺めて居ると、だん〳〵その影が薄くなッて行く。丁度、古い寺の壁画が雨に晒されて行くやうに……僕の空中に描いた壁画も、次第に消えて行くやうだ。

そして、眼前には、たゞ其時々にカッとなつて、根もなく思ひ付いた、自分の計画の墓がある。まだページも切つてない書物と、序文だけ事々しく書いたノートと……それがだん〳〵埃でよごれて行く。

一昨日の晩、僕は眠る事が出来なかッた。僕の神経が全く或る幻影の中に封じられてしまッて、如何にしてもその幻影の中から覚めて出る事が出来なかッたのだ。

その――八月廿六日は、丁度、僕のJULY 4thに当る日である。僕の両親の家を去つて、独立した日で、毎年、その日を僕の家庭の記念日にして居る。

独立祭！……愉快な名ではないか。旧い、家の空気から離れて来た新しい細胞が、自分でよささうな処に行つて新しく巣を作つた。その頃の心持ッて言ふものは、実に一口では言はれない、種々なものが籠つて居る。新鮮で、何もかもまだ不整頓で、その間に力が一杯に張つて嬉しさが漲つて居るやうで、それで真面目で小心で……始終朝日がさして居るような心持でありながら、何処までも臆病で、目で一尺の道を百遍も計つて見て足を踏み出すやうな心で居ながら、底《そこ》には捨身になッてこの身体を投げ出してかかッて居る。新芽が出て伸ようとして居る時にはきッとあんな心持がして居るだらう！

それがもう五年目のその日になッてしまッたのだ。僕はこの日が来ると、毎年自分が心で祈つて居るやうな友達と一緒に、僕の家で晩餐を食ふ事にして居る。まだ〱僕も僕の家庭も若いからこのJULY 4thがお儀式になるやうな事は、大丈夫、ありはしない。

で今年は丁度この月の始めに東京に帰つて来た村田と毎年この日には必ず来てくれる事になッて居る吉井とに来て貰つた。

晩餐の膳が引かれると、夜が少し更けて居た。少しばかり飲んだ酒でぽッとなッて、三人は思ひ思ひに柱に背をもたせて、身体をくづして居た。何処となく疲びれ気味の顔になッて黙つて居た。開け放した外は闇で、室の電燈の光が、僅かに狭くその中を隈どッて照らして居るだけ、目を向けると押し返されるやうに暗い。

暫く黙つて居たが、吉井が所在なささうに「如何《どう》でした？……旅は。」と村田に聞いた。「何処《どつち》の方角？」

「奈良ですよ。」村田は口元に嬉しさうな小皺を寄せた。「やッぱり面白かッた。」

「何時でも旅は面白いものだよ。」僕も二人の話に口をはさんだ。と、村田は僕の顔を見て

「まだ君に話さなかッたがな……此間の晩、変だッたよ。」

「如何して？」

「夢だがね……此間の晩に東君が死んだ森君が来た夢を見たッてね、僕に手紙をくれたんだよ。二時頃書斎の中でころがッてうたゝねをして居ると、森君が来て傍に立つてるんだとさ。そして東君と種々な話をしたさうだ。話しをして居ると、東君は何か森君が生きて居るわけが無いと思はれるので、君は死んだ筈ぢやないか、と聞くとね、馬鹿を言つてはいけない。此処に生きて来て居るぢやないか……友人達は僕が斯うやッて生きて居るのを見たらびッくりするだらうなッて言ふんださうだ。そして二人は幾度も握手したとさ……それが夢だッたんだ。東君は目が覚めると驚いた手紙を書いてよこしたッけ。」

「面白い話だな。」僕は村田の顔をぢッと見守つて居た。

「その晩にね、丁度東君が夢を見た時に、僕も森君の夢を見たんだよ。」

村田は心の奥の方で感情が激して来るやうに、目を半《なかば》閉ぢた。

「その晩には外に行つて遅く帰つて来て此間から為《し》かけて居た為事を初めて居ると、机に倚つかゝたなりでつひ眠つてしまッて居た。すると森君が傍に来て立つて居るんだ。僕は極くあたりまへの話をして居た。そしてふッと目が覚めると、机の上には瓦斯《がす》がついたなりだし、自分ではうたゝ寝をして居たんだ。だけど恐しくも何とも思はなかッたよ。そして時計を見ると、二時さ。」

「…………」

「だから、東君の手紙を見た時には、変な気がしてしまッた。」

「変だね。」……僕はこの村田の話がすぐ信じられた。「さう言ふ事は必ずある事だ……きッと森君が来たんだよ。」

「さうかもしれない……」

欺う言ふ話に引き入れられて来ると、自然と人の心持は水でもかけられたやうに、冷たく鋭くなッて来るものである。

「如何も僕には、死んだ後の世界がすぐ何処かにあるやうに感じられるよ、死んだ人が来るて言ふやうな事は珍らしいんぢや無いね。」

「そんな事もあるらしいね……」これまで黙つて聞いて居た吉井が、ふッと口をはさんだ。村田と僕の顔は言ひ合せたやうに、その方を向いた。ハーンさんもそんな事を言つて居た。犬が遠吠えするのは、人間の死骸の臭いがして来るからだッてね……人間の持つて居ない感覚が種々な動物にはあるものと見えるね。」

「犬の遠吠えは死骸の臭を感じるからだッて？ ……さうかな、」僕は何となく目を閉《つぶ》つて暗の中を想像して見た……

小さい声で虫が鳴いて居る。家の中は何時の間にか寂然となつて、庭の先きで笹の葉が風にすれる音がする。室の中ばかりに、電燈が明くついて居るのが却つて寂しく思はれた。

「僕が此間聞いた話にね。」暫くして欺う話さうとすると、村田が急に夫《それ》を遮つた。「止さう。そんな話は、何だか変な気がする。今夜は妙だよ……」

私はひどく子供らしく聞えたので、思はず笑ひ出した。

と、隣の室で時計が鳴つた。

「十二時だ。」村田は俄かに心付いたやうになッて「さあ失礼しよう。」

「僕も行かう……大変遅くなッてしまッたね。」と吉井も立つて着物をなほし出した。

これで、今迄この三人を包んで居た幻影がぱッと消えてしまッた。

「では、俺がそこまで送つて行かうか……」と言つて、三人は家を出た。

もう、通りはすッかり寝静まッて居る。夜更けた郊外の暗さ……細い通りには処々に軒燈が狭く限どッて光つて居る。その中を僕達三人の足音が、低い反響を起しながら耳に返つて来るだけで耳をすまして見ても、外には車の音も、人の足音もしない。

やがて広い通まで出て、新宿の方に曲る角まで来ると、吉井は立ち止つて、

「僕は此処から別れよう。村田君は電車ですか?」と言つた。

「えゝ、新宿の方から電車に乗ります。」

「僕は電車まで送らう。」

「では……」

「さよなら……」

と言ふと、もう五六歩、吉井の足音が遠かッて行つた。僕は丈の高い村田と並んで又暗い通の中に入つた。

新宿に来ると、赤い電燈のついた電車が一台止まッて居た。広い街通は黒く静まッて居た。電車から七八間手前の処に来ると、「ぢや、その中に又逢はう。さよなら、マダムによろしく」村田は並んで居た僕から一歩離れると斯う言つた。

「さよなら、急ぎたまへ。」僕はそこに立ち止つて、村田の後姿を見て居た。

村田が乗ると、電車が動き出した。そして、暗い街通の先きへ次第々々とその赤い燈が遠くなッて行く……

僕はそれを立つて見送つて居た。跡には又この広い中に何にも動いて居るものが見えない。

僕は今来た道を引き返して来た。闇の中を何も考へずに歩いて大久保の細い新開町の通りの中に入つて来ると、ふッと、胸の中に影が映つたやうに、今夜の村田の話を思ひ出した。

「死んだ森君が来て、机の傍に立つて居た……」村田と東君とは森君が頓死した晩から、幾度となしに森君を見た……　僕は同時に青白い、角の多い、目の鋭い森君の顔が、明かに目に見えて来た。まだ今まで一度も逢つた事の無い森君の顔がはツきりと目に見える。僕はぼんやりとその顔を見詰めるやうにして、歩いて居た。

「全く森君は死んだのでは無いやうだ……」と、道が広い横の通に出た。僕はそれを左に曲つて、すぐ又、右の細い通に入つた。こゝは一層暗い。僕はその闇をすかして、ずん〳〵歩いた。が、三四間行

くと、はッと思つて立ち止つた。全身の神経が、一時に逆動するやうに感じた。その瞬間に僕は目を閉つてしまッた。

僕の目の前にものゝ影が立つた……耳には何にも聞えるものが無い。

目を開けると、闇の中には何にも無かッた。僕は急に恐しさに襲はれたやうで馳け出した。

家の中は出た時の儘で、まだからッと開け放つてあッた。室も明るく電燈がついた儘になッて居た。その中に入ると、僕は思はず、自分の周囲を見廻はした。で、座敷の次にある書斎まで入つて来たが、後に立つて居る女に、

「何だか今夜は心細い……」と言つた。

「何故でせう？……今迄、賑かに話してらしッた跡だからでせうか。」女は不思議さうに、僕の顔を眺めて言つた。

「何だか知らないが……」僕は自分の机の前に坐ると、つとめてこの何かに襲はれて居る心持を消してしまはうと思つて、女に「まあお坐り、暫く話でもしよう。」と言つた。

「えゝ、でも、もう夜が大変更けてますよ。」と言つてそこに坐つたが、女は疲れたやうな顔付をして居る。

「さうだナ……でも、まあ又愉快な独立祭をしたね。」

「さうですね。」

「……」何か言はうとしたが、周囲の静まり返つて居るのに、引き入れられるやうで、つひ黙つてしまッた。

外からは深い闇が覗き込んで居る。僕は黙つてしまふと、その闇に覗き込まれて居るのが、寒く感じられた。そして、何となくものに襲はれて居るやうで、気が落ち付かない。

「戸を閉めようぢやないか」と言つて自分で戸を閉めに行つた。

「寝ませう、私大変くたびれてるんですから」と女も言つた。

床に入ると、平生のやうに室を暗くした。僕は平生のやうに静かに眠らうと思つて目を閉つて、身体を静かにして見ると、頭はもうかなり疲れて居た。ポッと麻痺したやうに不透明になッて居た。が、目は闇の中で開いたまゝで、まだものを見ようとして居る。

僕は自然と呼吸をひそめた。そしてだん〴〵眠りに堕ちて行くのを待つて居た。けれど、目が閉られない……で、黒い闇の中を見て居る。すると、次第に微かな痛い感じがして来た……。

心が冴えて来る……僕は何と言ふ理由もなかッたが、ふと死んだ義母の最期の事が心に浮んで来た。と、僕の目には死んで床の上に横はッて居る、義母の死骸がその儘見える。じッと横はッて居る。橙の腐つたやうな濁つた冷い皮膚の色をして、五十を越して居たが、まだ黒かッた髪の毛が今まで氷で冷して居た……その濡れた儘で、畳にベッたりついて居る。もう光が消えてしまッた目が、かすかに瞼の間から見える……黒い紫色を帯びた唇！

僕の目は闇中で、それをじッと見て居る。僕は我を忘れて見て居た。……嘗て義母の臨終の時にも、僕は丁度その枕元に坐つて居た。義母は急激に脳溢血で、もので撃ち倒されるやうに死んだ。その枕元に坐つて居た時には僕はたゞ驚いただけであッた。自分と義母との間が俄かに――思ひもかけない中に、遠く距たッてしまッたやうに思つた。それだけであッた。それを今、七年も後になッて僕は其の姿を目の前に見て居る……

義母はじッと死んだ儘で居る。僕は何時までもそれを見て居る……

暫くすると僕ははッとした。瘧《おこり》の熱が起つて来る時のやうに、恐しくなッて来た。僕は目を閉つて、くるッと身体の向きをかへた。

でも、義母の死骸は明かに目の前にある。僕は心がもがき出した。嫌な汚いものを、何故欺う目に見るんだらう。僕は振りすてやうとして、大きい息をした。

力限りに反抗しようとして、僕は心持の柔かだッた、懐しい義母の言葉のくせを思ひ出して見た。

「まあ、清さん……」

けれど駄目だ。自分で言つて見るだけで、義母の言葉が音楽になッて僕の耳に響いて来ない……そして死骸は依然として目の前にある。

その時に傍の室で時計が鈍く二つ鳴つた。僕は耳の外でものゝ音が聞えたので思はず又目を開けた。が、目はまッくらだ。

久しぶりでものゝ音を聞いたやうに、暫くその音の消えたあとを考えて居た。と、何時となしに、又吸ひ付けられて居るやうに義母の死骸を見入つて居た。義母はやはり其橙色の腐つたやうな皮膚をして、濡れた髪の儘で、横はッて居る……

僕は又それを何とも思ふのではなくッてたゞじッと見て居た。すると、義母の傍に、青黒い男が投げ出されたやうになッて寝て居るのが見えた。

「又死骸だ……」と、僕は無意識に思つた。そして、じッとこの見慣れない死骸を見て居た。

「坊主山で人が死んでる！」

もうかすかに忘れてしまッて居た、誰かの言つた言葉をふッと思ひ出した。その時に……坊主山と言ふ、九州の或る田舎の小山の裏側で、岩と岩との間に、腐つた菌《きのこ》のやうに転がッて居た……その顔だ。それが目の前にちやんと横はッて居る。廿五六の身体だけは発育して居るが、何にも考へた事も無ささうな男が、じッと目の前に横になッて居る。

僕は不思議でならない。じッと身体が何とも言ひやうの無い、澱んだ、冷い空気の中に沈み込んで居るやうだ……何故、こんなものが見えるのだらう？

僕は思ひ切つて立ち上つた、身体が疲れて居ると見えて、呼吸をするのに力が無い。立つて暫くじッとして居たが、僅に次第と自分が立つて居るに心付いて来た。蚊帳の中は蒸暑い。人の寝息で空気が重くなッて居る。

さぐり寄つて、やッと手が電燈にさはッた。僕は急いで燈をつけた。目が痛いやうにぱッと明くなッた、室の中は何となく濁つて居る……

僕はそこに坐つて。坐つた（て）見ると、身体中の筋肉が疲れきッて居るのを感じた。そして僅に傍に寝て居る妻を見た。と、青白い顔が大きく、ぼッとなッて見えた……僕は思はず力一杯に、じッとそれを瞰んだ。女は苦しさうに少し口を開けて、さも疲れたらしく、左の手を投げ出して眠つて居る。僕はそれをまたゝきもせずに見て居た。

電燈の光は、丁度、女の顔の上に照つて居る。その光が、次第次第に濁つて、ぼッと鈍くなッて来るやうだ。女はむづッともしない。

家の中はしんとして居る。僕は瞼の処を見て居たが、何時となしに、それが冷くなッてしまッてるやうに思はれる。

「死骸……!」

ふとこれが死骸だと思つた。僕は今、この死骸の傍に居るんだと思つた。

あゝ……僕のこの身体を、重い、薄暗い、腐つたものが幾重にも、幾重にも包んで居る……

僕は坐つた儘、何時までもじッとして居た。すると、頭が次漸とぼッとなッて行く、痛いやうな、だるい動くのも大儀な、そして何にも考へる事も出来ないやうな。……

私は三年ばかり前に、或る丘の森の中に住んで居た事がある。其森と云ふのは槻《けやき》の大木が疎らに立ちに立つて居て、落葉時になると、其中の家が残らず露はれて見える。家は丁度五軒あつた。入口の二軒は百姓家で、次の家は駄菓子を売る小さい店、その次が私の居た家で、地主だ。主人夫婦はもう六十近い老人で子は一人もない。主人《あるじ》は終日ぶらぶらして居たが、女房《かみさん》が朝から晩まで、家の周囲で働いて居た。そこに私が下宿することになつたのである。

私の室は四畳半で中《ちゆう》二階になつて居た。南向の日あたりの良い、窓をあけると、森の大木の幹が、何《い》とも云えぬ古びた色をしてその皺までが見える。大きい枝がずつと庭の方にさしかゝつて居るのが、何時も何時も同じ様に目に入いる。

春の事であつた。暖かい日が丘一体を照らすと、その森の大きい樹は一斉に芽をふいて、若葉の香がする。やさしい日の光は、其上をてらして、この森から、丘一体にかけて何もかも凋《しを》れて居るものは一つもない様になつた。

或る晩の事、私はランプの陰で、あてもない考へをして居た。外は闇だ。じつと静まり返つて居て、暖かくなつかしくはあるが、何かゞ迫つて来る様である。このあてもない考へをして居る中、私は何となく、如何《どう》しても微笑《ゑみ》をもらさずには居られなくなつて来た。火を見つめて居ると、独で心が融けて、なつかしい思ひが浮んで来る様で、私は、何故か自分の側に誰かが坐つて居て、私を後から見まもつて居てくれる様な心がする。

こんな感じがしながら、坐つて居ると、私は窓の下に歩みよる足音がする様に思へた。首をあげては耳をすまして、じつと聞くと、庭の方から忍び足に近よつて来るものがある様に思へる。庭の木の間を縫つて、湿気のある土をしとしとと、音をさせながら、歩いて来る様で、その音が胸にひしひしと迫つて来る。私は心を一つに集めて、きゝ耳をたてた。

足音は窓の下に来て、はたと止つた。すると同時に人の気はひがして、其呼吸《いき》が戸にかゝる様に思へた。私もそれにつれて呼吸をひそめて、その外の人を伺ふ様にした。そうすると、胸は大波をうつて、血が頭に集つて来る様だ。何とも云へない心持になつて、外で第二の音をさせるのを待つて居ると、外の方でも身じろぎもせぬ様である。

私の心は益々一つに集められて、この戸を透《すか》して外が見える様である。私は心に明らかに外の景色を書き得る様に思へた。外の人は、黒い影の様な人だ。その身体をひたと戸によせて私を伺つて居る。何か私の考へて居るものを、盗み見し様として居る様である。

その時、下で時計が十一時を打つた。それがまるで葬式の鐘の様に聞えた。私は急に火をけして床の中に入つた。すると外の人は立ち去つて行つた様である。

誰れが何しに来たのであらう?。私はいくら考へても、わからぬ。又思ひ出す人もない。そのまゝ考へ疲れてその夜は眠つた。

次の晩になると、又其足音がする。やはり同じ時間に、柔らかに湿つて居る土の上を踏んで来る忍び足の音がしづかに忍びよつて来て、戸の処ではたと止まる。

其次の晩も、次の晩も、その足音が来る。私はしまいには心が始終ものに襲はれて居る様に思へて、不安でたまらなくなつた。

それから幾晩かして、私は珍しく若い妹のある友達の処で、夜を更かして帰つて来た。その時はもう薄月がさして居て、道を歩いて居ると何処となく、水の流れる響が聞える。何とも云へない楽しい思ひがする。私は、其の友達の妹、幹さんと云ふ、その幹さんの、薄絹で花を包んだ様な頬の色をして、快活さうに話す姿を思ひ出しながら、久しぶりで、若々しい夢の様な思ひにまぎらされて、にこにこしながら、歩るいて来ると、森の道に入つた。

百姓家の燈火《ともしび》が小さく、その台所からさして来るわきを通ると、菓子屋の店に障子が閉めてあつた。それについて右に曲つて行くと、私の家が見える。私の室《へや》も見える。そこまで来ると私は立ち止まつた。私は、窓の下に例の人が立つて居はしまいかと思へて、そつとすかして見た。其処には何も見えぬ。黒い影もない。しかし私は何故か、毎晩する足音の主はこうするのであらうと思つて、庭の木戸を開けて、足音を盗んでその窓の下に忍びよつた。私の室にすでに人が住んで居て、その人が胸の奥に画《え》がいて居る美しい画を、盗み見したい様に思へたからである。

窓の下に立つて、ひたと戸に身体をよせてそつと伺ふと、私は心臓のひゞきが盛になつて、呼吸がはづむ。その呼吸を殺して、戸をすかして中を見ると、不思議ではないか、その時、私は、室の中に燈火《あかり》がついて居ることに気が付いた。はつと思ふと益々胸がをどるのであつたが、私の室の中に、私の机の前に、たしかに誰れともしれぬ人が坐つて居るのであつた。

一九一五年　六月

1

われ、今御身にもの言はん。
この心にまつはれるものすべてを振ひすて
ただひたすらに御身を凝視して
わが心をば言葉とせん。
御身は今もなほわが身に親しく生き
わがまのあたりに明かに立ち。
正しき形していませり。
わがもの言はんとする人よ。
われにまたもの言はんとする人よ。
御身を信ずるこの心の勇ましさよ。
わが言葉生き、感じて踊り傳《も》り行く
この愛をなみすものありや。
われ今、御身にもの言はんとす。

六月二十四日夜

2

御身の痛みは遂に終つた。
肉体の感覚が死んで行くんだ。
嵐が俄かに襲ひかかつたのだ。
恐しい苦しみと痛みとが御身の全身に爪を立てた。

御身のからだが全力をあけてそれに抵抗した。
だが悪いことをして居た……私達はかういふ不意の暴逆に対して
もつと抵抗する力を貯へて置くべきであつた。
御身の力が遂に尽きてしまつた。
ああ壮烈な苦闘であつた。
それを私は恐れて慄えながら見て居た。
だがこれがすべての終わりであると何人が言ひ得る。
私はその時に呼吸を止めたからだが、
永久に口を噤んで血の熱が冷えて行きながら言つた言葉をよく知つて居る。
この親しみつくしたからだが、
今、荒れ狂つて居た痛みに征服し尽されてしまつて
疲れはてた不感の中に沈み入つて行きながら
静かにものを言ひつづけて居る。
『これで私の肉体の現世が終わつたのですか。
あのやうに苦しく、暗く、はかなかつた
だが無限に進むべき道の重荷を背負つて居た
まだその真実にまことに踏み入つて居るとも思へなかつた。
私の肉体の現世は終はつたのですか。
私の寂しさに堪へられなかつた失望は何処に行きました？
私の愛は何処に行きました？
私が黙つて我慢をしつくして努力した「よき生活」は何処に行きました？
私の壊疑と嫉妬とは何処に行きました？』
その跡で「あゝ」と心底から空漠と孤寂とに向つて御身は泣いて居た。
私はそれに向つて沈黙して敬虔な同情に沈み入る。

『私にも解らない。』

『それでは、もうあなたとも子供達とも離れるのですか。』
『今あなたは初めて自分を包むもののない孤独にはいるのだ。』
愛はこの中から真の力を涌かすのだ。
御身の明かに現世に通じる言葉は今すぐ絶えるだらう。
しかしこの時に御身の魂は新しく知らぬ世界の中に目を覚し始めるのだ。
今、私の目にはただ底のない闇が見え
冷たい寂寞が親しくからだに感じられる。
御身より後に歩むものはまだ明かに知り得ない世界だ。
御身は今それに引き入れられて行きながら躊躇して居る。
しかし私は刻々に御身がその闇の方へ向ひ
ここにある肉体を捨てて行くのを見た。

この再び破れない御身の沈黙は
この時の御身のからだを囲んで立つて居る人々に
静かに反抗を許さない力となつて御身の言はんとする言葉を響かせた。
生きてここに立つて居る人々は御身の力を感じて
その身の持つ真実が明かに曝されて行く。

まだ挽歌と葬りの言葉とがかからない御身の前に
極めて厳粛な箴黙がうなだれて居る。
御身は今すべてのものを離れて
御身の孤独の中に自ら足を踏み入れて行く。

その三十年の住家は捨てられたのだ。

六月二十五日、二十七日夜

またいつもの癖で、ここの平野の中の「道」が瞼の裏に映つて見える。平面の地図に線でかかれてゐる、それとよく似てゐるやうに白くどこまでも続いてゐる道。その両側に開けてゐる広い草原、その先きの林、標的になる古い木、畑、荒れた藪、土のうねりのなぞへ……などが、私の瞼に映る白い太い線の「道」に従つて、親しみの深い姿で見えて来る。記憶の幻なのだ。ところで——今日はもう寒が明けてからだいぶ日がたつた。日光にどことなしに熱の力がこもつてゐる穏かな美しい日なのである。私は朝から日向の窓際で日をいつぱい浴びて坐りながら何かを探してゐる心持ちでゐた。そのうちにひとりでに、この瞼の裏の地図が心に浮んで来た。するとすぐそのあとで、私はもうそのまま立ち上つてどこかに歩いて行かうといふ気になつてゐたのだつた。

○

窓に近い林のどこかの木で、ふくらました羽の中に日の光を溜めるやうにしながら、うつとり囀りはじめたといふ風で鵯《ひよどり》がうたひ出した。私も「では行つて来ようかな。」と言つて、家を出かける仕度を始めた。これから、「道」を——これはまだどこへといふ当がない道だ——歩いて来るのだといふ心がもう私の目的になつてしまつた。

——私はかういふ気持ちで、思はず遠くの方まで歩いて行く事がある。

○

そこで私の心に、ちよつと燈火がついたやうに目を張つて、必要な道具を忘れまいとそこらを見まはす。ポケットにはいる植物の図鑑や、虫や鳥の図鑑、そのあとで、もうぼろぼろになつてゐる「五万分」の「成田」を改めて拡げ、それにずつと目を通す。そして今日はこの道を歩かうと、見当をつける。

そこでもう他の事は考へる必要がないから家を出る。家を出ると、私の心の中から今までの幻のやうな想像はすぐ消えてしまふ。幾度歩いてゐる処でも、そこに来て見ると新しい爽やかなものが、私のからだを浸してしまふ。私はただその中を歩いて行くだけだ。私はこれから歩く道に特別の予期するものはもつてゐない。ただ地面の広がりの上にある、もう見馴れた林と草野と畑とがあるばかりなのは、とつくに承知してゐる事だ。しかし、その何にも珍しいもののない処に、いつ歩いて見ても大きな穏かな力が、いろいろの表情になつて、その心を見せる。私はそれに感じながら歩いて行くのである。

日光は実にたつぷりあふれて輝いてゐるし、風は柔かく流れてゐる。林はじつと黙りこんでゐるし、枯れた草も穏かに光を含んでゐる……そしてその底から静かな目をした顔がじつと私を見るやうな力が現れて来る。

よく人は風景の珍しさを探しまはる。海岸や、山や、渓谷や、渓流……さういふ処にばかり人の心が向く。かういふ平野の道には、摑み処のない心持がするのかも知れない。「ここの広い草原や、林の中を馳けまはつたり。踊つて歩くのはさう面白くないのかな。」さう思ひながら、私はひどく親しみの深い心を見せてゐる身のまはりの野原や林を見まはすのである。

○

穏かに黙りこんでゐるものと、目を見合せながら、その心をゆつくり考へ考へ私は道を歩いて行く。これは冬の散歩の時の一番深い感銘である。

そのうちに林の木の上で、静かな含み声で山鳩が鳴き始める。Groro-po'pô,goropo'pô ——その声を聞くと、日の光が柔かくかすんで来るやうだ。

○

しばらく道を歩いたあとで、私は道から外れて、林の中にはいつてしまつた。今は冬だから、この中も眠つて静まつてゐる。歩くにつれて乾いた落葉が、がさりがさり音がする。時々、林の間を飛ぶ鳥の姿が見えるが、冬になると、鳥もあまり陰の冷い林の中にははいつてゐない。

この落葉を踏んで林の中を歩いてゐると不思議なほど心が強い力になつて集るやうだ。ひとりでに目をつぶつて考へる心持になつて来る。それで——道と並んだ方向に向つて歩きながら、折ふし立ち止つて頭の上に伸びてゐる木の枝を見たり、杖で足元のつもつてゐる枯葉を掻きまはして見たりする。時々こぼれたまんま、木鼠にも野鼠にも見つからないでゐる木の実を掘り出して、何かあつたかいものを捜し当てたやうな嬉しい気になる。乾いた落葉の下には、柔かい湿気が、そつと蔵《しま》つてあるやうにたまつてゐる。

時には虫の蛹《さなぎ》が出て来る。それから思ひがけないやうな草の芽。――少し日当りの場所などで、くつきりした黒みのある美しい鱗形の葉をつけたハルリンドウが、暖かさうに落葉を着て、その下でもう蕾を出してゐるのを見つける。もうぢき、も少し日の光が強くなると、その茎が落葉の上にぬき出して、輝くやうな花を日に向つて開くのだ。

かういふちひさな捜しものを見つけて歩きながら、私はまた道に出て行く。

○

道が畑の間を通つて、低い湿地へ下りる坂にかゝつた。小さいが急な坂。それをおりてく《来》と田がある。田のふちに出ると、もう冬の絶頂はすぎてしまつたと、はつきり感じられ行るほど、よせの木の間に生えてゐる水苔が、暖いいきいきした緑の輝きを見せてゐる。芽の先きの力が動き始めて、伸びようとして輝いてゐるのだ。

冬の季節の終りに近づいた時に、かういふ新しい芽の伸び始めを見るぐらゐ、力のこもつた鮮かな喜びを呼び覚される事はない。私はそこに立ち止つて、しつとり濡れた冷たいものに、掌をつけて見る。実にやさしい柔かさだ。

それから、下りた坂道の向ふへ歩いて行く。地の皺が低くなつた沢地の向ふで、また上りになる。道ばたの枯れた草の葉が、かさかさとこつそり音を立てゝ動く。それが顔見知りの村の人の、いつもの挨拶のやうだ。こちらも「今日は」といふくらいゐの心持でヤマボクチやカルカヤの枯れたのを振り返つて見て行く。坂を上ると、新しく開墾された畑だ。その先は牧場だ。

もうどこかで雲雀の声が聞える。牧場の中の草は、ふさふさ金茶色に枯れて、それが日に光つてゐる。広々とした中に、日の光があふれるやうになつて溜り、一かたまりになつて集つてゐる馬が、ゆるやかに尾をふつてゐる。

ここに出ると、私はさつさと歩きたくなる。この広い草つぱらに沿つた道を、自分の足が強くしつかりしてゐるのを試したくなるのだ。柔らかい風をまともに顔で受けて、真青な空に目をやつて、さつさと爽かに歩く……ずつと先きの方までつゞいて、林の中にはいつて行つてゐた道を……、その足早に歩いて行くにつれて、間もなく自分が林の中にはいつてしまふ。するど、林の先きはまた綺麗な草原だ。「もう少したつと、ここらには点々と翁草が咲く。それからこの草原いつたいに。しどみの花が野火がもえひろがつて行くやうに咲く。」歩きつづけて来たので、汗ばみかけたほどからだが暖まつたのと、日の光のきらめきとで、私はほおつとして、美しい春の花の幻を見るのである。

○

どこまで行つても、かういふ変化の錯綜した繰り返しが、この平野の面影なのである。その道が――穏かな平野の味を知つた人には、いろいろとこまやかな心に触れる。感情を見せてくれる。並木風になつてゐる古い松や桜の列が影を映してゐる道の、掃き清められたやうな静けさだとか、小さな幾つもの曲りでうねりながら隠れたり見えたりする道の無邪気ないたづらや、伐り割つたやうに真直につけられた道の強さや……私はこの平野をどこまでどんな風に歩いても、心持が新しくなるといつも感じるのである。

いつたい、ここの平野を歩くのには、どこまで行くといふ事を考へないがいいのである。目当をこしらへて見ても、さつさと「ものを味はず」に歩いてしまつたらば、それでは却つて心が倦み足が疲れるといふだけが結果であらう。さういふ世間並みの遊楽がここの広場にはないのが、却つて新鮮で味が深いと思はれる。かういふ平野には、どこまで歩いて行けばどういふ絶景がある、どういふ珍奇の景色があるといふものはない。今立つてゐる処が出発の場所で、それから到着の場所であつて差支へがないのである。それは自分の足が移るに従つて、新しい展望と、新しくにじみ出る味とがある。立つてゐる処からのまはりの展望が一つのくぎりである。そして更らに、自分の足元にいろいろの小さい新しいものが見つけ出される。

○

牧場に通り起《(超)》すと、また谷のなぞへのような道を降りて行つた。目の見えるかぎりがまた狭くなる。そこを越して向ひ側の日の当つた丘の横腹のやうななぞへに出て、そこを上り切ると、も一つ目のとどく限り平つたい牧場だ。林が遠くの方に黒づんでゐる。

　そこにしばらく立ち佇つて見入つてゐる。四羽ばかり連れになつてゐる鳥が、海を渡つて行くやうに、この空を飛んでだんだん小さくなつてゆく。

「いつここの平野の道を歩いてゐても、一人もここの道の味を楽しみながら歩いてゐる人に逢つた事がない。働いてゐる百姓か、忙しさうにどこかに行く用事の人か」と、私は心の中で何となしにつぶやくのである。全く都会の人にも田舎の人にも、ここの野原の味にひたつて歩いてゐる人に逢つた事がない。それだから自然の方でも空に《(更に)》黙りこくつてしまつてゐるのだらう。

○

「さ、もうここらで帰らうか？」私は未練気なしに、足の方角をかへる。まつたく冬で枯れ草の中でも、よく晴れた日のここの平野は歩くのに実にいい。

（一九三五年十二月）

第一

大正十三年二月、下総国印旛郡遠山村駒井野の開墾に移り住む。自分で藁の穴と呼んだそこの開墾小屋にはいつて住み、まづここの生活をどう築かうかと、その事ばかり考へながら日を送る。その小屋は林に取囲まれた少しばかりの畑の中に、ただ一つぽつりと建つてゐるほつたてであつた。

我はもよ野にみそぎすと下総のあら牧に来て土を耕す

下総の牧の広野の暁の空をばいそぐいそぐ水鳥

朝やけの紫雲は華やぎて悲しげに今日の雨降るしるしす

ぬれそぼちて家畜も人も魂がわびしさに泣くあら野の雨の日

哄笑《おおわらひ》野にひびかせよ人間の心はぢけて声となるなり

野晒しのこのたましひをすき透らせ青ふかぶかと空が光れり

わが影のこげて黒きが土に映るもの音もなき畑の真中に

あなかしこ今日は大風しもふさの牧の広野が鳴りどよみ居り

下総の牧の小草は実に重りけさもしとどに濡れてさびゆく

冬来る下総の牧の広野をば風さつさつと鳴りてすぎゆく

昭和四年、たどたどしい山野の中の生活がはじまる。しかし新鮮で楽しい。

空ひろびろ日が輝けりこの額を光にこがし山羊の草刈る

あざやかなる陰土にあり幼き子ら風に吹かれて叫び走れり

雲雀あがる叫びたちたる本能にむちうたれつつはてなき空へと

大麦のこがし香しくものなつかし子供らとともにむせながら食ふ

明はなれぬ木のてつぺんにこゝに我れゐるぞと勇み唱へり頬白

春まだ早く、留守勝ちにしたので荒れはてた畑が、枯草に覆はれてゐるのに火をつける。

あれ畑の枯草に火をつけたればひそみゐし鶸《ひわ》が鳴いて逃げゆく

清五つになる。勇みながら育つて行く

五つの子六尺あまりの草かきの棒をかつぎて草とりにゆく

ここらには狸居るかと目見張りて来る入《（人）》毎に問ひ居り清

狸よりは犬は強きか、犬よりも虎は強きかとはてしなし清

三年の九月に澄子が生れる。気の強い女の児らしさを見せてくる
いたづらの幼き兄のあくたれをこだまの如く覚ゆる澄子が
この澄子が心をしぼる初ての悲しみにあへり乳を離され

第三

昭和十四年七月、またうたに親しむ心持が返つて来る。この間、二年六七ヶ月の間、泉が埋れたやうになつてゐた。

七月の雨、心を洗ふように降る。
降りそゝぐシャワ、音の爽やかさ、ぬれし林がさわぎきらめく

夜更けまで仕事をしてゐる耳を雨の音が驚かす。
やみの中をはや瀬の如き音たてゝ土用明けの雨通りすぎたり
桃熟す平穏にして豊かなり心魅せられ日にこげて立つ

ガラス戸越し、まつくらな森の梢はなれ八月のスバルのぼり出でたり
　八月の昼の静けさ
おにやむま勢こんで飛び来り土間を通りぬけて日向へ去りたり
ひつそりと独り坐り居る部屋の中にやむま入り来りゆるくまはり飛び
林にゆけばみやまあかねがほそぼそと飛んでは止り陰の柔かさ
　嵐の季節に入る。或る日風強し
流れはやき風に吹こまれちゞこまりて障子の桟に止りゐる蜜蜂

【短歌編】

「白波兄に」「夜雨兄に」

葉舟が雑誌「よしあし草」に投稿し、初めて掲載された作品。以後、詩、短歌の制作に傾倒していくことになるが、その作品は時代を背景に浪漫的な、七五調を中心としたものが多い。

「長夜吟」

学生時代、校内の文芸誌に掲載された際に教師の手によって大幅な改編がなされ、それに腹を立てた葉舟が雑誌「文庫」に投稿し、初掲載された作品。その際、河合酔茗らの以下のような講評が添えられている。

・『うたかた』は筆力籠れり、一時の漫作とは異なるが如し。（酔茗）

・前者は軽妙、まさに胡蝶を追ふて余念なき少女なり、後者は容態おもくし、即ち恋に悩む女、はかるに年歯は二十有一二。（白蓮）

また、別号には葉舟の詩風について、以下の助言がある。

・ゆづる君、葉舟君共に新進の人、別項の漱水君に比すれば尚数歩の差あり、更に練習の深きを要す、諸君は常に幽遠と朦朧と飄逸と放埒とを誤るゝ如し、詩は瞞着すべからず、必ず真面目なれ熱誠なれ。（酔茗）

・朦朧可なり、放埒亦可なり、只眠らざれ、死せざれ、平凡ならざれ。（鳥水）

「明暗 上」

『明暗』は、窪田空穂との共著で出された葉舟の初めての著書。「上」が葉舟の、「下」が空穂の短歌を収載。ここでは、その中から群馬県赤城山での思い出を綴った五十二首を取り上げた。

「新派の歌の生れた時」
葉舟の作歌活動の経緯が回想の形式で綴られている。鉄幹より「蝶郎」の号を受け、一躍『明星』の寵児となった葉舟であったが、晶子を巡る確執により、「追い出された」形で、『明星』を去る。その経緯は「再会」など、後の作品に語られていくことになるが、後に「水野葉舟君は私のたつた一人の生涯かけての友達だつた。」と語る高村光太郎との出会いをみたのも、この『明星』であった。

【赤城山編】
高村光太郎の誘いにより、明治三十七年七月に赤城山を来訪し山上の猪谷旅館に滞在、この来訪は若き葉舟に様々の感銘を与え、「霧」「赤城の牛」「私雨」など多くの作品へと結びついた。

「夏籠」
「夏籠」（けごもり）とは、夏に避暑地で過ごすことを指す。日記形式で綴られ、登場人物は実名で登場する。赤城山は、黒檜、地蔵、荒山、鈴ヶ岳からなる山の総称で、当時と植生は変わってしまったが、ヤブサンザシ（地元では小梨と呼ぶ）、虫取菫など変わらずに生息する植物もある。△△は、後に妻となる丸茂千枝子、隣室の井上は当時医科大生だった井上達二（後の東京都駿河台の井上眼科病院院長）。

「再会」
「大同赤城日記抄」など、他の作品との共通項を多く含む。木村は光太郎、おらくさんは滞在した猪谷旅館の娘ちよ、山田は与謝野鉄幹。新詩社一行が光太郎の誘いにより赤城山に来山、当時、晶子を巡って鉄幹との間に確執があった葉舟は、そのやりきれない思いをここに綴っている。石川啄木の「啄木日記」には、「再会」を読んだ感想が綴られており、「色の黒い学生といふのは平野万里、地蔵眉の男は大井蒼悟、職人風の男は伊上凡骨だ」とある。

「おみよ」

野田宗一は葉舟自身、おみよは猪谷ちよ、権藤と俊ちゃんはちよの最初の夫外崎裕とその間にできた娘俊子を彷彿とさせる。ちよは、スキーで名を馳せた猪谷六合雄の姉に当たる人物で、開明派で乗馬やスキーをこなし、松葉という雅号で歌を詠んだという。再婚した大熊善吉に伴い東京、岩手など多くの地を訪れるが、その生涯の多くを赤城山で過ごした。

「破れ」は「おみよ」の続編として書かれているが、十分書き込めないまま終わりにした感が否めない。これが書かれた明治四十三年頃は自然主義の絶頂期であり、この作品でも自身の周囲をモデルにしながら、登場人物の閉塞的な状況を核にとどめている。

「山上より」

作中の書簡が高村光太郎が葉舟に宛てた実在の書簡と同一の物であることから、T—兄は光太郎、××さんは猪谷ちよを指すと見て良い。葉舟が初めて赤城山を訪れてから七年後に再訪する設定で描かれ、その際の心境が語られる。葉舟の再訪を確定できる記録はないが、他の散文の記述と併せて鑑みると、群馬県への数度の来訪が推定できる。

【雑録編】

「晩餐」

葉舟は、早稲田大学時代に東京都牛込区牛込矢来町（現新宿区矢来町）において、窪田空穂、吉江喬松（孤雁）と共同生活を営んでいた。年上の友は空穂、中の友が喬松。葉舟の影響を受け、この二人の友もキリスト教に入信、文学だけでなく様々な面で親交を結んだ。

「裏畑」

この作品の正確な執筆年月はわかっていないが、この作品を含む『あららぎ』が出版された前年に葉舟は早稲田大学を卒業、恋人丸茂千枝子との結婚を反対されるも家を出て東京小石川区関口台（現文京区小石川）に居を構えている。また、光太郎のすすめにより作家として身を立てることを決意したのもこの年（明治三十八年）であり、「一時間と、静かに自分の書斎に座って考へる事も出来ずに、心身共に疲れて、乱れて居た」数週間とは、このあたりに関連があるかと思われる。また、明治三十六年に洗礼を受けキリスト教に入信、その影響を伺うこともできよう。

「悪夢」

偶然出会った山村という女に翻弄される主人公の心理を描いた小品。男女のある瞬間の心の機微を描き取ったこの作品は、葉舟にとって初の本格的な小説であり、その高い評価が作家としての葉舟を自立させ、翌年、現新潮社から『響』が出版される契機となる。

「三人」

自身の経験を素材に綴った私小説。千枝子との結婚を反対され家を出て独立、その日をアメリカの独立記念日になぞらえ「JULY 4th」と呼んでいたが、その後の水野家の様子をうかがうことができる。「荘さん」「小兄さん」は、弟の勇三郎、譲次郎が想定される。千枝子は出産に際し仙台の親類の家に預けられており、「井野さん」がその滞在先であろう。千枝子はよほど寂しかったようで、葉舟にその心情を吐露する手紙を何度も送っている。

「二日」

日常の一コマを切り取った作品。高村光太郎をはじめとする朋友との、当時の交友の様子がうかがえる。紅蓮は、阪本紅蓮洞。明治三十六年に与謝野鉄幹が主催する新詩社に入り、鉄幹より「紅蓮洞」の名をもらう。鷹見思水は独歩社の編集者。

「壁画」

日記に綴られた思いを公開する形で書かれているが、題材となる出来事には他の作品と同様に葉舟自身の経験と重なるものがある。語り手好一の恋する相手浜子は、後に葉舟と結婚する丸茂千枝子のイメージと重なる部分を持つ。モラトリアムな中で思い悩む大学生好一の心の推移を繊細に写し取った、葉舟の代表作ともいえる作品。また、「電車の中の女」は葉舟文学に多用されるモチーフの一つ。

「跫音」

葉舟は小説から離れた後、心霊現象に関心を寄せ、大正十一年には野尻抱影、石田勝三郎らと日本心霊現象研究会（J・S・P・R）を結成し、関心を寄せた。また、柳田國男以前に、親交のあった「遠野物語」の話者佐々木喜善を訪ねて岩手県遠野市を訪れ、周辺の民話に関心を寄せた。「怪談を好んだのは母の影響」だったと語っているが、そんな葉舟の神秘主義をうかがわせる作品。

「一九一五年　六月」

妻千枝子を失った後、彼女への思いを綴った追悼詩集『凝視』は、葬儀に際し近親者に配布され、後に出版の運びとなった。大正四年六月三日、千枝子は難産のため急逝し、十一年にわたる結婚生活が幕を閉じる。その精神的打撃は、葉舟の文学の方向をも転換させることとなる。

「三里塚散歩」

この作品が収録された随筆集『村の無名氏』について、親交のあった前田昇は、書簡で「書き出しから若々しく魅力がある。非常にいいぢやないですか。何ともいえない村の哀愁を裏にこめたユーモアで、兄のものとしても傑作のひとつであると思ふ。」と感想を寄せている。

トルストイに心酔し、ロシアの衣装ルバシカを着た葉舟と息子の清氏。昭和三年、駒井野にて。

昭和初期の駒井野「藁の穴」の前で。中央で子どもを抱えているのが葉舟。

※　画像提供　水野清 氏

発刊年月日	作品名	出典	筆名
明治33年1月28日	「白浪兄に」「夜雨兄に」	「よしあし草」第22号	葉舟
明治33年4月15日	「長夜吟」	「文庫」第14巻第5号	葉舟
明治33年11月27日	「獅子の児」(鉄幹子のよろこびに)	「明星」第8号	水野蝶郎
明治34年4月15日	「つぼすみれ」	「文庫」第17巻第3号	葉舟
明治34年5月25日	「あやめ草」	「明星」第12号	水野蝶郎
明治34年6月15日	「野鴿」	「文庫」第17巻第6号	葉舟
明治35年6月15日	「みじか夜」	「文庫」第20巻第5号	葉舟
明治35年7月15日	「みじか夜(二)」	「文庫」第20巻第5号	葉舟
明治35年8月15日	「みじか夜(三)」	「文庫」第20巻第6号	葉舟
明治38年9月1日	「君に」	「文庫」第29巻第5号	葉舟
明治38年9月15日	「送別」(遠くに移り住みし従妹に送りし)	「文庫」第29巻第6号	葉舟
明治39年7月18日	「明暗 上」	『明暗』(上)金曜社	水野葉舟
明治41年11月3日	「詠草」	「文庫」第38巻第2号	水野葉舟
大正6年11月1日	「新派の歌の生まれた時」	「短歌雑誌」第1巻2号	水野葉舟
明治38年4月1日	「ものゝ嫉み」	「文庫」第28巻第5号	水野葉舟
明治39年12月1日	「夏籠」(赤城日記)	「新古文林」第2巻第14号	水野葉舟
明治41年1月1日	「再会」	「新思潮」新年号附録	水野葉舟
明治41年11月1日	「おみよ」(前篇)	「趣味」第3巻第11号	水野葉舟
明治42年2月1日	「おみよ」(後篇)	「趣味」第4巻第2号	水野葉舟
明治42年5月1日	「破れ」	「新文林」 第2巻第5号	水野葉舟
明治44年11月25日	「山上より」	『山上より』春陽堂	水野葉舟
明治37年11月3日	「晩餐」	「文庫第22巻第3号	水野葉舟
明治39年7月6日	「裏畑」	『あらゝぎ』金曜社	水野葉舟
明治40年2月1日	「悪夢」	「早稲田文学」第14号	水野葉舟
明治41年9月1日	「この心持」	「文庫」第37巻第5号	葉舟生
明治41年12月15日	「一夜」	『響』新潮社	水野葉舟
明治42年8月15日	「三人」	「文章世界」第4巻第11号	水野葉舟
明治43年4月15日	「二日」	『葉舟小品』隆文館	水野葉舟
明治44年4月18日	「壁画」	『壁画』春陽堂	水野盈太郎
明治45年7月15日	「死骸」	『森』新潮社	水野葉舟
明治45年7月15日	「跫音」	『森』新潮社	水野葉舟
大正4年7月28日	「一九一五年 六月」	『凝視』婦人芸術社	水野盈太郎
昭和11年12月25日	「三里塚散歩」	『村の無名氏』人文書院	水野葉舟
昭和15年9月28日	「第一」「第三」	『滴瀝』草木屋出版部	水野葉舟

ここに掲載した作品及び著書は、本書を編集するにあたって著者が活用したものを記載しており、同じ作品が他の雑誌等に掲載された可能性もある。

あとがき

水野葉舟は、「美文」あるいは「小品」と呼ばれたジャンルで明治から大正期にかけて活躍した小説家である。彫刻家であり、詩人でもある高村光太郎とは無二の親友であり、生涯にわたる親交があった。女性を中心に多くのファンがいたが、晩年は千葉県駒井野に籠もって地元に根を下ろした生活を送り、執筆活動から遠ざかってしまった。多くの作品は発表誌に掲載のままで、単行本化されたもの以外の多くの作品は、現在私たちの目に触れることが容易ではない。

本書は、葉舟の作品をある程度まとまった形で収めておきたい、という目的で編纂したが誌面の都合上収載されないままの多くの作品を残すことになってしまった。また、葉舟の略歴については拙書『忘れ得ぬ赤城』を参照されたい。「小品」と呼ぶには長すぎる作品もあるが区別なく収録した。改めて葉舟の作品を読み返すと、初期の作品の多くに、また後年においても群馬県赤城山での哀感をモチーフにした作品の多いのに驚く。葉舟文学に触れる入門書のように思っていただけたら幸いである。また、これを基点とし、葉舟研究が更に進むことを祈念したい。

本書を編むにあたっては、水野清氏、水野通雄氏の多大なるご理解・ご協力を得た。また、北川太一氏の先行研究からは多くの示唆を受けた。山田清吉氏の丁寧な研究成果が葉舟研究の基礎を築いているることにも、改めて触れておきたい。群馬県立前橋商業高校ワープロ部元顧問田村美穂先生を始め部員の皆様には本文データ化に際し、三恵社の日比享光様には前作に引き続き編集においてご尽力をいただいた。この場を借りて、心よりお礼を申し上げます。

平成三十年十一月　銀杏の舞い散る輝きを味わういとまもなく

編者

編者略歴
佐藤浩美（SATO HIROMI)）
群馬県立女子大学大学院修士課程修了。高村光太郎研究会会員。
主な著述
『光太郎と赤城—その若き日の哀感—』（2006.4　三恵社）
『忘れ得ぬ赤城—水野葉舟、そして光太郎その後—』（2011.4　三恵社）
「ヒーロインと呼ばれた女性—智恵子の原型となった猪谷ちよ—」
（2001.3　高村光太郎研究第 22 号 ）
「新資料水野葉舟書簡の発見とその経緯—文人達の愛した赤城山を背景に—」
（2007.3　群馬県立女子大学国文学研究第 28 号）　他

葉舟小品

2018年12月25日　　初版発行

著　水野　葉舟
編　佐藤　浩美

定価（本体価格2,570円+税）

発行所　株式会社　三恵社
〒462-0056 愛知県名古屋市北区中丸町2-24-1
TEL 052 (915) 5211
FAX 052 (915) 5019
URL http://www.sankeisha.com

乱丁・落丁の場合はお取替えいたします。
ISBN978-4-86487-983-5 C3095 ¥2570E